L'Empire

DES MÊMES AUTEURS

Simon Piel et Joan Tilouine, *L'Affairiste*, Stock, 2019.
Célia Lebur et Joan Tilouine, *Mafia Africa*, Flammarion, 2023.
Simon Piel et Thomas Saintourens, *Le Roman du cannabis*, L'Aube-*Le Monde*, 2024.

Paul Deutschmann, Simon Piel
et Joan Tilouine

L'Empire

enquête

Flammarion

ISBN : 978-2-08-044212-3

Prologue

Dans la Rome antique, ce genre de victoire imposait un « triomphe ». Le rituel avait la solennité d'un sacre et la théâtralité d'un défilé guerrier. Seuls les généraux les plus victorieux pouvaient y prétendre, ceux qui avaient élargi les frontières de l'Empire. Un seul homme, acclamé par une foule compacte.

Deux mille ans plus tard, la symbolique de la foule demeure. Que ressent-on lorsque cent mille regards convergent vers soi ? Ninho le sait, ce 3 mai 2025, en fendant la foule du Stade de France assis à l'arrière de son carrosse de marque Rolls-Royce, flanqué d'une trentaine d'hommes à la démarche de centurion. Cinq jours plus tôt, Jul descendait du ciel dans la même enceinte devant quatre-vingt-dix-huit mille spectateurs, porté par une clameur d'arène. Le plus grand stade du pays est devenu le théâtre de leur triomphe, acclamé par un public bigarré rassemblant un échantillon de la société française. Il y a dix ans, les rappeurs peinaient à remplir ce que l'on appelait encore Bercy. Il y a trente ans, ils incarnaient un mouvement de contre-culture issu des banlieues.

Aujourd'hui, le rap s'est hissé au sommet. Depuis une décennie, ses stars, encore presque exclusivement masculines, dominent la scène musicale hexagonale. Leur puissance ne se mesure pas seulement à ces stades remplis en un temps record, aux milliards de streams [1], aux albums écoulés par dizaines de millions ou aux centaines de millions de vues sur YouTube. Car au-delà de ces chiffres vertigineux, ce genre musical bouleverse la langue française, influence la mode, questionne la société et façonne une certaine vision du monde. Le rap redessine aujourd'hui l'imaginaire collectif de millions de Français bercés à PNL, Jul, Werenoi, Gims, SCH et d'autres. En dix ans, de 2015 à 2025, tout a basculé : explosion du genre reconfiguré par le numérique ; affaiblissement progressif des géants de l'industrie musicale. Les rappeurs ont de façon spectaculaire renversé le rapport de force avec les maisons de disques : les contrats se signent à leurs conditions, les avances atteignent des millions. Ces artistes ont tous imposé leur façon de faire : celle d'entrepreneurs ultracapitalistes, aussi décomplexés que déterminés.

Les pionniers du premier âge d'or du rap français – IAM, NTM, le Secteur Ä, La Rumeur – avaient dessiné les premières frontières de l'Empire. Ces lignes ont été étendues vers de nouvelles provinces par Booba, Rohff, 113, Diam's, avant qu'à l'aube de l'année 2015 l'ensemble de l'Hexagone soit conquis par le genre. Ce livre retrace l'histoire secrète de ce deuxième âge d'or du rap français, comme le qualifient certains spécialistes, marqué par le Marseillais Jul et les deux frères de PNL, venus des Tarterêts, puis prolongé par SCH et Ninho, eux-mêmes rejoints par Werenoi, Gazo et bien d'autres. Jamais avant cette décennie l'argent n'avait tant circulé ni attisé la convoitise d'acteurs issus de la grande criminalité, en toute impunité.

* * *

1. Un stream est une écoute en ligne d'un morceau via une plateforme payante telle que Spotify, Deezer ou Apple Music.

Car derrière la face éclatante de l'Empire, une autre réalité plus sombre prospère. Une mécanique de prédation et d'emprise sans précédent s'est enclenchée. Des narcotrafiquants en fuite et recherchés, voire incarcérés, par les autorités françaises traitent en direct avec des majors et leurs méthodes de négociation intègrent inévitablement la violence. Depuis plusieurs années, des rappeurs sont extorqués et menacés, des producteurs et collaborateurs d'artiste tués, le plus souvent dans le silence d'un Empire peu enclin à solliciter l'aide de la police pour régler ses affaires. Jusqu'à ce qu'un palier soit franchi à l'été 2024 avec l'opération menée par un commando de tueurs disciplinés et équipés d'armes de guerre contre l'équipe du rappeur marseillais SCH. L'un de ses membres meurt, criblé de balles.

De jeunes organisations criminelles à la violence sans limite ont fait irruption dans le rap. De Marseille, où elle règne sur un pan du narcotrafic, la DZ Mafia cherche à se diversifier par la force, et les rappeurs multimillionnaires se retrouvent dans son viseur. Plus au nord, entre Paris et Le Havre, la BMF, acronyme de Black Manjak Family, s'est fait remarquer dans le cadre la sanglante évasion de prison du narcotrafiquant Mohamed Amra. Proche de l'artiste Koba LaD, ce gang se révèle, aussi, bien connu des filiales françaises de majors comme Universal et Sony, qui traitent depuis plusieurs années avec certains de ses membres. En mai 2025, autour de la mort tragique de Werenoi, plus grand vendeur de l'industrie musicale française de ces deux dernières années tous genres confondus, les larmes et les millions d'euros s'entremêlent. Son distributeur, Believe, tout comme son entourage, avait fini par faire avec le milieu du narcobanditisme, avide de percevoir une part de son avance record et de ses revenus.

Dans le plus grand secret, les majors ont été contraintes de glisser, peu à peu, dans une lente dérive. Quitte à signer avec des structures créées par des figures du crime organisé des accords confidentiels enfouis dans les strates opaques de groupes cotés en Bourse, dont les actionnaires s'appellent Bouygues, Bolloré ou l'État français. Comme Frank Sinatra en son temps mais dans des proportions tout à fait inédites, le rap n'échappe pas à la prédation du milieu. Elle est là, incontrôlable, impossible à contourner. Il faut parfois se cacher, partir loin, hors de portée, explorer d'autres horizons.

* * *

Pour certains de ces artistes, enfants des diasporas, originaires des anciennes colonies françaises, c'est la carte d'un nouveau monde qui s'esquisse, tourné vers ce Sud global des puissances émergentes, résolument anticolonialistes et ultracapitalistes. Ces rappeurs se détournent de la France, s'invitent à la table de présidents africains, de rois et d'émirs. Ils posent leurs valises et logent un pan de leur fortune naissante dans la scintillante cité-État de Dubaï, carrefour éphémère et stratégique de cette nouvelle géographie. Une autre grammaire du pouvoir, qui épouse l'air du temps. Elle contraint les membres de l'élite française à s'adapter pour ne pas passer à côté d'un phénomène qui s'épanouit avec ou sans eux. Des sièges de groupes du CAC 40 à l'Élysée, en passant par les grandes maisons de luxe, il s'agit désormais de courtiser ces artistes mondialisés pour tenter de capter leur influence.

* * *

Et pourtant, la genèse de ce livre tient à un constat : il n'existait à ce jour aucune enquête journalistique indépendante qui ait proposé aux lecteurs d'entrer dans les coulisses économiques, politiques et culturelles du genre dominant la musique française. Nous nous sommes plongés pendant deux ans dans cet Empire parallèle qui évolue au gré des tendances, des luttes parfois invisibles et des conquêtes patiemment orchestrées par la caste des nouveaux seigneurs du rap. Nous avons mené des centaines d'entretiens, compilé des milliers de pages de documents, épluché des bilans financiers, disséqué les stratégies des majors. De Paris à Dubaï, de Kinshasa à Barcelone, ce travail transporte inévitablement dans différents univers politiques et financiers, artistiques et diplomatiques, criminels aussi. Une navigation journalistique palpitante et parfois agitée. Tout pouvoir se méfie de la lumière comme de la transparence. Celui-ci n'échappe pas à la règle et mérite, comme les autres sujets auxquels notre carrière de journalistes d'investigation nous a confrontés, une rigueur dépassionnée dans la recherche des faits et des témoignages.

Enquêter sur les plus influents rappeurs français, c'est s'aventurer dans un monde où les femmes sont rares, un monde d'allégeances et de lois informelles, presque une société secrète, avec ses propres rites. C'est aussi se heurter à des interlocuteurs qui refusent de parler. Combien de silences, de réponses négatives, avant, à force d'expliquer notre démarche tout au long de ces deux ans d'enquête, de gagner peu à peu la confiance de nombreux interlocuteurs pour une, voire plusieurs entrevues. La majorité d'entre eux ont finalement accepté de nous rencontrer, sous la condition absolue de l'anonymat – preuve de la sensibilité d'un sujet et d'un milieu très réticent à raconter l'envers du décor, et encore plus à des journalistes. Enquêter sur le rap français, c'est enfin et surtout ouvrir une fenêtre exceptionnelle sur la société française. Ce qui se joue dans le rap dit tant de notre époque, de sa jeunesse, des tensions identitaires, de l'obsession du profit, du désenchantement, de la décomposition des élites, de sa violence. À la fois autonome et interconnecté, l'Empire renforce un pouvoir parallèle qui révèle les failles de nos sociétés et reflète l'évolution d'un pays, d'un monde tourmentés.

Partie I

La genèse

1

Le sacre

Le secret le mieux gardé des Jeux olympiques s'avance la tête baissée, la capuche du sweat-shirt rabattue sur le visage pour mieux dissimuler son identité. Le pas lent, les mains croisées devant lui, vêtu de blanc, il se dirige vers le Vieux-Port de Marseille. Sur les images captées par les caméras de France Télévisions ce mercredi 8 mai 2024, on devine un visage rond et jovial, une barbe de quelques jours. Une certaine timidité se dégage de la démarche. Une forme d'impatience aussi. Plus il progresse vers l'avant-scène, plus la clameur du public monte. Il abaisse sa capuche et laisse deviner un sourire presque gêné. Jul, flamme olympique dans la main gauche, se dresse devant la vasque et les quelque cent cinquante mille spectateurs réunis sous le soleil du printemps marseillais. Tout le monde s'attendait à voir Zinédine Zidane, une autre étoile de la ville, mais c'est bien au rappeur qu'a été confié cet honneur.

Droit comme un I, le directeur général de la police nationale, Frédéric Veaux, veille sur le dispositif de sécurité inédit annoncé la semaine précédente par le ministre de l'Intérieur Gérald Darmanin. Pas moins de six mille policiers et gendarmes sont présents pour assurer un accueil sans incident à la flamme olympique. Peu au fait de la production musicale de l'Ovni, le surnom de Jul, le patron de la police met un peu de temps à le reconnaître. Après quelques regards échangés avec des membres du cabinet du ministre de l'Intérieur, le préfet de police des Bouches-du-Rhône Pierre-Édouard Colliex et les autres responsables sécuritaires présents sur le site, il comprend à leurs mines stupéfaites qu'il n'est pas le seul à découvrir au dernier moment l'identité de ce relayeur de la flamme pas tout à fait comme les autres. Le haut fonctionnaire à la tête de toutes les polices de France, présent à toutes les réunions interministérielles sur l'organisation des Jeux olympiques depuis plusieurs mois, ignorait que le rappeur le plus populaire de l'Hexagone allumerait la vasque.

S'il manque de s'étrangler en pensant aux possibles conséquences de sa présence sur le dispositif de sécurité et de maintien de l'ordre, ce n'est rien face à la colère froide de Gérald Darmanin, installé au premier rang avec les VIP. Lui non plus n'a pas été mis dans la confidence. Un affront à sa fonction régalienne, estime le ministre, qui ne goûte pas davantage le symbole. Au mieux perçoit-il Jul comme un chroniqueur de la vie des quartiers. Ceux où prospère le deal. À mille lieues de l'idée que le ministre se fait du vivre-ensemble. « Je ne veux plus jamais être mis devant le fait accompli », fait-il savoir, furieux, au COJOP, le comité d'organisation des Jeux olympiques et paralympiques.

Seul un homme a été averti en amont du choix fait par cette instance. Et encore, à la dernière minute. La veille, son président Tony Estanguet a appelé en personne le chef de l'État Emmanuel Macron pour le prévenir. Le « PR », très attaché à Marseille et fan de l'OM, a trouvé l'idée « très bonne » et s'est engagé à prévenir son ministre de l'Intérieur… Secret de deux, secret des dieux ; secret de trois, secret de tous.

* * *

Tout s'est noué moins de trois mois plus tôt, en février, lorsque Michaël Aloïsio, le directeur général délégué du COJOP, a proposé le nom de Jul à son patron, Tony Estanguet. Celui de Zidane n'est pas débattu : il est déjà prévu pour la cérémonie d'ouverture à Paris. Pour mettre en valeur les territoires français traversés par la flamme et leur diversité, le rappeur incarne la personnalité locale incontournable, argue-t-il. Certes, l'idée ne plaira peut-être pas à tout le monde. Mais des millions de fans seront enchantés. Même s'il n'a pas grandi dans les quartiers nord, qui mieux que Jul incarne le Marseille populaire ? L'affaire est vite entendue. Directeur des cérémonies au sein du COJOP, Thierry Reboul est chargé de prendre attache avec l'entourage du chanteur.

En dix ans, Jul a sorti vingt-quatre albums, tous au moins certifiés disque de platine. Il peut aussi se targuer d'avoir au compteur plus de dix milliards de streams, des chiffres qui le placent en haut du podium des artistes les plus écoutés de France. Et qui lui permettent d'imposer ses propres conditions au COJOP. *Primo*, garder la confidentialité absolue de sa venue jusqu'au dernier moment ; *secundo*, faire en sorte qu'il ne croise aucun responsable politique ; *tertio*, ne pas chanter.

Le jour J, une heure à peine avant d'allumer la flamme, le rappeur arrive sur la Corniche en scooter TMAX. Accompagné de sa garde rapprochée, il est accueilli par une équipe restreinte du COJOP qui le conduit en toute discrétion à la Marina, un bassin aménagé dans la ville avec vue sur les îles du Frioul, entièrement rénové pour les Jeux olympiques. Après un ultime topo sur le déroulement de sa prestation, le rappeur est invité à revêtir ses habits de relayeur, identiques à ceux du nageur Florent Manaudou et de l'athlète paralympique Nantenin Keïta, qui l'accompagneront jusqu'à la vasque. C'est précisément le moment choisi par la délégation présidentielle pour déambuler dans la Marina. Branle-bas de combat autour de l'artiste. Ne surtout pas croiser de personnalités politiques et encore moins le président de la République, avait-il clairement exigé. Au pas de charge, Jul est exfiltré vers une salle attenante, à l'abri des regards.

* * *

Il est bientôt 19 heures. Le chanteur monte à bord d'un bateau qui le conduit jusqu'à la scène aux allures de piste d'athlétisme d'où il doit s'élancer vers la vasque olympique. Derrière lui, le trois-mâts *Belem*, qui a transporté la flamme dans la cité phocéenne. À bord, quelques privilégiés ont aperçu le rappeur et dégainé aussitôt leurs téléphones pour le filmer. La marche triomphale peut commencer. Sous les yeux du couple présidentiel, Julien Mari, Jul à la scène, 34 ans, ancien minot des quartiers populaires du centre-ville, exécute sourire aux lèvres son geste signature, les deux mains accolées, index et majeurs dressés, pouces relevés, pour former les trois lettres de son nom de scène. Au même moment, les premières mesures de son titre « La Faille », sorti deux ans plus tôt, retentissent : « J'fais des albums, pas l'temps de bâiller, ya ya ya, la musique j'ai capté la faille, ya ya ya. » Le président de la République et son épouse, aux premières loges aux côtés de Tony Estanguet, applaudissent en souriant. L'animateur de France Télévisions demande alors à Jul de chanter en direct, brisant l'accord passé avec les organisateurs. Le rappeur botte en touche. En coulisses, son entourage tance Thierry Reboul, le maître de cérémonie du COJOP. Quand le chaudron s'enflamme, des panaches de fumée bleu blanc rouge jaillissent des bateaux amarrés à proximité de la tribune. Le monde a les yeux braqués sur Marseille. Le monde a les yeux braqués sur le rap français.

Ce soir-là, Jul a démontré la puissance du genre musical le plus prolifique et le plus écouté du pays. Le parcours de l'artiste raconte, mieux que tout autre, cette incroyable odyssée. À sa manière, Jul incarne ce mouvement d'émancipation qui s'est affranchi du vieux monde de l'industrie musicale, de la puissance des majors. Son parcours raconte aussi une autre histoire. Celle, plus rugueuse, de l'âpreté des débuts, des loyautés piégeuses et des amitiés intéressées. Son talent, très tôt repéré, s'est frayé un chemin dans cette cartographie trouble. Comme tant d'autres dans le rap français, où la fulgurance du succès se paie au prix fort et à coups d'alliances précaires. Jul, lui non plus, n'a pas échappé à l'emprise. Celle de certains « aînés » des quartiers versés dans les trafics et mués en petits investisseurs du rap, producteurs et détecteurs de la pépite avant qu'elle ne brille. À leur manière, eux aussi ont joué un rôle dans ce déplacement des lignes. Ils sont devenus les acteurs d'une industrie musicale secouée, réinventée depuis les cités périphériques, de Marseille à Paris.

2

L'EMPRISE

Onze ans avant les Jeux olympiques, ce Vieux-Port, Jul l'avait déjà tant arpenté. Dans les ruelles du centre-ville s'alignent alors des façades décaties, des restaurants sans prétention et des sandwicheries en pagaille. Marseille n'est pas encore la ville prisée des Parisiens en manque d'horizons. En ce mois de février 2013, elle a plus l'allure d'un vaste chantier désorganisé. Les pelleteuses éventrent le quai de la Joliette. Le Musée des civilisations de l'Europe et de la Méditerranée (Mucem) n'est encore qu'un squelette de béton dressé face à la mer. La ville s'agite, fébrile, bousculée par l'échéance : dans quelques mois, elle deviendra capitale européenne de la culture. À Paris, Emmanuel Macron est secrétaire général adjoint de l'Élysée. Il travaille sur la venue du président François Hollande, en mai, pour inaugurer le nouveau front de mer. L'événement doit consacrer une ville tournée vers la Méditerranée, énergique et créative, assainie de ses vieux démons.

Jul, lui, a connu cette esplanade sans vernis. Le Vieux-Port brut, avant les grands travaux de réaménagement. À pied ou en bus, il descendait parfois les quatre kilomètres qui le séparent de son quartier enclavé de la cité Louis-Loucheur, dans le Ve arrondissement, en centre-ville. Avec son pote Gilles, ils avaient l'habitude de déguster une crêpe sucrée, toujours agrémentée d'une canette d'Oasis, commandées à un petit food-truck garé sur le quai. À 22 ans, il est déjà jeune papa d'un fils né quelques mois plus tôt. Il a les cheveux décolorés, deux fines entailles sur le sourcil gauche, un survêtement sur le dos. Il n'a encore sorti aucun album, mais son téléphone déborde de morceaux. Des ébauches, des freestyles, des tentatives d'instrumentales. Il rappe déjà depuis bientôt dix ans, avant sous le nom de Juliano 135 et, depuis peu, celui de Jul. Ses premiers sons, il les a postés sur Skyblog et Myspace avant de migrer sur YouTube, SoundCloud et Facebook. Il est membre d'un petit groupe, Ghetto Phénomène, formé avec Houari, Veazy, Friz et Bil-K.

* * *

Avant cela, il rêvait d'une carrière dans le football, forcément à l'OM. Il en avait intégré le centre de formation, a passé quelques mois à La Commanderie. Une blessure, et le projet s'efface. Quant à l'école, il l'a vite désertée et a décroché de sa section professionnelle au lycée Charlotte-Grawitz, blotti dans un parc verdoyant du XIIIe arrondissement. Sans grand entrain, il travaille un temps avec Toussaint, son père, installateur de piscines, enchaîne des petits boulots dans la sécurité, ici ou là. Le peu qu'il gagne, il le réinvestit dans du matériel de musique. Avec un micro, une carte son, un clavier numérique et deux enceintes de monitoring, il constitue son petit studio improvisé dans sa cité coincée entre le cimetière Saint-Pierre et les grands axes qui mènent à la Côte d'Azur. Il a grandi dans cet appartement modeste, aux côtés de sa mère, Nathalie, employée à la mairie, et de son petit frère, Mathieu, que tout le monde appelle Tchyco. Un trio très soudé, forgé par la rudesse de parcours cabossés. Jul a évolué dans l'ombre rassurante de sa mère, dont il a pris le nom, figure centrale et protectrice.

Après la séparation de ses parents alors qu'il était tout jeune, il a appris à composer avec un père en retrait, sans vraiment avoir le choix. Ventilateur, matelas au sol et câbles entortillés, c'est dans ce studio de fortune qu'il compose, enregistre et travaille ses couplets pour son groupe, Ghetto Phénomène. Certains des sons commencent à plaire localement et l'un d'entre eux retient l'attention d'un petit label des quartiers nord : Liga One Industry. Par l'intermédiaire d'un autre rappeur marseillais, Khalif Hardcore, il rencontre Yahcine Tir, alias Tota, le patron. Ce grand costaud de 42 ans aux yeux bleu lapis a grandi au son d'IAM, du « Mia » et des « Bad boys de Marseille ».

Le local du label se trouve dans la cité Font-Vert, le fief de Tota, dans le XIVe arrondissement de la ville. C'est un ancien appartement réaménagé en studio d'enregistrement, que les jeunes du coin appellent « l'usine ». Le matériel y est sommaire mais tout de même plus sophistiqué que dans la chambre de Jul, les enceintes plus puissantes, le micro mieux isolé. C'est là que Liga One enregistre ses premiers artistes, parmi lesquels un certain Soso Maness, lui aussi issu de la cité où il s'est d'abord fait un nom dans la « bicrave [2] », comme il dit.

* * *

Pour manager Jul, Tota pense à son frère Karim [3], de onze ans son cadet. À Font-Vert, on le surnomme Charly, à cause de sa démarche chaloupée rappelant celle de Charlie Chaplin. Fin collier de barbe, beaux yeux en amande, le jeune homme fougueux sort tout juste de détention pour

2. Mot d'argot qui désigne la vente au détail de stupéfiants.

3. Karim Tir était officiellement le manager de Jul, qui le confirme lors d'auditions avec la police et dans plusieurs messages postés sur les réseaux sociaux.

trafic de stupéfiants. Dès qu'il découvre la musique de Jul, quelque chose l'accroche. Il y décèle une singularité qu'il n'a jusque-là jamais entendue. Lorsqu'ils se rencontrent pour la première fois, en ce début d'année 2013, le courant passe tout de suite. Karim lui confie voir en lui un « Justin Bieber français [4] ». Il se sent capable d'installer une carrière dans la durée et s'enthousiasme à l'idée de propulser une pop urbaine marseillaise, populaire et mélodique, à la croisée du rap et de la chanson. Jul est séduit, lui qui a grandi avec le hip-hop marseillais des aînés, mais aussi avec une certaine variété française, celle que sa mère écoute et qui anime les bals d'été des villages corses où il a passé de longs mois d'août durant son adolescence. Il se nourrit aussi des tubes d'eurodance qui passent en boucle sur Fun Radio. Il apprécie les rythmiques simples, les refrains qui restent en tête, les voix pitchées. Le rappeur aux influences éclectiques ne croule pas sous les propositions. Il n'hésite pas longtemps avant de dire oui aux frères Tir, Karim et Tota.

Ces derniers ne sont pas seulement des producteurs de musique. La famille d'origine algérienne est bien connue dans les quartiers nord de Marseille. Elle aide les plus démunis, s'investit dans les projets caritatifs. Mais elle est aussi crainte en raison du rôle de certains de ses membres dans le trafic de stupéfiants. À Font-Vert, ils règnent sur les bâtiments E et F, deux barres HLM vétustes construites dans les années 1960. Depuis quatre ans, c'est le théâtre d'un sanglant conflit de territoires dont nul ne sait comment enrayer la spirale de violence [5]. Elle oppose d'abord les Tir à certains membres d'une autre famille, les

---

4. Audition de Jul comme témoin le 11 mars 2019 devant la juge d'instruction en charge de l'enquête sur la mort de Karim Tir.

5. Synthèse des notes du Service d'information, de renseignement et d'analyse stratégique sur la criminalité organisée du 26 décembre 2013 et du 30 juin 2014 concernant la problématique des cités marseillaises, et plus particulièrement celle de Font-Vert.

Seghier, venue de Marignane. Puis aux Remadnia, des cousins des Tir qui tiennent le bâtiment K. Un an avant sa rencontre avec Jul, Karim a enterré l'un de ses frères aînés, puis un oncle, tous deux fauchés par cette guerre des clans. Depuis sa sortie de prison, il s'efforce de ne pas succomber à l'argent facile, ne veut plus entendre le fracas des armes qui déciment sa famille. Jul doit être sa rédemption. Karim n'a pas vraiment d'expérience dans la musique et s'improvise manager, non sans un certain talent, servi par ce bagout qui force l'admiration de Jul. Pour promouvoir son artiste, Karim peut interpeller des passants dans la rue ou entre deux rayons d'une supérette, juste pour faire écouter un morceau sur son téléphone et inviter à suivre sa page Facebook.

* * *

À Font-Vert, dans le studio aux murs mal capitonnés de Liga One, Jul peut passer des nuits entières. Il franchit souvent la petite porte jaune de « l'usine » avec son frère, Tchyco, un ami d'enfance, Fabio, son cousin Romain qui se fait appeler Babyboys et toute une bande du quartier. Ils sont une dizaine, entassés dans la chaleur étouffante du local exigu, à siroter des canettes de Red Bull, enfumés par les joints de haschich qui tournent en continu. Entre deux prises, il leur arrive de poser les micros pour jouer aux cartes. C'est là, au détour d'une session, que Jul rencontre Mortadon, un autre rappeur signé par les frères Tir. Une complicité immédiate se noue dans la pénombre du studio, entre textes griffonnés sur des pages écornées et rêves de réussite. Liga One fonctionne comme une famille, au sein de laquelle Jul trouve vite sa place. Il enchaîne d'abord les collaborations avec les artistes maison, comme Soso Maness, Kamikaz, Khalif Hardcore. Puis les frères Tir lui présentent Lacrim, déjà bien connu dans le milieu. À l'époque, le rappeur du 94 est en pleine ascension. Il vit alors à Marseille où il travaille avec un label solidement ancré à La Castellane, une autre cité des quartiers nord. Avec Jul, le courant passe bien, et un premier morceau est enregistré dans la foulée. En juin 2013, le nom du rappeur se fait connaître bien au-delà des zones délaissées de Marseille. Dans toutes les grandes villes du Sud-Est, on se met à fredonner ses couplets. Karim a fait ses preuves. Le bouche-à-oreille fonctionne, porté par les portables et les partages sur Facebook.

Infatigable, Jul peaufine son premier single, « Sort le cross volé ». Il s'occupe de la musique et Karim du reste. Le manager recrute une équipe pour le tournage du clip, rameute des potes pour figurer à l'image et fait imprimer une centaine de t-shirts avec le logo du rappeur. Le 4 novembre 2013, le morceau sort et l'effet est immédiat. Des paroles crues, un flow jusque-là jamais entendu, un refrain chanté. Le buzz est fulgurant. En moins d'un mois, la vidéo dépasse les trois millions de vues sur YouTube et place Jul sur la carte des artistes à suivre. En décembre, il passe pour la première fois sur l'antenne de Skyrock. Le morceau n'est qu'un prélude à un projet plus ambitieux. Avec Karim, le rappeur prépare en coulisses son premier album. Une vingtaine de titres sont déjà prêts pour une sortie espérée en février 2014. Karim se rapproche d'un petit distributeur parisien indépendant. Il s'appelle Musicast et est dirigé par son fondateur, Julien Kertudo, penseur discret et visionnaire de la distribution au service des artistes indépendants. Karim prévoit un premier pressage de dix mille CD, imagine déjà la pochette et organise un shooting. Tout est calé. Sans le savoir, il pose les bases d'un nouveau modèle, loin des usages des majors de l'industrie musicale, qui mènera à une petite révolution.

* * *

Le vendredi 24 février sort le premier album de Jul. Quelques featurings[6], mais surtout une série de morceaux solo dans lesquels il affirme son style si singulier. Deux titres se démarquent : « Dans ma paranoïa », qui donne son nom à l'album, et « J'oublie tout ». Jul impose une formule musicale inédite avec des productions « électro », des beats qui frappent sur tous les temps. Il y raconte des histoires de quartier, de deal et d'amour, avec une sincérité désarmante. Ses refrains passent à l'Auto-Tune[7], et certaines de ses mélodies rappellent « Freed from Desire » de Gala. Un mélange inattendu entre le rap marseillais traditionnel qui l'a forgé et une variété parfois sirupeuse.

En moins de trois semaines, l'album s'écoule à vingt mille exemplaires. Jul n'attend pas qu'on l'invite. Avec Karim, il organise une séance de dédicace pirate à la Fnac d'Avignon. Un simple message sur Facebook et ce sont mille cinq cents adolescents qui se pressent devant le grand magasin. La Fnac ferme ses portes et appelle la police. Jul, lui, comprend qu'il vient de franchir un cap. Il a désormais une communauté, sa « Team Jul ». Chaque jour, il s'adresse à elle, lui parle comme à une amie fidèle. Il dit ce qu'il vit, ce qu'il ressent, interagit et écoute avec empathie. Liga One surfe sur cette popularité naissante. Dans le mois qui suit la sortie de son premier album, des dizaines de showcases[8] s'organisent. Propulsé nouveau visage du rap marseillais, Jul doit se produire presque chaque soir, principalement dans des clubs et des bars à chicha, à travers toute la France. En mars, il en aligne dix, à Annemasse, Grenoble, Perpignan,

6. On désigne ainsi les morceaux où interviennent un ou plusieurs autres artistes, conviés pour l'occasion.

7. L'Auto-Tune est un logiciel de traitement vocal qui corrige la justesse des notes chantées en temps réel et peut aussi être utilisé comme effet artistique pour transformer la voix.

8. Dans le rap, un showcase est une performance live, souvent donnée dans un club ou une petite salle.

Brest, Nancy. Chaque fois, les établissements sont pleins à craquer. Les billets, vendus 25 euros, s'arrachent. Autour de lui, la « famille » Liga One s'affaire. Ils pérégrinent en cortège, souvent de cinq voitures. Sur scène, ils montent parfois à quinze pour entourer leur star. Karim est là, toujours. Mortadon, le pote de Font-Vert, veille sur Jul, à la ville comme à la scène où il double les refrains, harangue la foule. Dans cette atmosphère enfumée de chichas des périphéries, Jul balance « J'oublie tout », « Dans ma paranoïa », devant des centaines de jeunes conquis. Le cachet est payé 5 000 euros cash par soirée que récupère Karim.

L'ambiance peut parfois dégénérer. À Dijon, un soir, dans une chicha bondée, un membre de Liga One s'échauffe avec des types du coin. Les insultes fusent, puis un coup de bouteille part. Le Marseillais le prend en pleine arcade, le sang gicle et lui laisse une entaille nette sur le côté droit du crâne. Le lendemain, les gars de Marseille reviennent à cinq dans le club. Ils exigent une « petite amende » de 6 000 euros. Intimidé par ces jeunes tempétueux des quartiers nord, le patron du club ne discute pas et paye [9].

* * *

Loin des embrouilles, Jul continue d'écrire et de composer, sans se soucier de la logistique ni de l'argent, les prérogatives de Karim et Tota. Tout passe par eux. L'aîné lance une nouvelle série de t-shirts à l'effigie du rappeur, floqués à la va-vite, vendus par dizaines à chaque showcase. Le phénomène Jul explose dans les quartiers, partout en France. Les réseaux sociaux et les smartphones changent le rapport à ses fans. Quatre mois après la sortie de *Dans ma paranoïa*,

9. Entretiens des auteurs avec des sources de premier plan ayant requis l'anonymat.

Liga One a déjà encaissé près de 400 000 euros [10]. De cet argent, Jul ne perçoit que quelques liasses de billets de 50 euros, remis de la main à la main par Karim ou Tota [11]. De quoi payer le loyer, l'essence et la nourriture. Aucun contrat, juste des accords passés à l'oral. L'artiste ne pose pas de questions et leur fait confiance. La fratrie Tir lui a assuré qu'il était associé dans Liga One et que l'ensemble des revenus générés seraient bien partagés en trois parts égales.

En avril 2014, Jul débarque pour la première fois dans les studios parisiens de Skyrock, sur le plateau de l'émission *Planète Rap*. Une semaine entière est consacrée à *Dans ma paranoïa*. En coulisses, Karim échange quelques mots avec Laurent Bouneau, l'inoxydable directeur général des programmes. Lui ne croit pas vraiment à la stratégie d'un album tous les quatre mois. Il trouve cela risqué, précipité et forcément bâclé. Jul ne prête pas attention à ces remarques. Son credo s'affiche en grand sur son t-shirt : « Je me suis fait tout seul, j'ai compté sur les gens, j'ai fini tout seul. »

Pendant cette semaine, la cité Font-Vert squatte les locaux de Skyrock, 37 bis, rue Greneta. DJ Kayz aux platines, Soso Maness en soutien. Jul enchaîne les freestyles, impressionne par sa technicité, ses chants et les punchlines distillées avec aisance. « J'fais des crises au mic' quand je trouve pas le sommeil. Dis à la Sacem [12] qu'il me faut mon

---

10. Documents consultés par les auteurs. L'assignation de Liga One devant le tribunal de grande instance de Paris évoque le versement par Musicast au bénéfice de Liga One Industry d'une avance de 150 000 euros le 9 juin 2014 puis d'une seconde avance de 250 000 euros, le 15 juillet 2024.

11. Entretiens des auteurs avec des sources de premier plan ayant requis l'anonymat.

12. La Société des auteurs, compositeurs et éditeurs de musique (Sacem) est une institution privée à but non lucratif chargée de collecter et gérer les droits d'auteur.

oseille. » Karim Tir est là, en retrait. Il savoure le moment mais n'a toujours pas fini de déclarer Jul à l'organisme de collecte des droits d'auteur. Le manager affiche un sourire tranquille, esquisse quelques pas de danse et ne laisse rien paraître. S'il a quitté les quartiers nord de Marseille depuis plusieurs mois pour s'établir en région parisienne, la peur d'être rattrapé par les guerres de la drogue ne le quitte en réalité jamais vraiment. Pour oublier, Karim se noie dans le travail, gère l'organisation des clips, des showcases et des campagnes promotionnelles. Si les majors ont d'abord eu du mal à comprendre le phénomène Jul, qu'elles ont même jugé avec mépris, elles ont désormais les yeux rivés sur lui et ses ventes. Fin mai, Karim et Tota sont reçus avec tous les égards par Pascal Nègre, le patron d'Universal Music France, dans son vaste bureau au huitième étage d'un immeuble du Ve arrondissement. Karim se prête au jeu et commence à goûter aux mondanités du milieu parisien de la musique. Il se prend à aimer côtoyer les P.-D.G. et les cadres bien nés de cette industrie qu'il découvre, observe et compte conquérir. Il se met aussi à contacter la presse, s'initie aux codes de séduction des journalistes. Il a d'ailleurs décroché l'une des toutes premières interviews télévisées de Jul, sur NRJ 12. Entre deux showcases dans toute la France, le rappeur marseillais prévoit de monter à Paris, en ce mois de juin 2014. Il doit y évoquer *Dans ma paranoïa*, mais surtout annoncer son deuxième projet, un « street album [13] » intitulé *Lacrizeomic* dont la sortie est prévue dans quelques semaines.

* * *

Le 12 juin, aux alentours de 8 h 30, Jul se rend à l'aéroport de Marseille-Provence, vêtu d'un survêtement du club

13. Dans le rap français, un « street album » désigne un opus qui a vocation à promouvoir un futur album plus abouti.

de Chelsea. Il a les traits tirés et les yeux cernés par une nuit blanche qui s'ajoute à la fatigue de trois mois de showcases sans interruption. Il s'allume une Marlboro au fumoir du terminal, puis commande un café au comptoir. À ses côtés, Houari, membre de Ghetto Phénomène, l'accompagne comme souvent. Dans une trentaine de minutes, ils s'envolent pour Paris. Jul est attendu en milieu d'après-midi dans les studios de NRJ 12. Le vol est court, à peine une heure et quart. À Orly, Karim doit les accueillir, les conduire à l'hôtel pour un court répit, puis les emmener dans les locaux de la chaîne. L'Airbus d'Air France se pose à 11 h 37. Jul et Houari traversent le terminal en traînant leurs valises cabine. Mais aucune trace de Karim. Jul l'appelle une première fois, puis une seconde. La messagerie se déclenche à chaque tentative. Quelques minutes plus tard, son téléphone sonne. C'est Tota. Sa voix est grave et étranglée : « Ils ont tiré sur mon frère. C'est mal en point [14]. »

Dans la nuit, à 1 h 15, près de la bouche du métro Les Agnettes à Asnières-sur-Seine, la Renault Clio de Karim a été prise pour cible par un commando armé circulant à moto. Ils l'ont poursuivi sur plusieurs centaines de mètres, avant d'ouvrir le feu à bout portant. Grièvement blessé, Karim a été transporté en urgence à l'hôpital Cochin, où il est mort quelques heures plus tard. Dans le coffre de sa voiture, les policiers découvrent des dizaines de t-shirts floqués *Lacrizeomic*, fraîchement imprimés, que Karim avait fait produire pour la sortie du nouvel album quatre jours plus tard. Le rappeur est effondré. Il se rend directement à l'hôpital, où il retrouve dans le hall l'une des sœurs du défunt. Mortadon les rejoint peu après. L'ambiance est lourde, le recueillement douloureux. Les enquêteurs font

14. Audition de Jul le 12 juin 2014 devant la brigade criminelle de Paris.

part de leur souhait d'entendre les proches. Jul et Mortadon sont convoqués au 36, quai des Orfèvres, dès l'après-midi.

Face à un officier de police judiciaire, le rappeur peine à masquer sa tristesse. Il raconte ses derniers échanges avec Karim, les messages envoyés la veille, deux heures avant son assassinat. La dernière fois qu'il l'a vu remonte à un showcase en Belgique, une semaine plus tôt. Il ne l'avait pas trouvé inquiet. L'audition, débutée à 16 h 20, dure moins d'une heure. Avant de conclure, l'enquêteur lui demande s'il souhaite ajouter quelque chose. Jul répond spontanément : « Karim était un mec droit, un mec bien, et le meilleur manager de France. Il ne méritait pas ça [15]. » Si les policiers tiennent tant à l'entendre, c'est qu'ils sont persuadés que les tueurs ont profité de ses annonces de showcases sur Facebook pour suivre leur cible. À son insu, Jul a servi de balise humaine pour pister Karim. Les investigations révèlent que l'assassinat a d'abord été envisagé le 25 mai 2014, au lendemain d'un showcase prévu au Lokomia Club, une discothèque à Coignières, dans les Yvelines. Pendant des semaines, ses assassins ont scruté chaque date pour le traquer et l'exécuter. Ce meurtre bouleverse la cité de Font-Vert. Le quartier s'est figé. Le rideau de l'alimentation générale tenue par des membres de la famille Tir, habituellement relevé du matin au soir, reste fermé. Le signe tangible d'un basculement : celui des rapports de force dans les quartiers nord, où le clan familial semble vaciller. Le rideau de l'épicerie ne se relèvera pas avant longtemps. Craignant d'être le prochain sur la liste, Tota s'enfuit pour se mettre en sécurité. Face à cet engrenage de représailles que son petit frère redoutait tant, il s'est réfugié de l'autre côté de la Méditerranée, en Algérie, dans le fief familial de Khenchela, à près de 400 kilomètres au sud-est d'Alger, sur les pentes du massif des Aurès. C'est aussi le berceau de la famille rivale des Remadnia.

---

15. *Ibid.*

3

L'AFFRANCHISSEMENT

Jul rentre à Marseille, effondré, l'esprit ailleurs. Il n'a ni l'énergie ni l'envie de célébrer la sortie de *Lacrizeomic* que Karim imaginait comme un tournant dans sa carrière. Dès la première semaine de sa sortie, le 16 juin 2014, l'album dépasse pourtant les ventes de *Dans ma paranoïa*. Tous les showcases prévus aux quatre coins de la France à l'approche de l'été sont annulés. Le rappeur, d'ordinaire si actif aux côtés de sa « team Jul », se retire du tumulte. Les journées sont longues et seul son smartphone brise parfois cette retraite lorsque s'affiche sur l'écran le nouveau numéro de Tota, précédé de l'indicatif +213, celui de l'Algérie. Avec la mort de son cadet, le producteur doit repenser l'organisation et il tient à en parler. Mais pas au téléphone. De vive voix. Il propose à Jul de prendre en charge ses billets pour venir à Khenchela où doivent se tenir bientôt les obsèques de Karim. Les dates restent encore incertaines. Le corps repose toujours à l'institut médico-légal de Paris, en attente du permis d'inhumer. L'autorisation du magistrat n'arrive que le 24 juillet.

Trois jours plus tard, Jul décolle pour l'Algérie. Il doit y passer deux semaines, entouré de la famille Tir. Karim y est enterré à quelques mètres seulement des tombes où reposent les membres du clan des Remadnia, suspectés d'avoir joué un rôle dans son assassinat [16]. Jul découvre cette terre que ses « kheys [17] » de Marseille lui ont si souvent décrite. Lui qui a sillonné la France, passé ses vacances parmi les siens en Corse, à Cargèse et L'Île-Rousse, contemple désormais la Méditerranée depuis les rivages d'Annaba « la Coquette ».

* * *

Si le deuil lui pèse, Tota souhaite clarifier la suite de leur partenariat. Le prochain album est déjà dans les tuyaux, et le rappeur lui a trouvé un titre : *Je trouve pas le sommeil.* La sortie est prévue pour décembre. Jul veut maintenir son rythme de production : deux albums par an, le premier en juin, le second en décembre. Son ordinateur regorge de morceaux presque finalisés et il se sent capable de tenir la cadence. Il profite même de son séjour algérien pour enregistrer des titres en studio. Tota lui présente le chanteur de raï Cheb Khalass, avec qui il enregistre un titre. En ce qui concerne le fonctionnement, un nouvel équilibre est trouvé : Tota garde la main sur Liga One mais reste pour le moment en Algérie où il est en sécurité. À Marseille, Momo et Nassim, deux autres frères Tir, reprendront la gestion quotidienne et les showcases, une manne devenue stratégique pour la famille. Après une brève halte à Marrakech, Jul rentre à Marseille au milieu du mois d'août. Deux mois après sa sortie, *Lacrizeomic* a encore consolidé sa

16. Zakary Remadnia, soupçonné d'avoir fait partie du commando ayant assassiné Karim Tir, sera tué à son tour le 18 juillet 2014. Le 21 septembre 2024, Mohamed Seghier et Juan Marti, proches de la famille Remadnia, ont été condamnés définitivement par la cour d'assises des Bouches-du-Rhône pour l'assassinat de Karim Tir à trente ans de prison.

17. Mot issu du dialecte arabe parlé au Maghreb qui désigne un « frère », un « ami proche ».

notoriété grandissante. Avec ce succès, les demandes de showcases affluent. En septembre, Jul reprend la route, d'Orléans à Perpignan en passant par Chartres et Thionville. Sa cote grimpe, ses tarifs aussi. Il faut désormais près de 8 000 euros pour s'offrir une prestation du rappeur marseillais. Mais en dehors de la scène, sans Karim, l'ambiance n'est plus la même. Certes, Mortadon reste une présence amicale solide mais avec Tota, Momo et Nassim, les trois frères Tir désormais aux commandes, la relation est plus froide, plus distante. Jul regrette son ami Karim qui, lui, aimait sincèrement sa musique, en comprenait le côté à la fois brut et sensible. Cette célébrité, l'artiste aurait voulu la vivre à ses côtés. Au milieu de l'hiver, Liga One décide de faire encore monter les cachets : 10 000 euros, parfois 12 000 le show. Les liasses de billets récoltées par Jul s'épaississent, mais le mode de fonctionnement reste identique. Tout passe de la main à la main. Pas de contrat ni de cachet d'artiste, encore moins de fiche de paie. Les seuls revenus en propre perçus par Jul sont ceux générés par sa chaîne YouTube, qui cumule des centaines de millions de vues. Au mois de février, l'artiste a écoulé près de deux cent mille albums en une année et les certifications s'enchaînent. Mais il ne possède toujours pas d'appartement à son nom, ni de compte d'épargne. Cette situation commence à inquiéter sa mère, Nathalie, qui s'en ouvre avec précaution à son fils, lequel fait de son mieux pour la rassurer. Tout est prévu, lui dit-il, Tota gère. Le décès de Karim a un peu retardé les choses, c'est vrai. Mais bientôt, promet-il, il touchera sa part d'associé dans Liga One.

Pourtant, l'artiste se met à douter. D'autant que Tota se montre évasif. Bientôt un an que Karim est « parti » et le rappeur commence à trouver le temps long. Les billets de banque ne lui suffisent plus et Nathalie n'en démord pas, convaincue que son fils est maintenu en état de dépendance, tandis que les revenus de ses albums et de ses showcases lui échappent. Son intuition ne la trompe pas :

quelques recherches suffisent à lui faire comprendre que son minot a été dupé. Au registre du commerce, Liga One Industry, le nom complet de la société, ne compte que deux actionnaires. Tota possède 51 % du capital, le reste revenant à feu Karim Tir. Il n'y a pas la moindre trace de Jul dans l'actionnariat. Pire : tous les morceaux de l'artiste ont été enregistrés au nom du label, qui en est déclaré producteur. Le rappeur n'est donc propriétaire d'aucune de ses chansons, pas même celles qu'il avait pourtant enregistrées seul, dans son petit studio. De son côté, Liga One encaisse. Début mai 2015, le label perçoit près d'un million d'euros issus des ventes des albums de Jul [18]. Désarçonné et furieux, le rappeur marseillais relance Tota, multiplie les appels, lui fait part de sa déception et de son souhait de voir l'accord initial respecté. En guise de réponse et d'avertissement, Liga One lui interdit l'accès au studio de Font-Vert, son refuge depuis un an. L'artiste encaisse sans broncher. Avec sa mère, il arrête un plan : il livrera *Je tourne en rond*, prévu pour le 8 juin, comme convenu. Puis il annoncera officiellement son départ du label.

* * *

Depuis son exil algérien, Tota sent bien que Jul lui échappe. Les showcases organisés par Liga One s'annulent en cascade. Le 30 mai, c'est au K Kliente, au Havre, malgré un cachet versé en supplément pour l'exclusivité en Normandie. Une semaine plus tard, le scénario se répète au Marina de Barcarès, près de Perpignan. Jul devait retrouver les frères Tir sur place mais personne ne vient. En fin de

18. Documents consultés par les auteurs. L'assignation de Liga One devant le tribunal de grande instance de Paris évoque une facture de 1 033 578 euros TTC réglée par Musicast le 5 mai 2015 au bénéfice de Liga One Industry.

journée, Liga One explique au gérant que Jul est malade et doit donc reporter. Sauf que ce soir-là, l'artiste monte sur scène à 300 kilomètres de là, plus à l'est. Jogging, casquette, claquettes, il chante « Normal » aux côtés d'un autre rappeur, Alonzo, dans un Dôme de Marseille à guichets fermés. Pour la fratrie Tir, c'est un affront. Jul a l'outrecuidance de les défier ouvertement. Et à Marseille, de surcroît. Le 8 juin, *Je tourne en rond* sort dans une ambiance de guerre larvée entre le rappeur et ses producteurs. Pas moins de quarante mille ventes en une semaine, un nouveau record. Dix jours plus tard, Jul annonce sobrement sur Facebook la fin de sa collaboration : « Léquipe je vous annonce une nouvelle, la liga one cest terminer pour moi je vais continuer tout seul #Jul. » Cette fois, l'artiste a compris la leçon. Avant de publier sa décision sur les réseaux sociaux, il s'est discrètement rendu à Paris accompagné de sa mère, bien décidée à reprendre les affaires en main. Dans un grand bureau haussmannien de la rue de l'Université, au cœur du VIIe arrondissement, ils ont été reçus par deux ténors du droit des artistes. C'est encore Nathalie qui a déniché ces avocats, qui ont travaillé par le passé pour les rappeurs marseillais d'IAM et de la Fonky Family. Jul leur a raconté par le menu son histoire avec Liga One en s'efforçant de n'omettre aucun détail. Désormais, le rappeur souhaite trancher le différend qui l'oppose à la société de production par voie judiciaire. Tout au long du mois de juin 2015, ses conseils vont donc s'employer à envoyer des mises en demeure au siège de Liga One [19]. Qui se défend. Le label prétend disposer d'un contrat signé par l'artiste le 5 février 2013, stipulant qu'il s'est engagé à livrer cinq albums. Jul s'en étonne : il est certain de n'avoir jamais paraphé un tel document. Il affirme que sa signature a dû être falsifiée car à cette date, non seulement il ne connaissait

19. Documents consultés par les auteurs.

pas encore les frères Tir, mais leur label n'avait aucune existence légale, assure-t-il. Liga One conteste. Ces échanges contribuent encore à tendre les relations entre les producteurs et l'artiste. Jul est accusé de trahir et de salir la mémoire de Karim, de passer par pertes et profits les bienfaits dont son défunt manager l'a fait bénéficier. « Rapidement, il n'y avait plus de communication, rappelle l'avocate historique des Tir, Menya Arab-Tigrine. Et ce qui fut particulièrement décevant pour la famille, c'est le peu de considération que Jul a eu pour la mémoire de celui qui, certes, l'avait découvert, mais surtout lui faisait une confiance aveugle. » Le 7 juillet 2015, le Rubicon judiciaire est franchi : les avocats assignent Liga One devant le tribunal de grande instance de Paris. Le document d'une dizaine de pages[20], resté confidentiel, est argumenté et charpenté. « Vanité des promesses [...] faites par les frères Tir », « trahison », exploitation « sans droits ni titres » des œuvres du jeune rappeur, « contrefaçon », l'artillerie juridique est sortie. Le montant du préjudice réclamé est chiffré au centime près : 1 335 576,78 euros.

* * *

Pour la fratrie Tir, Jul dépasse les limites. Le label fait immédiatement supprimer sa chaîne YouTube et le prive de ses près de cinq cents millions de vues. Sidérés, les fans ignorent pourtant ce qui se trame en coulisses, car cette action ne constitue que la partie publique du conflit qui pourrait s'échapper de l'arène judiciaire et tomber sous le coup de la loi de la rue. Jul est considéré comme un « traître » et le rappeur craint désormais pour sa vie. Il estime ne plus avoir d'autre choix que de quitter précipitamment Marseille. Une petite maison en périphérie, à une

20. Document consulté par les auteurs.

heure et demie de la cité phocéenne, est trouvée en urgence. Seule une poignée de proches est mise dans la confidence. L'artiste s'y cache sous bonne protection [21]. En parallèle, sa mère s'est tournée vers le père de son deuxième fils, un Corse né à Marseille, pour demander conseil. Il s'appelle Jean-Pierre Anastasio et a assuré une partie de l'éducation de Jul, qui le considère comme un père. Et comme il le confesse lui-même, Jean-Pierre Anastasio n'est pas un « saint [22] ». Fin 2013, il a été condamné à sept ans de prison dans une affaire de racket de boîtes de nuit d'Aix-en-Provence et purge sa peine au centre pénitentiaire d'Avignon-Le Pontet. Avisé des démêlés de son beau-fils, il a l'idée de souffler à son ancienne compagne le nom d'un avocat pénaliste rompu aux affaires de criminalité organisée. Lui saura sans doute quoi faire. Entre Jul et les Tir, la tension atteint son paroxysme. Le rappeur vit reclus dans sa planque dont il ne sort plus. Il a aménagé un studio de fortune dans ce qu'il appelle sa « cabane », au fond du jardin. C'est un abri vieillot, construit en rondins de bois patinés par le temps et l'humidité. Le toit en tôle ondulée est en partie recouvert d'une grande bâche militaire kaki, tendue pour protéger la cahute des rafales de vent et des averses. À l'intérieur, une petite fenêtre à carreaux laisse filtrer un mince rayon de lumière. À la nuit tombée, l'éclairage est essentiellement fourni par l'écran de son ordinateur, où défilent les ondulations superposées des pistes audio. De chaque côté, il a posé des enceintes, branchées à une carte son brinquebalante. Cloîtré entre ces quatre murs de bois ombragés par de grands pins et des cyprès, Jul se réfugie dans son univers créatif. Maillot de foot sur le dos,

21. Entretiens avec des sources de premier plan ayant requis l'anonymat.

22. Propos tenus par Jean-Pierre Anastasio lors d'une audition par la police judiciaire de Marseille le 11 septembre 2018.

bouteille d'Oasis à portée de main, morceau de shit et friandises, il compose jour et nuit. Dans la maison principale, à quelques mètres de ce studio de fortune, des hommes en armes montent la garde.

La précaution est loin d'être superflue. Au fil du mois de juillet 2015, les menaces se font encore plus pressantes. Jul et sa mère prennent une décision difficile : se désister de leur action judiciaire contre Liga One au tribunal de Paris. Plus d'issue, le risque est désormais trop élevé. Les avocats spécialistes du droit d'auteur sont remerciés et le dossier est confié à l'avocat pénaliste recommandé par Anastasio. Les traces de vie de Jul, en ce mois de juillet paranoïaque, sont rares. À peine un post publié dans la nuit du 17 juillet sur son compte Facebook, signé d'un hashtag énigmatique : « #criblémoideballecommesajedeviendraishistorique[23]. » Ce n'est pas une simple dédicace au rappeur marseillais Le Rat Luciano, à l'origine de cette punchline[24]. C'est un message en prévision du pire, un indice cryptique pour des millions d'abonnés qui ne peuvent en comprendre le sens. Claquemuré dans sa cabane au fond du jardin, Jul est à bout. Il supporte de plus en plus difficilement d'être l'otage d'un conflit dont l'issue lui échappe. C'est à travers son art qu'il s'évade, travaillant sans relâche à la composition d'un futur album à la date de sortie inconnue.

* * *

Au début du mois d'août, il est enfin exfiltré loin des quartiers nord, en Corse. Direction la Balagne, dans le

23. Publication postée par Jul sur son compte Facebook officiel le 17 juillet 2015, accompagnée du morceau « Déguste » de Le Rat Luciano, dont la phrase est issue.

24. Anglicisme désignant une phrase percutante, conçue pour marquer les esprits.

nord-ouest de l'île, la région d'origine de son beau-père, Jean-Pierre Anastasio. Là, le rappeur trouve un peu de répit, reprend goût aux bains de mer, aux douces soirées sous les étoiles et à la liberté avec son cousin du même âge, Babyboys, lui aussi originaire de l'île de Beauté. Ici, sur une terre où les « amis » ne manquent pas, où tout le monde se connaît et où l'on remarque immédiatement un visage inconnu ou une plaque minéralogique douteuse, Jul se sent en sécurité. Il se produit même sur la petite scène de l'Eden Port, un club de Calvi dont le propriétaire est un bon ami d'Anastasio[25]. C'est son premier showcase effectué en pleine lumière, sans l'ombre intimidante des frères Tir. Après quelques jours de tranquillité, il rentre discrètement à Marseille à la mi-août et se replonge dans la chaleur de la ville agitée. Son nouvel avocat tient à le rassurer : les échanges avec sa consœur qui défend les intérêts de la famille Tir devraient aboutir à un accord. En revanche, les négociations peuvent prendre du temps et, par mesure de précaution, mieux vaut continuer à se faire discret, si possible loin du centre-ville et des quartiers nord. Pour les rares collaborateurs autorisés à rencontrer le rappeur, comme les représentants des labels venus de Paris, un véritable jeu de piste s'engage, digne d'un film noir. Le visiteur est récupéré à la gare de Marseille-Saint-Charles puis emmené, en voiture, à la périphérie de la ville. À une dizaine de kilomètres de la destination finale, qui doit demeurer secrète, on lui bande les yeux avant de reprendre la route, toujours sous bonne garde. Personne ne doit savoir où se trouve Jul.

Au début du mois de septembre, les avocats des deux parties s'approchent d'un compromis acceptable, qui achoppe encore sur deux points majeurs. D'abord, Liga One exige la totalité de la propriété des cinq albums déjà produits dans son studio de Font-Vert. Ensuite, le contrat

25. Showcase donné le 9 août 2015.

prétendument signé par Jul prévoit une clause d'exclusivité d'un an après la fin de l'accord. Ce qui empêche donc l'artiste de sortir tout nouvel album avant juin 2016. Un scénario inenvisageable pour Jul, attaché à son idée de tenir le rythme de deux albums par an. Mais Liga One reste inflexible. Pour recouvrer sa liberté et sortir son prochain opus en décembre 2015, le rappeur finit par céder. Un accord confidentiel est scellé. En échange d'un montant de près de 600 000 euros versés par Liga One, le rappeur renonce à toute prétention sur ses cinq premiers albums et peut néanmoins sortir le suivant en décembre [26]. Un trésor pour le label des frères Tir, qui, selon les estimations, peut générer plus d'un million d'euros de revenus par an.

* * *

Cette séquence douloureuse se referme enfin, mais les plaies restent vives. Jul, le minot marseillais qui ne voulait vivre que de musique, a fait l'expérience de l'implacable mécanique de la prédation, celle qui peut briser un artiste pour de l'argent. Le 17 septembre, fidèle à ses habitudes, il publie sur sa page Facebook un communiqué dont les termes sont pesés au trébuchet : « Nous nous quittons en paix. Jul et la Liga One Industry, nous voulons informer notre public que nous nous sommes réunis et que nous avons décidé de mettre un terme à notre conflit. Nous avons fait le choix de rompre le contrat qui nous unissait, et qui avait été respecté jusqu'à aujourd'hui. Nous retrouvons donc notre liberté et nous nous souhaitons à l'un comme à l'autre une bonne route. Nous invitons notre public à ne plus évoquer cette désagréable mésaventure qui fait désormais partie du passé. »

26. Entretiens des auteurs avec des sources de premier plan ayant requis l'anonymat.

Deux semaines plus tard, il annonce la création de son propre label, D'or et de platine, dont sa mère et son frère deviennent les principaux actionnaires. Devant les policiers qui enquêtent sur la mort de Karim Tir, Tota résumera plus tard l'épisode à sa façon : « Il n'y a pas eu de tensions comme on le dit. [...] Personnellement nous ne nous sommes pas quittés en mauvais termes avec Jul, mais nous n'avons plus de rapports. Nos rapports étaient de toute façon strictement professionnels, nous ne sommes pas de la même génération et nous n'avions pas la même façon de vivre [27]. » De son côté, face à un juge d'instruction qui l'auditionne dans le cadre des investigations sur le double assassinat de deux jeunes hommes évoluant dans l'entourage de Liga One, Jul minimisera lui aussi la passe d'armes avec son ancien label : « On s'est engueulés, mais comme tout le monde. Ça n'était pas des menaces. [...] Ça s'est tassé vite, ils m'ont payé, on a fait ça à l'amiable [28]. » Interrogé de nouveau sur Karim Tir, il conclut en ces termes : « Ce n'était pas un ami, c'était mon manager, mais c'est à lui que je dois tout. Il a cru en moi [29]. »

Désormais, Jul veut opérer en famille, comme le pivot de ce trio soudé qui a traversé bien des épreuves depuis le petit HLM de la cité Louis-Loucheur. La guerre est terminée, et pourtant Jul n'a pas encore quitté sa maison-refuge. En une chaude soirée de septembre 2015, il profite de la « paix » sous la lumière dorée du soleil couchant. Il a convié des amis à dîner dans le jardin. Ils n'ont plus besoin de se laisser bander les yeux pour venir à lui. Autour de pizzas servies dans des assiettes en carton, ils se retrouvent pour

27. Audition du 9 octobre 2018 devant la police judiciaire de Marseille.

28. Audition du 4 juillet 2018 devant un juge d'instruction du tribunal de grande instance de Marseille.

29. Sollicités, ni Jul ni son équipe n'ont souhaité répondre à nos questions.

parler de tout et de rien, rire et rattraper, enfin, ces longues semaines de silence inquiétant. Après le repas, Jul ne peut résister à l'envie de les entraîner dans sa cabane en bois. Il allume un joint et son ordinateur pour faire écouter les premiers titres qui sortiront à la fin de l'année. Parmi eux, « Mama », une ode à sa mère, puis « Wesh alors », un futur hit. Tout le monde se prend à imaginer l'inévitable succès à venir. Le 4 décembre, *My World*, le fameux album, sort enfin. Vingt et un titres rythmés et parfois empreints de tristesse, portés par une énergie communicative qui casse les codes et ouvre la voie à un grand bouleversement.

4

L'ASSAUT

Quelques semaines plus tôt, à Paris. Ce lundi 16 novembre 2015, la nuit s'est abattue sur une capitale meurtrie. Le vendredi 13, des commandos djihadistes ont ouvert le feu sur des terrasses des Xe et XIe arrondissements et transformé le Bataclan en théâtre de carnage. D'autres terroristes ont fait sauter leurs ceintures d'explosifs près du Stade de France. Une action coordonnée, planifiée, exécutée pour causer le maximum de dégâts dans les corps et les âmes. Le pire attentat jamais commis en France. Cent trente morts, des centaines de blessés. Une onde de choc.

À deux kilomètres de la salle de concert ensanglantée, dans le calme presque irréel d'une rue sombre du IIe arrondissement, le temps semble suspendu. Deux hommes ont pris place dans une Audi A1 noire, moteur coupé et phares éteints. Cheveux longs, musculature d'athlète moulée dans un épais pull blanc, le premier fixe l'obscurité d'une capitale traumatisée. À sa droite, le second, barbe soignée et petit chignon, s'est affaissé dans son siège passager et tire lentement sur un joint. La fumée monte, épaisse, paresseuse, et remplit l'habitacle d'un brouillard artificiel. Sur l'écran à diodes de l'autoradio, les chiffres rouges affichent 96.00. Skyrock.

La voix de Fred Musa s'échappe des haut-parleurs. L'indéboulonnable animateur de *Planète Rap* tente de conjurer l'atmosphère pesante, de percer le silence de plomb qui s'est abattu sur l'Hexagone. « C'est vrai qu'on vient de vivre des heures assez dramatiques… Mais ce soir, c'est le *Planète Rap* de PNL. » Au premier étage du 37 bis, rue Greneta, dans le studio vitré de Skyrock, aucun signe du duo. Les deux frères originaires des Tarterêts, à Corbeil-Essonnes, brillent par leur absence. Pas de live, pas d'interview, pas même une apparition furtive pour célébrer *Le Monde Chico*, leur premier album studio sorti quinze jours plus tôt[30]. Ce soir-là, comme tous les autres de la semaine, Tarek et Nabil, alias Ademo et N.O.S., préfèrent ne pas apparaître, confortablement installés dans leur Audi, à quelques rues du siège de Skyrock. À leur place, ils ont dépêché un singe. Tito, un malicieux capucin apprivoisé, déambule dans un décor de jungle tropicale que l'équipe de PNL a soigneusement fait installer dans le studio transformé pour l'occasion. Des lianes dégringolent du plafond, des fougères géantes s'épanouissent dans une ambiance reconstituée de forêt équatoriale. Les deux artistes avaient d'abord songé à se faire représenter par un tigre. Un dresseur avait même été contacté, en banlieue parisienne. Mais des contraintes logistiques ont eu raison de la venue du fauve.

Dans l'Audi, la voix de Fred Musa ponctue les morceaux planants de l'album. Quand le titre « Mowgli » s'échappe des haut-parleurs, N.O.S. expire une volute de fumée. À sa droite, Ademo reste immobile, absorbé dans ses pensées. Tout, dans cette émission qu'ils désertent, a été millimétré. Chaque soir de cette semaine consacrée à PNL, une nouvelle scénographie, un nouveau décor, un autre univers et des invités triés sur le volet. Une première dans l'histoire de *Planète Rap*, lancée en 1996. Le studio de Skyrock

30. L'album de PNL, *Le Monde Chico*, QLF Records, est sorti le 30 octobre 2015.

devient le théâtre d'un spectacle orchestré à distance par deux fantômes.

Vers 21 heures, Fred Musa rend l'antenne. Il descend du studio, traverse la fraîcheur de cette nuit de novembre et rejoint l'Audi garée à quelques pas. Les deux frères l'attendent. Là, dans le cocon enfumé de la berline, ils débriefent ensemble l'émission et discutent de celle du lendemain. Ce sera un nouveau tableau, cette fois sur le thème de *Scarface*. Ils ont prévu un casino avec table de poker et portrait de Tony Montana, le trafiquant interprété par Al Pacino dans le film culte de Brian De Palma. Le tout dans une atmosphère feutrée. En guise de figurants, des potes des Tarterêts joueront une partie de Texas hold'em, la variante du poker la plus populaire.

* * *

Ce 16 novembre, *Le Monde Chico* s'est déjà écoulé à plus de vingt-trois mille exemplaires. Sans aucune major, en indépendant, comme le martèle Fred Musa tout au long de ce *Planète Rap*. Le mot revient comme un mantra chez PNL. Des armoiries que les deux frères revendiquent et brandissent fièrement, une manière de proclamer qu'ils n'ont besoin de personne. Cet album ne marque pas seulement l'irruption d'un *cloud rap* [31] aux nappes brumeuses et aux refrains auto-tunés qui colonise l'Hexagone. C'est aussi le fer de lance d'une stratégie de conquête fourbie en secret. Pour mener son assaut, le duo PNL sait qu'il a besoin de combiner des éléments matériels et des ressources morales. Les premiers sont fournis par leur musique ; les seconds sont nourris d'un sens aigu du rapport de force. Leurs efforts convergent vers un objectif, une mission : s'affranchir de la tutelle de maisons de disques prédatrices. En

31. Sous-genre du rap marqué par une structure musicale plus lente et planante.

cette fin d'automne 2015, leur plan de bataille va bientôt enfoncer les lignes ennemies, celles de l'ordre établi par les majors Universal, Sony et Warner. Une coalition qui régente l'industrie musicale.

Les sas d'entrée des sièges parisiens de ce *big three*, les deux frères de PNL les ont franchis quelques mois plus tôt. Parmi les objets laissés sur leur passage : un petit carnet à spirale format A5. Sur la couverture, un cœur rouge vif, traversé de valves et d'artères stylisées, l'esquisse du futur logo de leur première mixtape *QLF*, soit « Que la famille ». À l'intérieur, un CD démo de quelques titres. Empilé parmi les centaines de maquettes reçues chaque semaine, le carnet a terminé dans la corbeille de plus d'un directeur artistique. Ademo, l'aîné, a bien décroché quelques rendez-vous. Chez Warner, chez le label indépendant Because et même chez Universal, qui domine alors outrageusement le paysage musical français. Mais rien n'a abouti. Les entretiens se sont conclus sans poignée de main. « Ils voulaient un contrat de distribution. Or Universal n'en faisait pas et personne ne venait nous voir avec un tel aplomb pour poser ses conditions de la sorte [32] », se remémore, dix ans plus tard, Pascal Nègre, à l'époque P.-D.G. de la maison.

En 2015, ce fameux « contrat de distribution » n'existe pratiquement pas. Chez Universal comme ailleurs. La norme est encore au contrat d'artiste, que les majors proposent à la chaîne. Une architecture juridique ancienne, héritée de décennies de règne sans partage sur l'industrie musicale, à l'âge d'or du CD et des campagnes télévisuelles. Le modèle est implacable : en échange d'une prise en charge intégrale de ses frais, l'artiste perçoit entre 8 et 12 % des recettes générées par sa musique. Le reste ? Il revient à la maison de disques. Enregistrement, promotion, tournage des clips, diffusion, distribution, tout est réglé par la major,

32. Entretien avec les auteurs, le 7 novembre 2024.

mais tout lui appartient. À commencer par les « masters », ces bandes originales devenues, avec les années, des actifs financiers stratégiques jalousement conservés. Aux grandes heures du CD, dans les années 1990, ce modèle de contrat garantissait des marges exceptionnelles. L'argent coulait à flots dans les sièges haussmanniens des maisons de disques.

* * *

Les stars du premier âge d'or du rap français, comme MC Solaar, IAM ou NTM, ont toutes signé ce type d'accord. Leurs héritiers des années 2000, tels Rohff, Sinik ou Diam's, les ont imitées, à défaut d'autres options. « À l'époque, on n'avait pas le choix [33] », regrette MC Solaar, installé dans un des fauteuils en velours grenat du bar du George V. Longtemps signé chez Polydor, un label d'Universal, le pionnier du rap français se souvient d'un contrat « très défavorable », opaque et illisible. « On vous annonçait un prélèvement de 25 %, sorti de nulle part. On touchait des miettes alors qu'on vendait par camions », confie-t-il de sa voix douce.

Rares sont ceux qui sont parvenus à s'extraire de cette mécanique. Booba va s'y essayer très tôt. Après la sortie de son album *Ouest Side* en 2006, sur lequel il ne touche qu'un faible pourcentage, il quitte Barclay, une autre entité d'Universal, et signe chez Because, en coproduction. Puis il revient, en 2011, chez Universal. Cette fois, il pose ses conditions : la constitution d'une alliance capitalistique inédite avec son label Tallac Records. À l'époque, la distribution reste une chimère réservée à quelques irréductibles indépendants, trop petits et esseulés pour inquiéter les majors et menacer leur hégémonie.

De son côté, PNL préfère tourner le dos à cet ancien monde des maisons de disques, qui ne veut pas vraiment

33. Entretien avec les auteurs, le 22 mai 2024.

d'eux de toute façon. Début 2015, les deux frères poussent la porte d'un petit distributeur parisien indépendant installé dans le XIe arrondissement : Musicast. La structure accompagne déjà Jul, depuis quelques mois, et une poignée d'autres artistes qui ont aussi fait le choix de se détourner des grandes maisons de disques. À l'instar du rappeur marseillais, PNL n'a que faire des conseils des directeurs artistiques des majors et autres quinquagénaires à la culture pop ou rock, pour la plupart indifférents au rap. Ils enregistrent seuls, réalisent eux-mêmes leurs clips avec les moyens du bord, contournent les attachés de presse et les journalistes culturels pour privilégier leurs propres réseaux sociaux. Leur stratégie de communication repose simplement sur une page Facebook, reliée à une chaîne YouTube. Mais elles sont déjà suivies par des centaines de milliers d'abonnés.

* * *

Une bonne partie de l'année 2014, PNL l'a passée dans un petit studio d'enregistrement, boulevard Jean-Jaurès à Clichy, aux côtés de Nikolas Fève, alias NKF, ingénieur du son respecté du 91. Un rez-de-chaussée où des dizaines de rappeurs défilent, moyennant une trentaine d'euros de l'heure, pour affiner leurs couplets derrière la vitre embuée de la cabine. N.O.S. y pose ses premières voix, seul, dans une ambiance parfois tendue. Entre lui et NKF, le courant ne passe pas tout de suite. Puis la relation s'établit, la méfiance s'estompe et les automatismes s'installent. Avec son frère Ademo, tout juste sorti de trois ans de prison à Fleury-Mérogis pour trafic de cannabis [34], ils s'y enferment des journées entières, armés de paquets de madeleines au chocolat, de bouteilles d'eau et de leur souci obsessionnel

34. Elsa Vigoureux et David Caviglioli, « La folie PNL », *L'Obs*, 17 novembre 2016.

du détail. C'est là qu'ils modèlent « Je vis, je visser[35] », le morceau qui les révélera. Les séances sont réglées en liquide, quelques billets froissés posés sur le coin de la table de mixage. À peine prennent-ils quelques pauses pour fumer dans la petite cour pavée de l'immeuble. Le reste du temps, ils triturent les reverbs[36], ajustent les delays[37] et sculptent le grain de l'Auto-Tune sur des type beats[38] achetés quelques dizaines d'euros sur Internet.

Pour leurs clips non plus, ils n'ont pas besoin des maisons de disques. Leur devise, QLF, « que la famille », devient une méthode. Ils s'entourent de deux amis du 91, Kamerameha et Mess. Aucun n'a fait d'école de cinéma, ils ont appris seuls à esquisser un story-board, soigner un travelling, manier un Steadicam et diriger un acteur. De l'écriture au montage, ils se chargent de tout. Ils signent « Simba », où Ademo et N.O.S. déambulent entre blocs de béton, barres d'immeubles et couloirs tagués des Tarterêts. Des vestiges d'une autre utopie, celle des plans de rénovation urbaine lancés dans les années 1980 par la mairie communiste de Corbeil-Essonnes. Cette réalité, les frères la connaissent bien. L'ombre de leur père, René, ancien braqueur et personnage redouté du quartier des Tarterêts, rappelle l'époque où l'argent de Serge Dassault circulait dans les quartiers pour acheter les votes. Le « daron » veille sur ses enfants, les aide à émerger, les protège en cas de besoin. Il connaît son affaire : lui-même a échappé à une tentative

35. Le morceau sort le 13 juin 2014 et est le deuxième extrait du premier EP de PNL, *QLF,* sorti le 2 juin 2015.

36. Une reverb (réverbération) est un effet sonore qui simule l'écho naturel d'un espace donné.

37. Un delay est un effet sonore qui enregistre un signal audio puis le rejoue après un laps de temps défini, créant des répétitions ou un écho rythmique du son original.

38. Les types beats sont des instrumentales créées pour imiter le style d'un artiste ou d'un producteur célèbre.

d'assassinat quelques mois plus tôt, en 2013 [39]. Les « fils de bandit », comme ils se décrivent, développent une esthétique léchée, d'une précision jamais atteinte dans le rap français. « Le Monde ou rien » est tourné à Naples, dans les venelles escarpées de la cité de Scampia, qui a inspiré *Gomorra* et servi de décor à son adaptation à l'écran. Puis vient « Tchiki Tchiki », réalisé à Tokyo. Avec son vidéaste Kamerameha, Ademo partage une passion pour les mangas. Ce sont les codes qu'ils importent dans le clip, entre néons scintillants, carrefours saturés et regards perdus dans la nuit japonaise. La vidéo dépasse les dix millions de vues en moins d'un mois.

* * *

Les frères PNL poussent toujours plus loin leurs concepts. Pour les besoins de leurs clips pensés comme des œuvres, ils se mettent en scène aux sommets des Andes, tournent dans les dunes du désert côtier en Namibie. Chaque fois, leur univers s'étire un peu plus, comme un monde parallèle et autonome. La banlieue comme une planète à part ; la famille en guise d'unique vérité ; la rue vécue comme métaphore poétique de la fatalité : leur mythologie intime est forgée à coups de productions éthérées et de voix auto-tunées. Avec leur album *Dans la légende* sorti en 2016, ils franchissent un cap en inventant leur propre cinéma : trois clips – « Naha », « Onizuka » et « Béné » – pensés comme une trilogie et structurés tel un court-métrage.

Aux contrats alambiqués des majors, PNL préfère un accord clair et net, formalisé sur une simple feuille de papier A4, imprimée recto verso. L'essentiel y tient en une phrase : pour chaque vente, les deux frères empochent 70 % des revenus via leur propre label, QLF Records. Le

39. Le 19 février, en centre-ville de Corbeil-Essonnes.

reste revient à Musicast, qui se charge de la distribution physique et numérique. C'est le même contrat que celui de Jul, au mot près. À la différence du Marseillais, épaulé par sa mère et deux avocats, PNL traite en direct. C'est N.O.S., le cadet, nerveux, qui parle, d'un ton ferme. Ademo, force tranquille, écoute en silence. Et là où Jul ne renégocie pas, et tandis que les rappeurs de l'époque touchent, au mieux, un tiers des royalties, PNL ne se contente pas longtemps de ce partage. Dès le lendemain de la sortie de *Que la famille* en mars 2015, le duo revient chez Musicast. Cette fois, c'est pour *Le Monde Chico.* Voix posée et regard d'acier, il leur faut un nouveau deal. Ils repartent avec 80 %. Avec PNL, les négociations prennent des allures de blitzkrieg. Quinze minutes, rarement plus. Pour l'album suivant, *Dans la légende*[40], les conditions sont déjà sur la table. Ce sera 85 % sur le digital et 90 % sur YouTube. Pas d'écoute préalable, tout est livré au dernier moment, prêt à presser et à distribuer sur les plateformes. Sûrs d'eux, les frères ne réclament aucune avance. Seule compte la marge : elle doit leur être toujours plus favorable.

* * *

Cette indépendance, PNL ne l'a pas seulement arrachée sur la production phonographique. Ils ont tout internalisé, de l'édition à la tournée en passant par l'image. Leur propre marque, QLF Brands, écoule des vêtements brodés ainsi que des casquettes. Un écosystème structuré en cinq sociétés. Pour les piloter, ils s'entourent d'un petit aréopage composé d'une dizaine de personnes : deux avocats, un comptable et une poignée de sous-traitants, souvent jeunes, diplômés, plutôt bien nés. Certains sont issus du vivier du

40. L'album *Dans la légende* (QLF Records) est sorti le 16 septembre 2016.

label Because, comme Lionel, alias Amador, insaisissable manager du duo. Entre 2015 et 2019, cette cellule discrète orchestre la sortie de quatre albums, gère les budgets de production exécutive, monte des dossiers de crédits et sollicite même des aides du Centre national du cinéma pour financer les clips.

Le siège de leur indépendance se trouve au fond d'une impasse pavée du XIVe arrondissement, villa d'Alésia. Ils y louent le premier étage d'une charmante bâtisse de briques et de verre aux structures vertes ressemblant à une maison voisine ayant autrefois accueilli l'atelier d'Henri Matisse. Pas de nom sur la sonnette, juste un interphone et un digicode, connu des seuls initiés. À l'intérieur, un open space est traversé par la lumière d'une large baie vitrée avec, au fond, un canapé où se retrouvent des potes pour palabrer autour de chichas dont la fumée épaisse flotte dans l'air. L'ambiance est toutefois studieuse. C'est là que tout se décide : les clips, les plannings, le tempo des sorties, la communication basée sur la rareté des apparitions et le silence des frères. Appuyé par ce discret état-major de campagne, le tandem fraternel a un temps caressé l'idée d'une indépendance totale en songeant à se couper même des distributeurs pour monter leur propre circuit et louer des camions afin d'acheminer eux-mêmes les albums jusqu'aux points de vente. Une utopie nourrie d'un fantasme, celui du contrôle absolu. On ne peut jamais remporter toutes les batailles : d'innombrables contraintes logistiques ont raison du projet. Les deux frères opèrent un repli tactique. Ils préfèrent consolider leurs positions. Et garder la main sur tout le reste.

C'est aussi dans leur quartier général du XIVe arrondissement qu'ils étudient les sollicitations, nombreuses. Début 2018, à Santa Monica, en Californie, au siège mondial d'Universal Music Group, le grand patron Lucian Grainge en personne souhaite rencontrer PNL[41]. Sa demande d'entretien s'accompagne d'une offre aguicheuse : une avance à sept chiffres et un contrat sur mesure. L'invitation à Los Angeles est envoyée aux deux frères. Qui n'y répondent pas. Tout juste suggèrent-ils à leur manager, à l'anglais balbutiant, de les y représenter. Quelques mois plus tard, c'est au tour d'Apple de tenter sa chance. Eddy Cue, le bras droit du P.-D.G. Tim Cook, cherche à nouer un partenariat exclusif. La proposition porte sur plusieurs millions d'euros à investir dans leur catalogue et une sortie différée de l'album *Deux frères*[42] sur Apple Music. Cette fois, les négociations s'enclenchent et une rencontre est même envisagée, à Paris ou à Toronto. Mais le projet capote. Le vice-président du géant de Cupertino devra se contenter de cinq titres en exclusivité sur sa plateforme et d'un showcase pour accompagner la sortie de l'album.

* * *

C'est encore dans leur repaire qu'Ademo et N.O.S. préparent en silence l'acte qui scellera leur mythe : le clip de l'un de leurs derniers titres emblématiques, « Au DD », tourné en haut de la tour Eiffel. L'idée germe au cœur de l'été 2018. Tout le mois de juillet, ils s'y consacrent dans le plus grand secret. La fratrie griffonne les premières esquisses, imagine les séquences, affine les intentions. À la rentrée, un dossier complet est prêt. En septembre, ils s'engagent avec une première société de production et commencent à travailler avec une réalisatrice, avant de se raviser et de changer d'équipe. S'ensuivent des semaines de repérages puis six mois de discussions avec la mairie de Paris et

41. Entretiens des auteurs avec des sources de premier plan ayant requis l'anonymat.

42. Le troisième album studio de PNL, *Deux frères*, est sorti le 5 avril 2019.

la Société d'exploitation de la tour Eiffel, qui se montrent étonnamment réceptives. Et qu'importe si le titre « Au DD » signifie « au détail », et que PNL reconstitue un point de deal imaginaire en haut de la tour. Le budget du clip avoisine les 200 000 euros pour une durée de 4 minutes et 51 secondes. Les deux frères exigent que la dame de fer clignote dans plusieurs plans. Une doléance coûteuse : le système d'éclairage, imaginé par l'ingénieur Pierre Bideau, est protégé par le droit d'auteur. PNL obtient l'autorisation exceptionnelle de « cliper » au sommet du monument et d'y faire voler un drone. Une première mondiale. Le tournage a lieu en décembre 2018, dans la nuit hivernale. Entre les poutres de fer fouettées par le vent, Ademo et N.O.S. surplombent Paris, en contre-plongée dans un clair-obscur brumeux. Aboutissement de neuf mois d'un travail acharné, le clip bat tous les records. « Au DD » devient le titre phare de *Deux frères*, leur dernier album, sorti en avril 2019. Quatre ans plus tard, l'opus est certifié double diamant, soit plus d'un million de ventes. Au total, avec seulement quatre albums, PNL a déjà écoulé plus de trois millions de disques à travers la planète et dépassé les six milliards de streams sur Spotify.

Ils en détiennent les droits. Leur catalogue, intégralement contrôlé par QLF Records, est l'un des plus précieux du rap français. Sans une seule sortie en l'espace de six ans, il a rapporté – pour la seule année 2024 – près de 3 millions d'euros aux deux frères[43], qui continuent d'écouler encore aujourd'hui des milliers d'albums chaque semaine. Depuis 2020, N.O.S. et Ademo ont quitté leur QG de la villa d'Alésia et se sont murés dans le silence, comme s'ils s'étaient évaporés. S'il coule à flots, l'argent n'a jamais été la motivation première des deux frères. À l'image de Jul,

43. Entretiens des auteurs avec des sources de premier plan ayant requis l'anonymat.

PNL n'éprouve pas vraiment de fascination envers la fortune. Restés fidèles aux Tarterêts, les deux frères y financent encore, sans bruit, des projets associatifs, des distributions de cadeaux pour les fêtes, des aides pour les parents du quartier. Il leur arrive aussi de prendre en charge les besoins d'amis pris dans la nasse de la justice. En janvier 2024, au tribunal d'Évry, N.O.S. se pointe seul, emmitouflé dans une élégante doudoune, encapuché, lunettes de soleil sur les yeux malgré la grisaille. Il vient solder les honoraires d'avocats de deux copains du quartier, jugés en comparution immédiate pour de petits délits. Quelques mots échangés dans le hall, puis il disparaît. Si Ademo est resté en France, N.O.S. s'est discrètement installé à l'étranger, à Toronto en partie. Sur les conseils de son fiscaliste, il s'est départi de l'ensemble de ses mandats au sein de la constellation de sociétés de QLF. Une mise en retrait qui n'est pas passée inaperçue et a nourri mille et une spéculations sur une éventuelle séparation du duo. Les deux frères s'en amusent. Ils savent qu'avec leur percée, ils ont ouvert la voie. Dans l'industrie, les rappeurs vont désormais pouvoir négocier à leurs conditions. Face à eux et à coups de millions, les majors se lancent dans une folle chasse aux pépites, prêtes à tout pour ne pas passer à côté du prochain phénomène.

5

Le partage

Les météorites PNL et Jul se sont abattues sur l'industrie. La fratrie des Tarterêts et le Marseillais ont ouvert une brèche et, à leur manière, ils contribuent à précipiter les majors sur la pente du déclin. Affranchis de la mainmise du triumvirat Sony, Warner, Universal, ils ont prouvé leur capacité à atteindre des volumes de ventes jusque-là jamais observés – en totale indépendance et selon un *modus operandi* inventé de toutes pièces. Un simple contrat de distribution, des taux resserrés au maximum en leur faveur. L'inverse exact des répartitions traditionnelles. Et ça ne passe pas. Au sein des majors, le phénomène est admiré par certains, fustigé par d'autres. Dès 2016, les trois lettres de PNL parsèment les interventions lors des réunions de direction. On en parle comme d'un bug dans la matrice, un virus qui infecte un système un peu trop assuré de sa toute-puissance. Bientôt, l'aigreur se transforme en suspicion : est-il possible d'enregistrer de tels volumes de streaming sans tricher en recourant à des « robots » pour amplifier le nombre d'écoutes sur les plateformes ? Une plainte est transmise au Syndicat national de l'édition phonographique (Snep) où siègent les trois majors. Le document évoque des anomalies statistiques, sans fournir de preuves ni de noms d'artistes. Officieusement, les regards convergent vers Jul et, surtout, PNL. L'enquête fait long feu. Rien ne permet d'identifier l'usage de systèmes permettant de gonfler les écoutes. Les chiffres tiennent, mais le doute subsiste. Chez QLF Records, on fulmine. N.O.S. et Ademo y voient une manœuvre en sous-main. Un « coup tordu » pour freiner leur ascension et jeter le soupçon sur leur succès [44].

Au-delà de PNL, les majors s'inquiètent aussi du nouvel acteur qui les propulse. Son nom : Believe. Fin 2015, cette jeune entreprise de la tech a racheté Musicast, le petit distributeur indépendant de Jul et de PNL. Une acquisition stratégique qui lui permet de rafler les contrats de distribution des artistes. Fondée une dizaine d'années auparavant par Denis Ladegaillerie, un avocat d'affaires passé par Vivendi, cette société a fait le pari audacieux de tout miser sur le digital bien avant l'explosion du streaming. Un coup parfait : au début des années 2010, les majors ne croient plus vraiment au rap français. Le genre est perçu comme une niche, un marché saturé et rongé par le piratage. À l'exception de quelques poids lourds déjà signés comme Soprano, Booba ou Sexion d'Assaut, les nouveaux talents à qui l'on propose des contrats sont de plus en plus rares.

En réalité, c'est un abandon. Les antennes des majors ne captent pas les signaux faibles. Et pourtant, sous le radar, une scène souterraine se structure. En 2015, la digue cède : Jul et PNL explosent. Les rappeurs SCH, Niska, Gradur, Ninho suivent à la file. Cette année charnière augure ce que beaucoup considèrent comme le début du second âge d'or du rap français. Le genre s'enrichit d'influences venues d'ailleurs, de rythmiques de rumba congolaise et d'afropop nigériane, de sonorités sahéliennes, pioche dans la trap, née quinze ans plus tôt au sud des États-Unis, fait des détours par l'électro... En pleine verve créatrice, les artistes

44. Sophian Fanen, « Jul, PNL et la légende des fausses écoutes », *Les Jours*, 2 février 2017.

inventent et explorent de nouveaux univers. Ils ne craignent plus de chanter, de soigner les « mélo » et les « topline », ces refrains mélodiques entêtants. Ce foisonnement élargit l'horizon du rap, en passe de devenir la musique la plus populaire du pays. Des beaux quartiers aux cités, des grandes villes aux bourgades rurales, elle berce une grande partie de la jeunesse de France et révèle un marché lucratif, jusqu'alors invisible et négligé. Enfin, le streaming encore balbutiant fait jaillir une audience inattendue que les majors, toujours sonnées par la chute du CD, n'ont pas su anticiper.

* * *

« On a capté un public jeune et ultraconnecté que les maisons de disques ne voyaient pas. Un public qui piratait, téléchargeait, mais ne payait plus, résume Henri Jamet, directeur général de Believe France. Et nous, avec le digital, on a saisi cette nouvelle tendance. Contrairement aux acteurs traditionnels de l'industrie, nous avions cette aisance sur le numérique et les outils adaptés [45]. » Adossée au fonds californien Technology Crossover Ventures, qui a notamment investi dans Spotify, Netflix et Facebook, l'ambitieuse start-up française Believe se prend à rêver d'un destin de géant mondial de la musique. Portée par des technologies de pointe, cette société devient, en France, le bras armé de la révolution contractuelle lancée avec Jul et PNL. Believe veut frapper fort, rafler l'intégralité de la mise sur ce nouveau rap français, avec le Marseillais et les deux frères des Tarterêts en guise de VRP. Pour garder ces derniers, elle n'hésite pas à concéder un « flat [46] », une prime à la signature d'un million d'euros exigée par le duo pour livrer leur

45. Entretien avec les auteurs, le 26 mars 2025.

46. Dans le contexte des contrats musicaux, un « flat » (ou *flat fee*) désigne un paiement fixe, forfaitaire, qui n'est pas lié aux revenus

album *Deux frères*, sorti en 2019[47]. Au siège du groupe, un immeuble de verre bordant le boulevard périphérique à la porte de Saint-Ouen, cette stratégie est pilotée par Romain Vivien. Aujourd'hui directeur « musique monde », il a longtemps supervisé l'ensemble des activités françaises de la société. Grand architecte de cette montée en puissance, ce golfeur habitué du green d'Hossegor, féru de Bob Dylan et de David Bowie, a très vite saisi le potentiel financier du rap français. À ses côtés depuis plus de dix ans, Henri Jamet, enfant du rock lui aussi : c'est sur ce tandem que s'appuie Denis Ladegaillerie, P.-D.G. du groupe, dont la présence est rarissime lors des signatures d'artistes.

Leur modèle assumé, centré sur la distribution et conjugué à une gamme de services à la carte, séduit vite des rappeurs. Au départ, Believe récupère des noms au succès modeste que l'industrie a laissés de côté. Puis elle attire dans son giron l'étoile montante marseillaise Naps et l'inclassable rappeur de Saint-Ouen Heuss l'Enfoiré. D'autres suivent à la fin des années 2010. Tous échappent au trio des majors pour signer chez Believe, l'alternative qui a le vent en poupe. Quelques centaines de milliers d'euros d'avance tout au plus mais des taux de distribution autour de 70 % des revenus pour l'artiste, qu'aucune grande maison de disques ne se risque alors à proposer. Peu à peu, le centre de gravité de l'industrie musicale se déplace.

À l'été 2019, les tubes de Heuss l'Enfoiré, Naps et Jul tournent en boucle : Believe s'affirme comme un nouveau pilier de l'écosystème. Sa croissance est insolente. L'entreprise ne se contente pas de distribuer sur les plateformes d'écoute. Elle promeut, conseille, gère les boutiques en

---

futurs générés par l'œuvre. Contrairement à une avance, cette somme versée n'est ni recouvrable ni remboursable.

47. Entretiens des auteurs avec des sources de premier plan ayant requis l'anonymat.

ligne de produits dérivés et offre une kyrielle d'autres services, moyennant quelques pourcentages des recettes, quand d'autres vendaient jadis beaucoup plus cher les mêmes prestations. Les rappeurs, eux, lancent leurs labels et cumulent les casquettes d'interprète, de producteurs, d'éditeur, parfois même de tourneur. Ils se métamorphosent en entrepreneurs, capables de transformer chaque sortie en campagne marketing d'une redoutable efficacité. Et ils prennent les rênes de leur business. Jul et PNL ont fait tomber la citadelle, le territoire est désormais ouvert. Il faut consolider les positions. Avant d'étendre l'Empire.

* * *

En 2021, Believe entre dans le club très fermé des licornes françaises, réservé aux start-ups dont la valorisation excède le milliard de dollars. Cette réussite suscite l'enthousiasme au sommet de l'État. La Banque publique d'investissement y injecte 25 millions d'euros [48]. Le groupe coche toutes les cases du récit entrepreneurial contemporain : innovation, croissance, numérique. La même année, Believe franchit une étape supplémentaire. Elle s'introduit en Bourse, sur Euronext Paris, au cours d'une ambitieuse IPO (*Initial Public Offering*) aux airs de sacre. Le 10 juin, au siège de l'opérateur boursier, le P.-D.G. Denis Ladegaillerie monte sur l'estrade et en sonne la cloche aux côtés de Cédric O, secrétaire d'État chargé de la Transition numérique, souriant et satisfait. Dans les documents adressés aux investisseurs, il est question de chiffres comme ceux des nouvelles actions émises et de la capitalisation boursière de 1,87 milliard d'euros. Quelques noms reviennent entre les projections de croissance. En gras, ceux de PNL, Jul et Naps.

48. Rapport annuel 2021 de la Banque publique d'investissement (BPI).

L'opération est suivie avec bienveillance par Emmanuel Macron. Le président français y voit la traduction parfaite de ce qu'il tente de porter depuis son élection, l'émergence d'une « start-up nation » tricolore, compétitive et cotée en Bourse. Le symbole d'un capitalisme d'innovation qui prospère là où l'ancien monde, celui du CD et des Virgin Megastore, a sombré. L'Élysée pense enfin tenir un exemple de réussite « disruptive », bâtie sur les ruines du siècle d'avant. Les majors, elles, sont aux cent coups. Les renégociations de contrat avec leurs artistes, autrefois menées sans coup férir à leurs propres conditions, s'enrayent. Leurs marges s'effritent. Les artistes qu'elles convoitent ont désormais une alternative. Tous veulent une « distrib' » et percevoir le maximum. Les majors tentent désespérément de retarder la bascule. On y défend mordicus les vertus d'un bon accompagnement, d'un contrat d'artiste ou de licence bien négocié. En vain. La mécanique se grippe.

La décennie 2020 voit la généralisation du contrat de distribution et la lente agonie du contrat d'artiste dans le rap. Traduction pour les majors : la fin des bénéfices insolents et de la propriété des catalogues d'artistes. Dans le même temps, Believe poursuit sa progression. Soucieuse de se construire une base d'actifs financiers solides, la société se met à racheter une série de répertoires du rap français, en négociant l'acquisition d'une partie des anciens albums de Heuss l'Enfoiré ou encore les droits de *Ceinture noire* de Gims, album écoulé à plus d'un million d'exemplaires. « Nous sommes aujourd'hui leaders sur le rap, et aucun de nos artistes ne nous a quittés », s'enorgueillit Henri Jamet.

Avec des années de retard, les majors finissent par réagir à l'aube de la décennie. À reculons, Universal est contraint de se mettre à la « distrib' », bientôt suivi par Sony, puis Warner. Tous adaptent leur stratégie, souvent à marche forcée, dans la précipitation. Il est déjà presque trop tard. Le terrain est bien quadrillé par Believe, qui bénéficie de surcroît de plusieurs longueurs d'avance en matière technologique. Le contrat de distribution, plus léger, plus favorable aux artistes, vide peu à peu les majors de leur substance. Les directions se résignent à couper dans les effectifs, d'abord dans les services promotionnels, puis dans les directions artistiques. Fini l'époque des développeurs de talents et des têtes pensantes qui élaboraient une carrière sur la durée. Le rap ne s'épanouira plus avec des maisons de disques, lesquelles glissent lentement vers un autre rôle, plus financier. Si aucun artiste n'est parvenu à acquérir le niveau d'indépendance de PNL, le modèle établi par le duo s'est imposé comme une référence. Une boussole dans la nouvelle géographie de l'Empire désormais utilisée bien au-delà des frontières du rap, jusqu'aux confins de territoires moins rebelles comme celui de la pop. La chanteuse belge Angèle s'est ainsi inspirée des méthodes des deux frères pour négocier ses contrats.

* * *

Toute-puissante lors de la dernière décennie, la filiale française d'Universal Music Group voit ses parts de marché dans la catégorie « musique urbaine » s'éroder drastiquement. Son P.-D.G., Olivier Nusse, tente néanmoins de combler le retard de la major. Issu d'une vieille famille d'industriels de province enrichie dans la papeterie, le quinquagénaire d'un mètre quatre-vingt-dix n'aurait jamais imaginé devoir se muer en courtisan de rappeurs lorsqu'il a succédé à Pascal Nègre en 2016. Très critique à l'égard de Believe, Olivier Nusse fait partie de ceux qui ont autrefois été soupçonneux sur les succès de Jul et de PNL. Pour se relancer, il rêve de signer une pointure du rap français. Dès 2021, il tente sa chance auprès de Ninho. À 24 ans, il est l'un des piliers de cette nouvelle vague de rappeurs, et l'un de ses plus importants vendeurs. Deux albums certifiés diamant et une sortie de contrat avec Warner : le voici libre, sur le marché, pour la première fois. L'occasion est belle, Olivier Nusse prend l'affaire en main. Petit blazer gris, jean slim et baskets montantes, le patron reçoit le rappeur dans son bureau du huitième étage, rue des Fossés-Saint-Jacques, à une encablure du Panthéon. Sur le canapé, posé sur une moquette noire entre un poster de Serge Gainsbourg et les disques d'or d'Angèle et Clara Luciani, Ninho écoute avec curiosité ce P.-D.G. lui faire la cour. Élégante veste Gucci, lunettes Cartier, l'artiste reste impassible et le laisse parler en observant ses deux avocats qui l'entourent. Olivier Nusse déroule sa vision sur la direction artistique et la liberté créative, tente de vanter la puissance d'Universal. Il évite de parler d'argent, du moins pas tout de suite. Mais chacun sait que c'est là que se joue la partie. L'entretien se conclut cordialement et une proposition est transmise quelques jours plus tard par la direction d'Universal [49] : 2,5 millions d'euros par album [50]. L'artiste aux plus de cent singles d'or estime cette offre insuffisante, et en deçà de sa valeur sur le marché. Il la balaie sans hésiter. Believe, la première à s'être manifestée pour le signer, a déjà proposé mieux. Quant à Warner, son ancienne maison, elle se fait attendre. Le nouveau patron du groupe, Alain Veille, louvoie, calcule, puis tranche. Il propose 3 millions d'euros par album et une généreuse prime à la signature [51]. Son offre l'emporte.

En 2021, ce contrat est l'un des plus importants jamais signés dans le rap français. Le temps des avances de quelques

49. Contactés, Olivier Nusse et la direction d'Universal France n'ont pas souhaité commenter.

50. Entretiens des auteurs avec des sources de premier plan ayant requis l'anonymat.

51. Entretien des auteurs avec des sources de premier plan ayant requis l'anonymat. Contactés, Alain Veille, la direction de Warner Music France et la direction de Warner Music Group n'ont pas souhaité commenter.

centaines de milliers d'euros, qui prévalait encore quelques mois auparavant, est bien révolu. Avec Ninho, l'industrie entre dans une nouvelle ère, celle de l'argent à tout-va. À cela s'ajoute l'obsession des majors pour la conquête de parts de marché. Car dans un secteur bouleversé par le streaming, celles-ci sont bien plus qu'un simple indicateur de performance comme à l'époque du CD : elles conditionnent le rapport de force avec les plateformes comme Spotify, Apple Music ou Deezer qui rémunèrent selon des logiques purement quantitatives. Dans cette bataille, Believe, Universal, Sony et Warner sont condamnés à une rude concurrence. « Elles ne sont plus capables d'agir en amont, de sentir les mouvements avant qu'ils ne percent sur les réseaux. L'industrie ne devance plus les tendances, elle les suit et court après TikTok[52] », regrette Anne Cibron, la manageuse historique de Booba et Orelsan, observatrice lucide des métamorphoses de la dernière décennie.

La prospection de talents est aujourd'hui partiellement déléguée à des lignes de code. Un peu mieux armées qu'hier, les maisons de disques scrutent désormais les réseaux sociaux avec l'aide d'outils de *data analysis* toujours plus sophistiqués. Un mot-clé, un extrait sonore, quelques secondes virales, il n'en faut pas plus pour enclencher une chasse à l'artiste. En 2024, leurs radars se sont affolés d'une façon inattendue. Une voix douce émerge alors sur TikTok, celle d'une lycéenne de 16 ans dont le nom de scène est Merveille. L'adolescente originaire de la porte de Clignancourt compose seule sur le logiciel en ligne BandLab et ses courtes vidéos cartonnent. Deux titres deviennent viraux sur le réseau social chinois et l'industrie pense avoir décelé la nouvelle pépite. Believe et Universal dépêchent des émissaires auprès de la jeune artiste. La première l'emporte avec

52. Entretiens avec les auteurs, le 24 octobre 2024 et le 15 janvier 2025.

une avance supérieure à 2 millions d'euros [53]. Une somme inédite pour une chanteuse qui n'a pas encore le baccalauréat. Les ventes du premier projet, quelques mois plus tard, peineront à atteindre les objectifs fixés. Et le cas est loin d'être isolé. Depuis, d'autres jeunes talents en gestation surgis des réseaux ont vu s'abattre sur eux les mêmes pluies de zéros.

* * *

Quatre ans après le contrat de Ninho avec Warner, son avance paraît presque modeste, tant la fièvre des surenchères s'est emparée de l'industrie. En 2025, c'est au tour d'un autre mastodonte du rap de se retrouver au centre du jeu : Gims. En fin de contrat avec Play Two, la coentreprise entre TF1 et Believe, l'artiste congolais devenu une machine à hits aiguise les appétits. De plus en plus fragilisé par les départs successifs de Koba LaD, Lacrim ou Dinos, Olivier Nusse croit flairer une nouvelle occasion de se relancer. Début février, il précipite son retour de vacances et débarque, le teint encore hâlé, au studio d'enregistrement de Gims, à Meudon-la-Forêt, dans l'espoir de conclure sur-le-champ. Cette fois, le P.-D.G. d'Universal Music France est sûr de lui, certain que son offre va faire son effet. Il met sur la table 17 millions d'euros [54] pour deux albums, une somme colossale mais pas tout à fait insensée compte tenu des bénéfices escomptés [55]. Comme ses concurrentes, Universal dispose d'outils de projection, les fameux *profit and loss*, qui modélisent les revenus futurs d'un artiste.

53. Entretiens des auteurs avec des sources de premier plan ayant requis l'anonymat.

54. Contactés, ni Olivier Nusse ni la direction d'Universal France n'ont souhaité commenter cette information.

55. Entretiens des auteurs avec des sources de premier plan ayant requis l'anonymat.

Dans le cas de Gims, les indicateurs se révèlent pour le moins positifs : près de dix-huit millions d'auditeurs mensuels sur Spotify, une productivité constante et la capacité de générer plusieurs millions d'euros par titre. L'artiste, lui, veut aller vite. Il connaît sa force et sa valeur. Il prend acte de l'offre, sans plus, exige des conditions de paiement simples et rapides. Le P.-D.G. d'Universal repart décontenancé. Il ne peut pas deviner que Play Two et Believe proposent à Gims un contrat sur mesure : aucune clause visant un nombre d'albums mais un accord pour quarante titres, adapté à un artiste qui alimente les plateformes à flux tendu, single après single, clip après clip. Le tout agrémenté d'une avance de 20 millions d'euros [56] dont l'échelonnement des paiements se révèle bien plus rapide et attrayant. Olivier Nusse ne peut pas s'aligner. Le malheureux s'incline une nouvelle fois et fulmine encore davantage contre Believe, le Petit Poucet devenu Léviathan. Le groupe s'illustre cette fois encore par sa capacité à décaisser des millions et des millions d'avances malgré ses difficultés à dégager de grosses marges. Une réalité qui, tout au long de ses quatre années en Bourse, a particulièrement inquiété des actionnaires de plus en plus impatients. Après un parcours de cotation pour le moins mouvementé, le groupe a fini par annoncer son retrait d'Euronext en 2025 [57]. Believe se développe désormais sur les marchés émergents et mise entre autres sur l'Asie, sans pour autant délaisser le rap français. Gims ne pouvait être perdu au profit de la concurrence.

De son côté, l'artiste, satisfait de son contrat record, veut marquer le coup. Il se pique d'effectuer une annonce

---

56. Entretiens des auteurs avec des sources de premier plan ayant requis l'anonymat.

57. Le 16 avril 2025, l'actionnaire majoritaire de Believe, Upbeat BidCo, a annoncé son intention de retirer le groupe de la cotation dans le cadre d'une offre publique de retrait.

publique, à l'américaine, pour démontrer qu'il est la plus grosse valeur du rap français. Chez Believe comme chez Play Two, on freine. Le chiffre de 20 millions, disent-ils, est trompeur puisque le contrat inclut aussi une partie du catalogue. On préfère parler de « package », histoire de minimiser le risque de voir d'autres artistes rehausser le niveau de leurs prétentions. Alors, on verrouille et on s'agace de découvrir que l'équipe de Gims n'a pu s'empêcher de faire fuiter quelques indiscrétions. L'artiste congolais tenait à détrôner le rappeur parisien Gazo, prince de la drill[58] sacré aux Victoires de la musique 2024 meilleur artiste masculin, ex aequo avec le chanteur Vianney. Depuis deux ans, le Tout-Paris de l'industrie se perd en conjectures sur un contrat que l'artiste a scellé avec Sony pour un montant avoisinant les 18 millions d'euros, pour deux albums seulement[59]. Il se murmure même que tout est parti d'une photo d'un coffret collector de Metallica prise par le manager de Gazo dans le bureau d'Olivier Nusse et postée sur Instagram. Une petite provocation pour faire habilement s'envoler les propositions et suffisante pour que Sony appelle dans l'heure. À sa tête depuis 2020, Marie-Anne Robert, ancienne cadre de chez Believe, dépense elle aussi sans compter pour tenter de repositionner son entreprise sur le créneau du rap français, avec une stratégie artistique et financière jugée aussi floue que risquée. À coups de dizaines de millions d'euros, elle multiplie les propositions d'avances mirobolantes et les acquisitions de catalogues de rappeurs.

* * *

Derrière ces sommes, une mutation plus profonde est à l'œuvre. Les artistes de « musique urbaine » les plus convoités

58. Sous-genre du hip-hop né à Chicago au début des années 2010.

59. Contactée, la direction de Sony Music France n'a pas souhaité commenter cette information.

prennent peu à peu le pouvoir. Dans les négociations, ils dictent le tempo, imposent les termes, jouent des rivalités entre majors avec une agilité déconcertante. Autour d'eux, une nouvelle caste de prestataires de services s'est formée avec des avocats, des juristes, d'anciens cadres de labels passés du côté des artistes. On les appelle les *business affairs* et leur mission est de conseiller les rappeurs, de négocier âprement et toujours à la hausse, évidemment. Susciter une première offre, en provoquer une seconde. Depuis trois ans, les géants du live ont, eux aussi, dû céder, consentant à verser des avances record pour décrocher les tournées de ces artistes capables de remplir les plus grandes salles de France en quelques minutes à peine.

Ces chiffres vertigineux peuvent augurer d'une bulle spéculative prête à exploser. Mais ils sont aussi à pondérer à la lumière des nouvelles garanties introduites dans les contrats. Les maisons de disques dopées par le streaming s'adaptent vaille que vaille. Réduites au rôle de fonds d'investissement, elles continuent de couper dans leurs coûts fixes et s'emploient à sécuriser leurs mises. Elles ont durci les termes des accords et ont allongé considérablement la durée d'exploitation des œuvres. Là où un contrat standard s'étalait autrefois sur quatre ou cinq ans, certains s'étirent aujourd'hui sur dix, douze, voire quinze ans. Elles grignotent aussi toujours plus de prestations de marketing, d'influence, de placement dans les playlists auprès des plateformes, moyennant un pourcentage qui frôle parfois les 40 % des revenus, à leur profit. Les avances sont assorties d'un éventail de garanties qui permettent de récupérer ces investissements sur l'ensemble du catalogue des artistes, à l'instar du « cross co[60] ». En clair : les anciens tubes financent les nouveaux, les succès amortissent les échecs.

60. La cross-collatéralisation est une clause contractuelle qui permet à un label de regrouper tous les revenus et toutes les dettes d'un artiste dans une seule « caisse » couvrant l'ensemble de son cata-

Derrière ces avalanches de millions flatteurs pour les rappeurs, les avances peuvent aussi se révéler trompeuses. Plus elles sont élevées, plus les clauses sont sévères. Et plus l'artiste finit par céder, parfois à son insu, ses droits, son catalogue et, en définitive, sa liberté, loin de l'idéal d'indépendance imaginé par PNL quelques années plus tôt. La course faramineuse aux avances peut ainsi finir par se transformer en crédits piégeux, que les rappeurs – pas toujours de prudents gestionnaires – ne parviennent pas forcément à éviter. D'autant que cette manne financière attire désormais des convoitises. Dans l'ombre, d'autres acteurs s'invitent au bal. À la différence des majors, ils ne respectent ni règles ni limites. Plus violents, ils avancent masqués, à la tête de juteux business illégaux. Bien décidés à prélever leur part, ils constituent la face cachée de l'Empire.

---

logue sous contrat. Elle permet ainsi de sécuriser les investissements d'un label en l'autorisant à se rembourser sur des albums antérieurs d'un artiste.

Partie II

Les alliances

6

Le pacte

Mardi 20 mai 2025, 15 heures, nouveau cimetière de Montreuil. Une petite foule dense s'agglutine à l'entrée de la nécropole adossée à la cité Jean-Moulin. Les lourdes portes métalliques sont gardées par des colosses de la société de sécurité Spartiate, rompus aux missions de protection de rappeurs. Le public est prié de patienter. La famille du défunt et ses proches arrivent en ordre dispersé, de la grande mosquée de la ville voisine de Rosny-sous-Bois où se sont déroulées les funérailles religieuses juste après le *Salat Dhuhr*, la « prière de midi », lorsque le soleil est passé au zénith. Un échantillon de la jeunesse de Montreuil et des banlieues parisiennes tient à dire un ultime adieu à l'ami, à la star. Quelques employés de Believe se font discrets. Tous les portables doivent être éteints. Ce jour-là, sans fioritures ni mondanités, est inhumé Jérémy Bana Owona, 31 ans, plus grand vendeur d'albums en France des deux dernières années. Le public le connaît sous le nom de scène de Werenoi. Sa mort subite, trois jours plus tôt, due à une série de complications liées à son diabète, a créé un choc dans l'Empire du rap français, en deuil de l'une de ses plus grandes stars. Une centaine de jeunes se recueillent sur sa sépulture dépouillée, aux antipodes du train de vie tapageur qu'il aimait afficher avec son ami et producteur Babs. Djellaba verte en wax, casquette Louis Vuitton, le visage marqué par l'émotion, ce dernier tente de superviser au mieux la cérémonie, de contenir les débordements. C'est lui qui a pris en charge la totalité des frais liés aux obsèques du rappeur. Babs est devenu l'homme de confiance d'une partie de la famille éplorée et, sans doute, la clé du coffre des millions d'euros de Werenoi.

* * *

Avec son béret vissé sur le crâne, ses éternelles lunettes noires et son visage fermé, Werenoi a, en à peine deux ans, bousculé l'ordre établi de l'industrie musicale française pour finalement la dominer. Dès 2023, son premier album *Carré* s'était vendu à près de deux cent mille copies et s'imposait en tête des charts. L'année suivante, avec *Pyramide*, écoulé à deux cent soixante-quinze mille exemplaires, il a relégué Indochine et Billie Eilish à l'arrière-plan. Son dernier album, *Diamant noir*, sorti le 11 avril 2025, est rapidement devenu double disque de platine. Une ascension fulgurante pour l'énigmatique rappeur montreuillois, devenu la nouvelle tête de gondole de Believe. Lors des traditionnelles assemblées générales de juin, le visage de l'impassible Werenoi s'affichait en grand à côté de celui de Jul. En 2025, son nom figurait encore en bonne place dans les communiqués financiers, les slides de présentation interne et les plaquettes adressées aux actionnaires, pourtant peu soucieux de la matière première de leurs investissements. Dix ans après Jul et PNL, Believe veut démontrer une capacité de détection de talents intacte, une aptitude toujours impressionnante à lancer des tendances. Werenoi, tout au long de sa brève carrière, aura suscité toutes les convoitises de l'industrie, des maisons de disques aux grands noms du rap. En passant par des figures plus interlopes.

Car un autre récit affleure sous celui de la réussite, une histoire secrète qui trace une diagonale tortueuse entre Paris, les quartiers nord de Marseille, Barcelone et Marrakech. Celle d'une entreprise cotée en Bourse et soutenue par l'État qui, pour collaborer avec le rappeur et ses producteurs, s'est frottée à un autre monde, celui de figures du narcotrafic.

Le contrat de distribution signé en 2023 entre Werenoi et Believe est l'un des plus importants jamais conclus dans l'industrie musicale française. Et sans nul doute l'un des plus sensibles. C'est un secret soigneusement gardé, auquel seule une poignée de cadres de Believe a eu accès sous le sceau de clauses de confidentialité strictes. Un accord à 16,8 millions d'euros[61], assorti d'avenants multiples et de compromis que l'on préfère garder secrets. Car pour travailler avec Werenoi, Believe a dû composer avec les arrière-cours obscures de l'industrie.

* * *

Un an et demi plus tôt, le lundi 23 mai 2022, une voiture de sport noire s'immobilise devant le siège de Believe, dans le XVIIe arrondissement de Paris. Jeans, chemise Versace entrouverte, lunettes sombres, Werenoi en descend sans un mot. Il traverse le hall d'un pas rapide et s'engouffre dans l'ascenseur qui le mène au sixième étage, celui du label maison All Points. Tout a été préparé avec un soin particulier pour célébrer le contrat de celui que l'on présente déjà comme la prochaine étoile du rap français. Sur l'écran plat de la salle de réunion, le logo de la société s'affiche en grand. Sur la table sont posés un plateau de macarons, des bouteilles de mousseux, quelques stylos et, surtout, un contrat. Pour Romain Vivien, c'est une belle prise de

---

61. Documents consultés par les auteurs.

guerre. Le directeur général de Believe a supervisé les négociations menées par son second, Henri Jamet, le monsieur rap de la maison. Et ils ont dû batailler contre une concurrence féroce. Chez Sony, la patronne du label Epic, Pauline Duarte, a cru jusqu'au bout pouvoir attirer Werenoi dans son écurie. Peine perdue. C'est finalement à gauche de la signature de Romain Vivien que le rappeur appose la sienne ce 23 mai.

Longtemps, Werenoi a gravité à la lisière des studios et des péripéties de la rue. Il a vécu une partie de son adolescence entre Dammarie-les-Lys et Montreuil, au pied du parc des Beaumonts, dans la cité Jean-Moulin, entre le collège du même nom et le cimetière intercommunal. Sa mère n'avait que 17 ans lorsqu'elle l'a mis au monde. Chanteuse dans un groupe de rap confidentiel sous le nom Bana S'Black, elle a longtemps aspiré au succès, tout en berçant son fils du flow des grands noms de la scène américaine, de Mobb Deep à A Tribe Called Quest. Aîné d'une famille nombreuse, l'adolescent poli et introverti à l'enfance mouvementée s'essaye vite au rap, gratte des textes dans son coin, pour lui surtout, sans prendre la chose trop au sérieux. Au milieu des années 2010, on l'aperçoit parfois aux abords de la porte de Saint-Ouen où il croise le rappeur et producteur Fianso, déjà bien installé dans le paysage. Mais c'est un autre artiste qui, le premier, repère son potentiel : Sadek. En 2020, cet entrepreneur du rap originaire de Neuilly-Plaisance a déjà une honorable carrière derrière lui et a partagé l'affiche du film *Tour de France* avec Gérard Depardieu. Multicartes, Sadek fait aussi montre d'une certaine intuition pour détecter des talents prometteurs. Il s'allie avec Werenoi dans le cadre d'un contrat de coproduction, prévoyant que le rappeur soit distribué par le label AWA de DJ Kore, figure influente du rap français depuis les années 2000. Le 4 février 2021, son premier morceau intitulé « Guadalajara » sort et se fait remarquer d'emblée. Dans le clip, Werenoi pose, maillot de foot de la ville mexicaine sur les épaules, devant la pharmacie de la cité Jean-Moulin, dans son fief de Montreuil. Un décor sans fard mais un casting prestigieux : Sadek a convoqué deux personnalités bien connues pour figurer aux côtés de son protégé. Le Marseillais SCH et Fianso apparaissent ainsi quelques secondes à l'écran, comme des ombres tutélaires, à la manière d'un caméo d'Hitchcock. Le mystère Werenoi commence à prendre forme. Il ne porte encore ni son béret ni ses lunettes noires mais, déjà, son style s'affirme dans un flow saccadé, à la fois abrupt et mélancolique. Après « Guadalajara » viennent « 9.17 », puis « La League », le morceau qui va vraiment lancer la carrière du jeune artiste. Avec ce titre, le nom de Werenoi se met à clignoter sur les radars de Believe, Sony, Universal et Warner.

À eux deux, Sadek et Werenoi forment un tandem détonnant. Le premier est aussi volubile, ramenard et imprévisible que le second se montre mutique. Toujours courtois, il se contente d'écouter et d'observer, répond rarement. C'est Sadek, encore, qui présente Werenoi à Babs, un ancien aspirant rappeur de L'Haÿ-les-Roses, dans le Val-de-Marne, qui espérait percer au début des années 2010. Avec son petit groupe local, il a collaboré avec Sadek et fait un bref passage dans l'émission de Fianso, *Rentre dans le cercle*, où de nombreux artistes ont posé des freestyles. Son modèle est alors le rappeur Lacrim, de sept ans son aîné. Il est du même coin, dans le 94, et le connaît depuis l'adolescence. Babs rêve de l'imiter, de faire carrière. Mais son vrai talent se situe ailleurs : dans sa capacité de persuasion, son entregent et sa vista. Ensemble, Babs et Lacrim s'entendent pour coproduire Werenoi, alors âgé de 28 ans. Plus ou moins en accord avec Sadek, ils le signent en contrat d'artiste sur PLR Music, le label de Babs, et Plata O Plomo Records, celui de Lacrim. Pour le distribuer, ils se sont engagés avec Believe. Ce premier accord avec le groupe dirigé par Denis Ladegaillerie porte sur un album et un EP[62], soit un petit opus de moins de dix titres. Le tout pour un montant légèrement inférieur à un million d'euros[63].

* * *

Mais ce fameux 23 mai 2022, lors de la première signature de Werenoi au sixième étage du siège de Believe, Babs brille par son absence. À vrai dire, personne ne l'attend : il est incarcéré à la prison de Fresnes. Babiry Sacko à l'état civil purge une peine de cinq ans pour trafic de stupéfiants[64]. Arguant d'un test PCR positif au Covid-19 suspecté d'avoir été falsifié, il ne s'était pas présenté à son jugement au tribunal de Nanterre en septembre 2020. À la barre, son avocat Yann Le Bras, qui défend aussi Booba depuis des années, a bien tenté de plaider sa cause mais, avec ses onze mentions au casier judiciaire, le dossier de Babs a joué en sa défaveur face aux juges. Les faits qui lui ont valu ces nouveaux démêlés avec la justice sont presque classiques. Rien de spectaculaire, mais assez pour que la police le qualifie de « semi-grossiste » de cannabis et cocaïne en région parisienne, puis de « facilitateur » entre vendeurs et acheteurs. Les policiers l'ont piégé en installant des micros dans sa Peugeot 308. Les écoutes l'ont trahi. Lundi 1er juillet 2019, à son retour de la salle de sport, il est interpellé à Paris par une équipe de la BRI, la brigade antigang. Au cours de l'enquête, les policiers ont constaté « un

62. L'*extended play*, en abrégé EP, souvent appelé « mini-album », est un format musical qui comporte le plus souvent entre trois et neuf morceaux.

63. Entretiens des auteurs avec des sources de premier plan ayant requis l'anonymat.

64. Jugement du 18 septembre 2020 du tribunal de Nanterre.

train de vie sans rapport avec ses revenus déclarés [65]. » Babs s'est retrouvé écroué puis placé sous contrôle judiciaire à l'été 2020. Une partie de ses bénéfices avait été investie dans un studio d'enregistrement à Clichy où il passait la majeure partie de son temps. La musique est sa passion. S'enrichir à millions, un rêve ou plutôt un objectif qu'il veut atteindre à tout prix.

Écroué à Fresnes à l'issue de son procès, il a fait des quatre murs de sa cellule la salle de marché occulte de son label PLR Music, fondé quelques mois plus tôt [66]. À l'aide d'un téléphone discret, il y a mené, tout au long de l'hiver 2022, les tractations avec Believe, Sony et Play Two, tous en lice pour distribuer Werenoi. Habile négociateur, il a su, avec adresse, jouer de la concurrence pour faire grimper les enchères. En prison, Babs a discuté d'avances et de points de royalties, d'albums à livrer et de primes à la signature. Cette détermination à toute épreuve a forcé l'admiration de Lacrim, qui a connu lui aussi les difficultés de la détention. Chez Believe, son incarcération a jeté un froid : Romain Vivien comme Henri Jamet ont un temps hésité. Mais Lacrim et Fianso ont joué le rôle de garants. Ces deux grands noms du rap français ont su rassurer, servir d'intermédiaires et de cautions morales en vantant l'oreille de Babs, sa sensibilité artistique. Et, surtout, sa pugnacité.

* * *

À sa sortie de prison début 2023, Babs n'a qu'une idée en tête : faire de Werenoi une tête d'affiche, et de PLR

65. Enquête menée par la sous-direction de la police judiciaire des Hauts-de-Seine, qui a pris part à son interpellation dans le XVe arrondissement de Paris.

66. Interrogé par l'intermédiaire de son avocat maître Mourad Battikh, M. Babiry Sacko n'a pas souhaité commenter cette information.

Music un label reconnu. Fort du premier contrat signé avec Believe, il prend ses quartiers dans son département du Val-de-Marne, à Charenton-le-Pont, dans les sous-sols d'un parking en colimaçon. Le lieu est discret, dissimulé derrière une imposante porte acoustique blanche. On y accède après avoir longé de sinueux couloirs aux murs humides. À l'intérieur, un plafond à LED dessine des étoiles artificielles et des néons bleus clignotent au-dessus d'un faux marbre noir. C'est ici, dans cette capsule semi-enterrée, que Babs et son bras droit, Mous, façonnent les morceaux, affinent les prises et dosent l'Auto-Tune lors de longues séances d'enregistrement. Des amis rappeurs passent de temps à autre, comme Maes, originaire de Sevran, contact à la carrière bien installée. Babs était encore en prison lorsque Werenoi a enregistré son premier EP, *Telegram*, sorti en juin 2022. La liberté recouvrée, il se concentre sur le projet suivant, *Carré*, qui va les propulser au sommet des ventes.

Au fil des certifications du Syndicat national de l'édition phonographique, les murs du studio de Charenton se tapissent de singles d'or, tous à l'effigie de Werenoi. Dans ce quartier général, Babs travaille sans relâche. Producteur et stratège, il se forge une réputation, celle d'une de ces figures surgies des interstices de l'industrie du rap, là où la débrouille tient lieu de *business model* et l'intuition de plan de carrière. Un profil que seule cette scène ou presque a su faire émerger dans une France où les bénéfices de la bonne naissance, des grandes écoles et des diplômes continuent, pour beaucoup, à déterminer les destinées.

Mais à l'été 2023, alors que le phénomène Werenoi fait florès dans toute la France, les tensions, jusqu'ici contenues, commencent à remonter à la surface entre le rappeur et son producteur. Werenoi estime n'avoir touché qu'une portion infime des revenus générés par ses titres. Il s'en ouvre à sa mère et s'entoure d'un avocat pénaliste qui adresse à Babs une lettre recommandée dans laquelle il pointe un contrat déséquilibré et des sommes jamais versées. Le rappeur va jusqu'à menacer de mettre en demeure son producteur. Il songe sérieusement à rompre le contrat. Dans l'industrie, le bruit court. Certains directeurs artistiques de majors croient identifier la faille et tentent d'approcher la nouvelle étoile du rap français, convaincus que le contrat qui le lie à PLR Music pourrait bien devenir caduc. Rien d'inédit au premier abord. De Jul à Ninho, les histoires de conflit jalonnent la toujours très délicate relation entre les artistes et leurs producteurs. Mais cette fois, le désaccord prend une autre tournure. Une lente dérive en eaux troubles.

* * *

Pour tenter de desserrer l'étau, Werenoi ne s'en remet pas uniquement à un avocat. Au cœur du mois de juillet 2023, dans l'étouffoir de l'été parisien, il compose un numéro sensible. Celui qu'il cherche à joindre vient d'un territoire souterrain, que l'on devine encore lorsqu'on remonte le boulevard Ornano, dans le nord de Paris, juste avant la porte de Saint-Ouen. El Mehdi Zouhairi, Franco-Marocain de 35 ans, solidement charpenté, filet de barbe taillé net sur un visage rond, est surtout connu sous deux surnoms : Malsain ou le Gros. Ils sont chargés d'une réputation qu'il a lui-même sculptée dans la violence du narcotrafic, entre les halls d'immeuble et les marges de la société.

L'homme a longtemps régné sur la cité des Boute-en-Train, les deux tours de sa jeunesse, posées comme des miradors au-dessus du marché aux puces de Saint-Ouen [67]. Ces bâtiments gris construits dans les années 1960, il les a transformés en point névralgique du trafic de drogue en

67. Sollicité par l'intermédiaire de son avocate, Marie Violleau, El Mehdi Zouhairi n'a pas souhaité répondre à nos questions.

Île-de-France. L'emplacement des « Boute » est stratégique, accessible par le métro à la jonction entre Paris et la Seine-Saint-Denis, protégé par la topographie urbaine. Entre 2016 et 2020, le shit et la coke s'y sont écoulés à toute heure du jour et de la nuit. Chiffre d'affaires estimé du point de deal sur cette période : jusqu'à 11 millions d'euros par an[68]. Malsain avait tout organisé, rationalisé les flux de circulation et d'approvisionnement avec l'efficacité d'un P.-D.G. de multinationale de la logistique. Au mitan des années 2010, Werenoi l'a connu, de nom surtout, bien avant les studios capitonnés et les loges tamisées, à l'époque où il traînait encore porte de Saint-Ouen. Malsain se trouvait alors au sommet de sa « gloire ». Il a pris la tangente en 2019 et mis plus de 2 000 kilomètres entre sa planque et le périphérique nord. Il a posé ses valises à Marrakech, un exil contraint auquel il s'est résigné après l'assassinat de son rival Mohamed Gacem, alias Cyborg, qui régentait la cité voisine Charles-Schmidt. En août 2019, le corps de ce trafiquant a été retrouvé criblé d'une quinzaine de balles. Les enquêteurs soupçonnent fortement Malsain d'être le commanditaire de ce règlement de comptes mais manquent de preuves. Il est également suspecté d'avoir mis un contrat sur la tête du frère de Cyborg, pour « finir le travail[69] ». Devançant les interpellations et plusieurs mandats d'arrêt, il a trouvé refuge dans le royaume chérifien.

Au printemps 2023, dans le faste de sa demeure marocaine, il suit à distance le procès du réseau de sa cité des Boute-en-Train qui se déroule devant le tribunal judiciaire

68. Louise Couvelaire et Simon Piel, « À Saint-Ouen, une guerre des "stups" qui n'en finit pas », *Le Monde*, 8 mars 2021.

69. El Mehdi Zouhairi a été condamné définitivement dans ce dossier à dix ans de prison pour association de malfaiteurs en vue de commettre un assassinat le 18 novembre 2022 par le tribunal de Bobigny. L'affaire de l'assassinat de Cyborg n'a en revanche pas été jugée et M. Zouhairi reste présumé innocent.

de Bobigny. Une plongée dans le capitalisme brutal d'un « four[70] » francilien qualifié par le président du tribunal, à l'audience, de « version la plus aboutie du trafic de cité ». Une structure hiérarchisée entre les « humains » – les cadres de l'organisation – et les « bosseurs » – sur le terrain –, répartis en deux équipes se relayant à toute heure. Le 23 avril, la sentence tombe : Malsain est condamné par défaut à dix ans de prison pour trafic de stupéfiants et doit s'acquitter d'une amende de 2 millions d'euros[71]. Ses lieutenants se voient signifier des peines de neuf et huit ans. Mais le parrain des « Boute » reste hors d'atteinte, à Marrakech, où il continue de soigner son réseau et son aura.

Dans sa villa à l'abri des regards, Malsain s'ennuie. À « Kech », il côtoie quelques membres du gotha marocain, des fils de notables, des entrepreneurs, et une poignée d'officiels. À force de dîners dans les restaurants huppés, de verres dans les lieux branchés, de faveurs et de secrets partagés, il s'est constitué un bouclier. Un entrelacs de protections suffisamment serré pour geler, jusqu'ici, toute tentative d'extradition vers la France. La cité ocre lui a offert l'exil et le confort, mais son esprit est resté au nord de Paris. Au volant de son 4 × 4 Mercedes Class G aux vitres fumées, il arpente la ville toujours prisée de la jet-set. En 2023, il reçoit régulièrement un autre grand narcotrafiquant français, le Marseillais Félix Bingui, dit le Chat[72]. Ce trentenaire est à la tête du clan Yoda, une organisation qui règne sur une partie du trafic de drogue dans la cité phocéenne. Lui aussi lutte contre l'extradition du Maroc[73], tout en orchestrant la

70. Point de vente de drogues au détail.

71. Jugement du tribunal correctionnel de Bobigny du 21 avril 2023.

72. Entretiens des auteurs avec des sources de premier plan ayant requis l'anonymat.

73. Félix Bingui sera finalement extradé du Maroc vers la France le 25 janvier 2025, placé en détention provisoire et mis en examen dans plusieurs dossiers d'instruction pour trafics de stupéfiants et

lutte armée contre la DZ mafia, une redoutable nébuleuse criminelle née dans le sang des guerres menées dans les quartiers nord pour le contrôle du deal à grande échelle, bien au-delà de la ville. Lourdement armée et ultraviolente, la « DZ » dispose d'une armée de sicaires prêts à tout. En 2023, les affrontements entre les deux clans ont fait plus de trente-cinq morts à Marseille. Si Malsain prend plaisir à passer du temps avec Le Chat, seuls les jeux d'argent, le rap et les discussions sur Snapchat semblent vraiment lui faire oublier la monotonie d'une vie en simili-cavale. Aussi, lorsqu'il reçoit le coup de téléphone de Werenoi, il y voit une occasion inespérée de reprendre du service. Une façon de rappeler qu'il reste un homme puissant. Une diversion bienvenue dans l'oisiveté d'un exil doré.

* * *

L'industrie musicale, d'ailleurs, ne lui est pas étrangère. Avec son flair aiguisé pour les affaires, Malsain s'est très tôt intéressé aux rouages du secteur. Il a observé, disséqué et vite appris. Tout particulièrement les montages contractuels de PNL et Jul, qui ont su s'imposer sans intermédiaires. Cinq ans après la fratrie Tir de Marseille, en parallèle de la gestion des « Boute », il s'est même lancé dans ce business. Par passion et, aussi, par intérêt pour cet argent propre. Le 2 mars 2018, Malsain a déposé les statuts d'une société dédiée à ses affaires dans la musique. Il l'a nommé Midi Midi Productions, en référence aux heures d'ouverture de son point de deal, et s'est lancé avec Karim Djeriou, un jeune rappeur de deux ans son cadet qu'il connaît depuis

---

association de malfaiteurs notamment. Il fait partie des détenus jugés dangereux transférés début août 2025 vers la prison de haute sécurité de Vendin-le-Vieil (Pas-de-Calais). Dans l'attente de son procès, il reste présumé innocent.

longtemps. Le garçon, qui a grandi entre Villeneuve-la-Garenne et Saint-Ouen, est beaucoup plus connu sous son nom de scène : Heuss l'Enfoiré. En 2018, il commence tout juste à percer, enchaîne les freestyles et les apparitions. Il n'est pas encore une machine à tubes. Le premier morceau qu'il sort pour le label de Malsain s'intitule « Midi Midi » et le clip est, forcément, tourné dans un hall d'immeuble des « Boute ».

Pour se développer, il se met alors en quête d'un contrat de distribution et se tourne naturellement vers Believe. Le nom de El Mehdi Zouhairi figure noir sur blanc dans le contrat de Heuss l'Enfoiré, en tant que gérant de Midi Midi Productions. En 2018, la réputation de Malsain ne s'est pas encore échappée des tours de Saint-Ouen. La justice n'a pas ouvert d'instruction et la presse ne s'y est pas intéressée. Les majors, elles, sont lancées dans une chasse effrénée aux talents. Dans cette ruée, aucune d'entre elles ne prend le temps de vérifier le pedigree de ses partenaires d'affaires. Believe verse une première avance à Midi Midi Productions[74]. Elle est modeste, à peine six chiffres, mais suffisante pour produire *En esprit*, le premier album de Heuss l'Enfoiré, qui sort en février 2019. Avec sa société, Malsain commence à percevoir en toute légalité de premières sommes que la police soupçonne de venir se mêler aux lucratives recettes du trafic de drogue, sans toutefois parvenir à le démontrer. En retour, l'industrie obtient des tubes livrés clé en main. *En esprit* est un succès immédiat. Disque d'or, puis de platine. Le phrasé traînant de Heuss l'Enfoiré, posé sur de l'électro, ses gimmicks délirants et son autodérision séduisent le public. Très vite, il est partout. « Aristocrate », « Khapta », « Moulaga », ses refrains tournent dans les voitures, les clubs, des cités aux fêtes huppées. Il enchaîne les featurings et impose son argot à la

74. Interrogée, la direction de Believe n'a pas répondu à nos sollicitations.

France. « Ne reviens pas », en duo avec Gradur, est le titre le plus écouté en 2020. En février de l'année suivante, il décroche une Victoire de la musique pour le morceau le plus streamé, franchissant la barre des 100 millions de lectures. Une consécration que Malsain fête à Marrakech. En privé, Heuss l'Enfoiré mentionne parfois la protection de celui qu'il visite à fréquence régulière et appelle « papa » avec affection et, surtout, respect. Une forme d'allégeance à cet aîné qui l'a aidé à grandir, célébré dans plusieurs titres. Car tout passe par Malsain. La moindre collaboration avec un autre rappeur doit lui être soumise pour être validée, comme l'organisation des clips qu'il supervise parfois au téléphone.

* * *

En bon gestionnaire, Malsain cloisonne : un lieutenant pour la cité des « Boute », un autre pour la musique. Un fonctionnement quasi hermétique. Dans les retranscriptions des dizaines d'heures de sonorisation de l'appartement de Mojito, son bras droit chargé de tenir le point de deal, soigneusement décortiquées par la police judiciaire, le sujet rap est à peine évoqué[75]. Seulement du bout des lèvres. Dans la routine des livraisons, des plannings des petits employés et de la gestion des comptes, une expression revient : « le rappeur », pour évoquer Heuss l'Enfoiré, qui fait tourner le business musical de Malsain, bien déterminé à poursuivre sa percée dans l'industrie. À la manière d'un patron de fonds d'investissement, en quête perpétuelle

75. Les citations sont extraites de la retranscription de la sonorisation du domicile de « Mojito », réalisée entre octobre et décembre 2020 dans le cadre de l'enquête conduite par un juge d'instruction de Bobigny sur le réseau des Boute-en-Train et consultée par les auteurs.

d'une diversification de son portefeuille d'actifs. Le voici qui produit RZMO et HMZ, deux autres jeunes talents de Saint-Ouen, et ne se contente plus de financer les enregistrements et superviser les showcases : en 2020 il devient aussi éditeur[76]. Il s'entoure de bons connaisseurs des arcanes du secteur qui ont fait leurs preuves avec d'autres rappeurs et fonde Midi Midi Éditions. La structure est répertoriée à la Sacem comme éditrice de près d'une centaine de morceaux pour lesquels elle perçoit des revenus à chaque diffusion.

Mais la même année, cette mécanique bien rodée est sur le point de s'enrayer. À Saint-Ouen, les règlements de comptes meurtriers, sur fond de guerre des territoires, se multiplient. Mojito, l'adjoint de Malsain, s'inquiète : « Tu te fais péter à Saint-Ouen, maintenant, t'es mort. Elle est trop médiatisée, la ville. Tu gagnes pas de l'argent avec des problèmes. Il faut du calme[77]. » Il peste contre la « vie de flambe » de son patron, qui n'a pas renoncé à exercer sa terreur. Au téléphone, sa voix monte : « Je sais pas c'est quoi son délire… Je lui dis : tu veux gagner de l'argent, je comprends rien moi… Je comprends pas ton but, c'est de tuer tout le monde… ? » Le 7 décembre 2020, une vaste opération de police est déclenchée. Le réseau des « Boute » est démantelé. Mojito est interpellé. Des écoutes, des filatures, un mandat d'arrêt. Le coup est rude. Les gestionnaires du point de deal sont incarcérés. Heuss l'Enfoiré est même entendu au commissariat du XVIIe arrondissement,

76. L'édition musicale est l'activité qui consiste à gérer les droits d'auteur et les redevances des chansons à travers notamment la promotion des œuvres musicales. Elle se dissocie du rôle de producteur dont la fonction se concentre sur la création et la production de la musique.

77. Extraits de la retranscription de la sonorisation du domicile de « Mojito » réalisée entre octobre et décembre 2020 dans le cadre de l'enquête conduite par un juge d'instruction de Bobigny sur le réseau des Boute-en-Train.

en compagnie de son avocat Steeve Ruben, bien connu des rappeurs. Les policiers n'ont pas beaucoup d'efforts à fournir pour comprendre les liens entre Malsain et le business du rap : gérant officiel du label, El Mehdi Zouhairi apparaît sur tous les documents. Une saisie pénale est prononcée à l'encontre de la société Midi Midi Productions. L'addition est salée : 459 820 euros sont gelés auprès d'un tiers débiteur[78]. Les enquêteurs et la justice vont pourtant échouer à démontrer que Malsain blanchit grâce au rap les bénéfices d'un juteux trafic de drogue, et l'enquête patine. Demi-succès ou demi-échec ? Aux yeux du narcotrafiquant, la réponse importe aussi peu que la question. Cette déconvenue et la chute des « Boute » viennent de lui démontrer la pertinence de son modèle économique. L'homme a de la ressource. Depuis le Maroc, il pense la réorganisation de son écosystème. Midi Midi Productions est placée en sommeil. Son nom est effacé des statuts de sa société d'édition et il en délègue la gestion. Mais pas question pour autant d'abandonner une activité qui lui permet de percevoir en toute légalité de l'argent versé par Believe, la Sacem et d'autres institutions à la réputation immaculée. En novembre 2021, un nouveau label est discrètement enregistré en France. Il est nommé Verdansk, une ville fictive, capitale du non moins virtuel État de Kastovie où évoluent les personnages du jeu vidéo *Call of Duty*, opérateurs des forces spéciales et agents secrets. Cette structure, dans laquelle Malsain prend soin de ne pas apparaître, récupère l'ensemble des artistes de Midi Midi Productions, de Heuss l'Enfoiré à HMZ. El Mehdi Zouhairi a beau avoir fait les gros titres de la presse avec l'opération policière d'envergure menée contre les « Boute » et être la cible de plusieurs mandats d'arrêt émis par la France, Believe continue d'échanger

78. Le gel des comptes de Midi Midi Productions a finalement été levé.

imprudemment avec lui et contractualise avec Verdansk[79]. Après Heuss l'Enfoiré en 2023, le groupe coté en Bourse annonce fièrement la signature de RZMO puis, l'année suivante, celle de HMZ. Le jeune rappeur est la pépite de Malsain, qui se prend de passion pour ce gosse de Saint-Ouen, comme lui d'origine marocaine, qu'il reçoit régulièrement à Marrakech ou à Casablanca où un studio d'enregistrement est mis à sa disposition. HMZ incarne ce rap dur des halls des « Boute », chéri depuis toujours par le narcoproducteur. Ses bonnes relations avec le Chat, à la tête du clan Yoda, lui facilitent même le tournage d'un clip à Marseille, dans la cité de La Paternelle, épicentre de la guerre face à la DZ Mafia. Au pied des tours, les petits soldats du Chat gèrent la vente au détail, tirent à l'arme automatique et meurent avant d'être sortis de l'adolescence. HMZ réalise sa vidéo devant le point de deal de La Fontaine, l'un des plus rentables de la ville. Comme pour les clips de Heuss l'Enfoiré, le narcoproducteur contrôle minutieusement chaque étape du tournage.

* * *

En ce début de mois d'août 2023, Malsain s'apprête à déménager à Casablanca lorsqu'il reçoit l'appel de Werenoi. Le rappeur lui annonce qu'il s'envole pour Marrakech et souhaite le rencontrer pour évoquer son différend avec Babs. Après une tournée de festivals dans l'Hexagone, Werenoi s'accorde quelques jours de repos dans la cité ocre, où il doit honorer une série de showcases. L'un d'entre eux se déroule en pleine journée sur la scène surplombant la vaste piscine du Café del Mar[80]. Les enceintes crachent

79. Interrogée, la direction de Believe n'a pas répondu à nos sollicitations et n'a pas souhaité réagir à nos informations.

80. Showcase de Werenoi du 7 août 2023 au Café del Mar Marrakech.

les premières mesures d'un titre de Werenoi qui apparaît, toujours stoïque, flanqué d'hommes vêtus de noir aux visages cagoulés. Plusieurs proches de Malsain sont venus voir celui qu'on présente comme le nouveau porte-étendard du « rap de rue ». Eux savent que Werenoi a sollicité en amont une audience avec leur chef, sans se douter de la teneur de l'entretien.

Quelques jours après le show, les deux hommes se retrouvent. Après des échanges de politesses, le rappeur entre dans le vif du sujet : son problème avec ses producteurs, Babs et Lacrim. Pour Malsain, ces noms ne sont pas inconnus. Il éprouve d'ailleurs de la considération pour Lacrim, un sentiment réciproque. Werenoi s'estime financièrement lésé et souhaite s'affranchir de leur tutelle. Mais comment envisager la rupture sans une solide protection ? Malsain écoute avec attention. Puis fait comprendre au rappeur qu'il est temps de formuler une offre en contrepartie. Werenoi abat sa meilleure carte : son contrat avec Believe, signé au printemps 2022, arrive à échéance. Cette fois, le deal, déjà en cours de négociation, prévoit trois albums et plusieurs maisons de disques se sont positionnées, prêtes à verser des avances à sept chiffres. Malsain entrevoit immédiatement l'opportunité de capter des millions d'euros parfaitement propres. Sa condition pour intervenir dans le contentieux qui oppose le rappeur à ses producteurs, Babs et Lacrim ? Devenir son « coproducteur ». Les deux hommes se quittent sur un accord de principe.

Un premier scénario se dessine : aidé par Malsain, Werenoi se séparerait de Babs et Lacrim. Chez All Points, le label de Believe, où l'on dispose de capteurs dans les deux camps, les démarches sont suivies en quasi-temps réel [81]. Une hypothèse commence à circuler : une offre de

81. Interrogée, la direction de Believe n'a pas répondu à nos sollicitations et n'a pas souhaité réagir à nos informations.

contrat révisée, expurgée du nom de Babs. À Paris, ce dernier, sorti de prison depuis un peu plus de six mois, s'inquiète de voir le rappeur lui échapper et a eu vent de sa rencontre avec Malsain. Craignant de le voir s'immiscer dans le conflit, il se tourne vers une « équipe » de la cité des 4000, à La Courneuve, bien connue et redoutée dans l'industrie du rap. Elle a les moyens et la réputation pour tenir tête à l'ancien maître des « Boutes ».

Alors qu'une guerre ouverte menace, les deux parties acceptent d'ouvrir des pourparlers. Babs n'est pas sans atouts : depuis un an, il sert d'interface avec les maisons de disques, notamment Believe, où ses talents de négociateur pourraient lui permettre de décrocher l'une des plus belles avances du marché pour un rappeur que toute l'industrie espère signer. Un argument qu'il manie avec assez d'habileté pour ne pas être écarté du jeu. Sous le haut patronage de Malsain, les négociations peuvent commencer. Elles portent sur une répartition acceptable de l'avance que consentira à verser Believe, avec qui les discussions sont le plus avancées. Malsain avance ses pions : il devient coproducteur et la part de Werenoi est sensiblement augmentée. Pour leur faire de la place, Babs et Lacrim doivent revoir leurs prétentions à la baisse. Quant à l'argent des showcases, il doit revenir à Werenoi. Le compromis proposé par Malsain leur garantit néanmoins l'essentiel, à savoir garder sous contrat la nouvelle star du rap français. Il est surtout à prendre ou à laisser. La paix contre de l'argent, ou la guerre.

Babs et Lacrim n'hésitent pas longtemps à accepter l'accord, d'autant que les premières offres formulées par les principaux labels parisiens dépassent rapidement plusieurs millions d'euros par album. L'apaisement revenu, Babs voit là l'occasion rêvée de mettre à profit cette trêve pour sceller avec Believe la plus belle transaction possible. Il envisage alors un stratagème audacieux : il sollicite une cadre d'une major concurrente, une relation qui lui « doit un service », comme il dit, qui accepte de proposer une vraie-fausse offre : purement formelle mais assez solide pour paraître crédible, elle n'existe que pour forcer Believe à surenchérir [82] [83]. Offre en main, Babs s'empresse de la soumettre à Henri Jamet. Le plan fonctionne à merveille. La contre-proposition de Believe est exceptionnelle : 16,8 millions d'euros, soit 5,6 millions par album [84]. Et ce n'est pas tout : vient s'y ajouter une prime à la signature, un flat record. Victorieux sur toute la ligne, Babs doit néanmoins concéder le cross-co, qui permettra à Believe de sécuriser sa mise en recoupant son avance sur le catalogue antérieur de Werenoi. Un contrat spectaculaire pour arrimer l'étoile montante de Montreuil et verrouiller son ascension pour les années à venir. Le pactole sera partagé entre Werenoi, Babs, Lacrim et, désormais, Malsain. Ce dernier est le garant du compromis qui a permis d'éviter l'affrontement.

* * *

Cet accord de paix conclu avec l'argent de Believe s'illustre à Paris, le 23 septembre 2023. Le Zénith affiche complet. Les lumières s'éteignent, un bruit sourd s'élève dans l'obscurité : moteur à l'arrêt, puis reprise, rauque, reconnaissable. Une Audi R8 noire, toit ouvert, glisse lentement dans l'allée centrale. Assis à l'intérieur, Werenoi en descend, entouré d'une dizaine de gardes du corps encapuchés. Sur leur sweat noir, un trident doré. L'emblème de la League, le nom que donne le rappeur à sa communauté de fans. Quelques secondes plus tard, les basses sourdes du

82. Interrogé par l'intermédiaire de son avocat maître Mourad Battikh, M. Babiry Sacko n'a pas souhaité commenter cette information.

83. Entretiens des auteurs avec des sources de premier plan ayant requis l'anonymat.

84. Documents consultés par les auteurs.

titre « 10.03.2023 » transpercent la salle. La foule exulte. La mère de Werenoi a fait le déplacement. Dans un coin de la salle, elle observe son fils accomplir ce rêve de succès qu'elle aussi avait caressé presque trente ans plus tôt. Au fil des deux heures de show se succède sur scène un casting d'invités prestigieux : Maes, SCH, Ninho, Lacrim, et même Pascal Obispo. Une parade de soutiens soigneusement orchestrée, car dans les loges, l'ambiance reste tendue. Les sourires sont récents et les embrouilles pas encore tout à fait digérées. Seul Malsain manque à l'appel, cloué à son exil marocain. Quant à Sadek[85], découvreur des débuts, qui avait lancé Werenoi deux ans plus tôt, il est mis de côté. En froid avec Babs et Werenoi, il part, amer, vers Dubaï, où il s'est reconverti dans la cryptomonnaie. Mais pas sans bruit : sur ses réseaux, il publie une série de vidéos pour accuser violemment Babs de lui avoir « volé » Werenoi. Avec Sadek disparaissent aussi les premiers morceaux du rappeur de Montreuil. En tête, « La League », le titre fondateur, celui qui l'a révélé au grand public. Coproduit par Sadek, le morceau a été retiré des plateformes.

* * *

Si le nouveau pacte s'est noué dans le secret, l'alliance avec Malsain se célèbre aux yeux de tous sans que nul, en dehors d'un petit cercle d'initiés, en décèle les indices. Quelques mois plus tard, Werenoi et Heuss l'Enfoiré enregistrent « Mélanine[86] ». Le titre devient l'un des hits de l'été 2024. Un clip est tourné à Las Vegas. Après Heuss l'Enfoiré, Werenoi enregistre un morceau avec l'autre

85. Contacté à plusieurs reprises dans le cadre de cette enquête, le rappeur Sadek n'a pas répondu à nos sollicitations.

86. Heuss l'Enfoiré et Werenoi, « Mélanine », Straw Prod et Verdansk, 2024.

protégé de Malsain, HMZ. Pour lui reverser sa part, un montage a été mis en place : l'argent devrait lui arriver par le truchement de Babs. Depuis le compte d'une banque en ligne, ce dernier pourra ventiler les fonds destinés à Malsain [87] sur plusieurs comptes détenus par des sociétés et d'autres véhicules financiers principalement répartis entre la France et le Maroc.

* * *

Le contrat spectaculaire signé avec Believe a propulsé Werenoi et Babs dans une autre dimension. Le premier est devenu le rappeur le plus en vue du pays ; le second un producteur enfin respecté que l'industrie s'arrache et dans lequel on veut voir l'exemple brillant d'une réinsertion réussie. Babs tutoie désormais les P.-D.G. En janvier 2025, le patron de Play Two, Sébastien Duclos, lui a confié la gestion d'un nouveau label rap, Play to Sky, dont le premier titre est une collaboration entre Werenoi et Gims sortie en mai 2025, avec un clip tourné à Dubaï.

Babs et Werenoi sont aussi devenus riches et mènent grand train, voyageant en jet privé même pour un trajet d'une heure. Sur Snapchat, ils mettent soigneusement en scène leur quotidien doré sur tranche : montres Richard Mille au poignet, suite à l'Hôtel de Paris à Monaco et dans les palaces de Dubaï, emplettes chez Louis Vuitton et Hermès. Leur collection de voitures s'est étoffée de Ferrari, Lamborghini et autres RS4. Une opulence décomplexée, la réussite de gamins désargentés devenus des jeunes adultes millionnaires.

Cette ascension est brutalement interrompue le 17 mai 2025, sur les coups de 5 h 30. Werenoi a été admis

87. Interrogé par l'intermédiaire de son avocat maître Mourad Battikh, M. Babiry Sacko n'a pas souhaité commenter cette information.

quelques heures plus tôt à l'hôpital de la Pitié-Salpêtrière. Il décède à l'aube d'un nouveau succès : *Diamant noir*, son album, sorti à peine un mois plus tôt, est certifié disque de platine – cent mille ventes – deux jours à peine après sa disparition.

Objet de toutes les convoitises, Werenoi aura cristallisé autour de lui une prédation rarement observée dans l'industrie musicale. Labels, producteurs, intermédiaires, narcotrafiquants : chacun aura voulu s'approprier une part de ce talent à très haut rendement. Le rappeur lui-même s'en était ouvert à quelques proches. Il se pensait parfois réduit au statut d'actif financier, générant des millions dont il ne percevait qu'une part minoritaire. Quelques semaines avant sa mort, Babs négociait déjà son futur contrat, alors qu'il restait au rappeur un dernier album à livrer à Believe. Les tractations avaient commencé avec ces derniers, de même qu'avec Sony. Les discussions étaient bien avancées et Babs avait posé ses conditions : deux albums, pour un montant avoisinant les 7,5 millions d'euros chacun [88]. Un potentiel nouveau contrat record, dans le sillage du précédent. Werenoi ne le signera jamais.

À peine avait-il lâché son dernier souffle que des tensions ont éclaté. Parmi les contentieux les plus sensibles, celui d'une plainte déposée en France, fin mai, par une proche de Werenoi [89]. Une jeune femme de 35 ans, amie intime du rappeur, selon ses dires, qui accuse Babs de l'avoir brutalement agressée. Une nuit trouble, celle du 21 au 22 mai 2025, dans un bar à chicha de Montreuil, quatre jours à peine après la disparition de l'artiste. Ce soir-là, selon la

88. Entretiens des auteurs avec des sources de premier plan ayant requis l'anonymat.

89. Procès-verbal daté du 24 mai 2025, préfecture de police de Paris. Interrogé par l'intermédiaire de son avocat, maître Mourad Battikh, Babiry Sacko n'a pas souhaité commenter cette information.

version de la plaignante, Babs aurait exigé avec véhémence qu'elle restitue une somme de plus d'un million d'euros, et serait allé jusqu'à la frapper avec deux autres hommes[90]. L'argent que Babs lui réclame aurait été versé depuis son label à un compte au nom de Werenoi à Dubaï où le rappeur aimait régulièrement séjourner. Une mise de fonds destinée à un investissement immobilier dans l'émirat, un projet porté, selon la plaignante, à la demande du rappeur, avec sa confiance.

Dans les heures ayant suivi le décès de l'artiste, Babs lui aurait demandé de renvoyer la somme sur son propre compte, sans passer par la succession. La manœuvre, justifie-t-il, était destinée à remettre l'argent à la famille du rappeur. De son côté, Babs dément fermement l'ensemble de ces accusations. Son avocat Mourad Battikh assure que son client « conteste catégoriquement » la version de la plaignante et « réaffirme son innocence ». Une première ligne de fracture, annonciatrice d'une nouvelle ère de conflits autour de Werenoi. Depuis, sa fortune est au cœur d'une sourde bataille. Si Babs avait, au lendemain de sa mort, gagné la confiance de la mère du rappeur, leur relation s'est depuis considérablement détériorée. Celle-ci accuse désormais le producteur d'avoir abusé financièrement de son fils[91]. En juillet 2025, sur Facebook, dans une série de posts, la mère de Werenoi a dénoncé – sans jamais les nommer – ceux qui, selon elle, « l'ont fatigué jusqu'à son dernier souffle[92] », évoquant plus loin des « vampires ».

90. Hôpital Beaujon AP-HP, certificat initial descriptif, examen de la victime daté du 22 mai 2025 révélant notamment des lésions dont des œdèmes au visage et périlabials, des hématomes sous l'œil droit et la pommette droite, des ecchymoses abdominales et dans le dos. Le tout entraînant une incapacité temporaire de travail de dix jours.

91. Contactée, la mère de Werenoi n'a pas donné suite à nos sollicitations.

92. Post publié le 9 juillet 2025 sur son compte Facebook par la mère de Werenoi.

Babs ne se prive pas de répliquer. À l'en croire, il se bat « uniquement pour que les droits et les revenus de l'artiste reviennent à ses enfants [93] ». Une guerre désormais observée de près par la justice.

À la suite de la plainte déposée fin mai par l'amie de Werenoi – depuis soutenue par plusieurs membres de son entourage –, une enquête visant Babs a été ouverte pour « vol aggravé » et « extorsion », confiée aux policiers de la sûreté territoriale de Seine-Saint-Denis. Le producteur, qui a été placé en garde à vue quarante-huit heures, doit comparaître le 25 octobre 2025 devant le tribunal de Bobigny [94].

Une passe d'armes que certains cadres de Believe observent avec une prudence teintée d'inquiétude quant au périmètre de l'investigation. Au sein du groupe, le contrat de Werenoi continue de susciter une gêne palpable. Seul un petit cercle restreint de cadres dirigeants a connaissance de ses arcanes. Tel un fantôme, il hante le groupe. Car la présence de Malsain n'est pas le seul secret qu'il renferme.

---

93. Communiqué de presse de PLR Music daté du 3 août 2025.

94. Jean-Michel Decugis, Jérémie Pham-Lê et Éric Bureau, « Guerre autour de l'héritage de Werenoi : le producteur du rappeur placé en garde à vue et renvoyé devant le tribunal », *Le Parisien*, 1er août 2025. Babs conteste les faits et reste présumé innocent.

7

Les consuls

« Pas moyen de supprimer le passage sur Sativa dans votre livre[95] ? » La question est posée sans ambages ni menaces, mais avec insistance. À l'autre bout de la ligne, une voix dont nous ignorons tout, si ce n'est qu'elle prétend s'exprimer au nom de Sativa Music, le label le plus mystérieux du rap français. Et peut-être l'un des plus influents. Pour convaincre l'un de ses membres d'accepter de nous répondre, il a fallu activer des contacts capables de nous mettre en lien, à défaut de se porter garants. Au bout de plusieurs semaines, un numéro nous a toutefois été transmis, sans nom ni alias. Via messagerie cryptée, un dialogue s'est d'abord engagé par écrit, qui tenait plus du petit interrogatoire sur les contours de cette enquête. Nous avons tenté d'expliquer la démarche journalistique, parfois incomprise et souvent décriée, sans rien promettre, sinon un traitement rigoureux des propos recueillis. Pour des hommes d'affaires du rap rompus aux relations purement transactionnelles, les journalistes indépendants peuvent paraître inutiles voire suspects, considérés comme une perte de temps et un nid à problèmes. « La police vous renseigne ? » Le genre de piques souvent lancées, pour observer les réactions.

95. Entretien avec les auteurs, le 24 mai 2025.

« Pourquoi écrire sur nous ? » Parce que Sativa est devenu un acteur central qui collabore avec les plus grands noms du rap hexagonal sans que rien soit connu de ses membres ni de son fonctionnement. Surtout, le spectre de cet intrigant label plane sur le second contrat signé en 2023 par Believe afin de distribuer Werenoi. En jeu, l'avance tant convoitée de 16,8 millions d'euros, qui alimente les suspicions et les rivalités autour de l'artiste, devenu le symbole ultime de la réussite dans le rap français. C'est en enquêtant sur ce deal que le nom de Sativa nous a été mentionné par plusieurs sources. Toujours sous le sceau de la confidentialité et avec une mise en garde sur la dangerosité présumée des hommes tapis derrière ce label établi à Barcelone. « C'est compliqué autour de Werenoi, très compliqué. Il y a trop d'intérêts en jeu, balaie la voix de Sativa, laconique. Ce que je peux vous dire, c'est que Lacrim a fait le travail pour aider l'artiste au départ. C'est notre ami et c'est normal qu'il ait sa part. » Le label Sativa est-il partie prenante au deal avec Believe ? « C'est une fantaisie infondée. On n'est pas sur le contrat. » Certes, du moins pas directement.

* * *

Au grand dam de Believe et de Babs, c'est Sativa qui est censé percevoir la part de leur « ami » Lacrim [96]. Le fruit d'un contrat dans le contrat. Une sorte de *gentlemen's agreement* qui puise sa source dans une discorde survenue début 2024 entre Babs et Lacrim, soit quelques semaines à peine après la signature avec Believe. Les versions divergent sur l'origine de cette brouille sur fond de gros sous et de dettes personnelles, de rivalités d'ego et de parrains protecteurs, de confiance rompue et d'honneur. Lacrim, qui a déjà

96. Sativa Music se refuse à tout commentaire sur ce contrat, tout comme Lacrim, Babs et Believe.

touché une partie de l'avance record, s'ouvre aussi à des proches de ses suspicions quant à de possibles avenants léonins au contrat que lui aurait soumis Babs, puis se décide à céder sa part. Il tient, auparavant, à consulter Malsain quant à son choix du nouveau bénéficiaire : Sativa. La manœuvre financière est esquissée dans le plus grand secret, entre Barcelone et Paris. Believe ne doit rien savoir pour le moment. Werenoi n'est pas mis dans la confidence. Quant à Babs, il ignore évidemment tout de ce qui se trame. Un accord de cession est finalement conclu en toute confidentialité par Lacrim et Sativa. En toute légalité. Puis vient le moment de l'annoncer ou plutôt de l'imposer aux autres cosignataires du contrat, en ce début d'année 2024. Une lettre de l'avocat mandaté par Sativa est adressée à Babs et Believe. Le document clarifie la nouvelle répartition. Désormais, la part de Karim Zenoud, alias Lacrim, à la tête de Plata O Plomo Records, reviendrait à Sativa Music – le nom complet du label –, qui se présente dès lors comme « coproducteur » de Werenoi [97]. En annexe, la structure joint l'acte de cession et une exigence : un premier versement de plusieurs centaines de milliers d'euros. Face à l'irruption de cet impétrant, les autres parties sont abasourdies. Believe refuse de reconnaître Sativa Music comme « coproducteur », tout comme Babs. Aucun ne signe le document soumis par le label, malgré les relances de son avocat, un spécialiste du droit des affaires et de la propriété intellectuelle. Believe comme Babs résistent, arguant que le contrat est « indivisible », que Lacrim n'aurait donc pas eu le droit de céder unilatéralement sa part. Faute d'arrangement, le rappeur reste coproducteur, bien que Believe ne collabore dorénavant qu'avec Babs. Pourtant, malgré les protestations et l'absence de reconnaissance officielle, la

97. Sollicité par l'intermédiaire de Sony, Lacrim n'a pas donné suite.

mécanique financière, elle, s'enclenche. Lacrim transmet les ordres de paiement à PLR Music, le label de Babs, et à Believe. Un nom, un RIB. C'est désormais Sativa Music qui doit percevoir sa part. Un premier virement de 750 000 euros est émis. « Je ne peux rien vous dire à ce sujet. Et je ne vous dirai rien », conclut la voix supposée de Sativa. C'est sans doute le dernier secret bien gardé du contrat de Werenoi. Jusqu'au bout, le rappeur aura été une valeur, échangée sur un marché gris, au gré d'intérêts croisés et d'alliances de circonstance.

* * *

L'énigme Sativa reste entière. Tout en restant tapi dans l'ombre, à l'écart de la frénésie des sièges parisiens des majors, ce label s'est imposé en trois années comme un acteur puissant de la scène rap européenne. Près de deux cents millions de vues sur YouTube, plus de quatre millions d'auditeurs mensuels sur Spotify, le collectif collabore avec les plus grandes stars françaises, notamment Gims, Aya Nakamura, Ninho, Gazo, Lacrim, Koba LaD et Jul, particulièrement proche de cette structure. Les intéressés fuient la lumière. De loin, leur organisation s'apparenterait presque à un groupuscule avec ses propres règles non écrites. La première d'entre elles : la loi du silence. Ses membres usent de cryptonymes, ne se dévoilent pas. Rien ne filtre vraiment sur ce collectif impénétrable, à l'origine de la création d'une société de production très vite couronnée de succès. Le label ne se limite pas au rap français et travaille avec une pléiade d'artistes internationaux comme l'Autrichien RAF Camora, le Marocain El Grande Toto ou l'Espagnol RVFV. Les ramifications de cette nébuleuse s'étendent de Paris à Marseille, de Barcelone à Marrakech et jusqu'à Santiago du Chili.

Cette influence, Sativa l'a conquise en entretenant une opacité rare à un tel niveau, au point d'intriguer les hautes sphères de l'industrie. Ce qui alimente les fantasmes et suscite même une certaine crainte. Dans les étages des majors, les directeurs des labels aiment partager leurs hypothèses sur cette étrange camarilla. Elliptiques, les témoignages livrent le portrait d'un groupe nébuleux, épris de rap et, peut-être, affilié aux « équipes » les plus redoutables de la nouvelle vague de narcotrafiquants. Chez Sony Music, il se murmure que ce sont des « gens dangereux ». Dans les locaux d'Universal, on parle d'une « équipe très liée aux quartiers nord de Marseille ». Chez Play Two, l'un des responsables du label de TF1 se montre mal à l'aise : « On s'est renseignés et on nous a fait comprendre que c'étaient des gars sérieux. » Du côté de Believe, mêmes suspicions à l'égard d'une bande insaisissable décrite comme « nébuleuse ». À l'unisson, tous assurent ne pas collaborer avec Sativa, ni même vouloir avoir affaire à eux.

Ces cadres de majors omettent d'évoquer les relations bien réelles entretenues bon gré mal gré avec ce label. Universal, par exemple, se garde de mentionner la signature, début 2025, d'un contrat de distribution avec la structure barcelonaise [98]. Celle-ci venait alors de rompre avec Believe, preuve que les dirigeants de leur division rap ont régulièrement eu « affaire à eux », y compris en dépêchant à plusieurs reprises des équipes à Barcelone pour travailler sur des projets. À peine notre entretien chez Play Two terminé, l'un des cadres prend le soin de prévenir Sativa, ce dont la voix ne manque pas de nous faire part. « On a des capteurs partout dans l'industrie et on sait que vous posez des questions sur nous, dit-elle. On ne veut pas que l'on parle de nous, je crois que c'est clair. On est bien dans l'ombre et on ne parle pas de Sativa à l'extérieur et encore moins à

98. Contactée, la major n'a pas souhaité réagir.

des journalistes. Ce n'est pas pour rien que nous avons pris une cagoule comme logo. » D'une couleur vert clair tirant sur le jaune, le passe-montagne aux épaisses lignes noires tracées de la main d'un artiste anonyme ne comporte que deux trous pour les yeux. Signe de reconnaissance pour les initiés, l'emblème de ce label aussi secret que puissant hante le panthéon du rap français depuis son quartier général, en Espagne.

* * *

Un immeuble banal dans une étroite ruelle éclaboussée de soleil dans la commune populaire de L'Hospitalet de Llobregat, en banlieue sud de Barcelone. L'adresse ne se fait pas remarquer et, bien évidemment, aucune plaque ; pas le moindre indice n'est susceptible de mettre les curieux sur la piste de Sativa. À l'écart d'une partie de la commune, gentrifiée, où se concentrent sièges d'entreprises, galeries d'art et, depuis peu, le studio d'enregistrement de la pop star espagnole Rosalía, s'alignent des cités-dortoirs aux murs pastel défraîchis. L'Hispano-Marocain Morad, artiste parmi les plus écoutés d'Europe, multinominé aux Latin Grammy Awards, y est né en 1999 et vit toujours dans le décor de son enfance, devenu celui de ses nombreux clips. Il a grandi dans les blocs désolés de La Florida, un micro-quartier parmi les plus densément peuplés d'Europe. Près de la moitié des habitants viennent d'ailleurs. D'Afrique du Nord d'abord, puis d'Amérique du Sud et d'Asie.

On peut aussi y croiser une petite coterie française, une dizaine d'amis d'enfance, pour certains mariés et pères de famille, qui s'y sont installés au début des années 2010. Petite particularité : tous viennent de la cité du Bois-l'Abbé, à Champigny-sur-Marne, dont ils ont ressenti le besoin de s'éloigner. Soudés et déterminés, ils ont jeté leur dévolu sur L'Hospitalet de Llobregat, commune située à quelques stations de métro du centre de Barcelone et sur la route bien connue des trafiquants de haschich entre le Maroc et la France. Le quartier peut constituer une étape stratégique, un lieu de repos pour les convoyeurs, de planque pour leurs supérieurs. Sans y prendre une part active, Morad évolue dans cet environnement, sous le regard bienveillant de ces « *francesos* » noirs et arabes parmi lesquels se détache une figure. C'est un Franco-Algérien à la silhouette fluette, un débrouillard madré, cultivé par ses lectures assidues et lesté d'un sens des affaires tranchant. Comme ses amis, il vient du Bois-l'Abbé et a vécu à Marseille où il a noué de solides relations dans les quartiers nord. Plus jeune, dans sa cité du 94, il se faisait appeler Taliban. Ce jeune homme déterminé qui n'a pas peur de la besogne s'est formé aux affaires dans la vente de vêtements de streetwear au marché Malik des puces de Saint-Ouen. Puis il est parti s'aventurer à la source, en Chine, où il s'est lancé dans l'importation de produits en tout genre. Il fait des allers-retours réguliers entre Paris et Pékin, avant de se laisser happer en juin 2015 par l'illégalité entre les Pays-Bas, la France et l'Espagne. Avec son frère MG, son copain Pla et d'autres associés, il a pris part à un réseau impliqué dans l'importation et la revente en gros de cannabis depuis Barcelone. L'équipe, plutôt bien armée, avait beau chiffrer ses communications à l'aide de téléphones sécurisés et utiliser des brouilleurs d'ondes, ses mouvements étaient tout de même tracés par des balises de géolocalisation disposées sur leurs véhicules par la police. Leur groupe finit par être démantelé à l'été 2016.

Taliban vit alors en famille près de Montpellier. Il a bientôt 30 ans et quatorze mentions sur son casier judiciaire. Face à la perspective de croupir en cellule, il s'enfuit seul à Dubaï et, en juin 2018, se fait représenter par son avocat lors de son procès devant le tribunal correctionnel de Bobigny qui le condamne à quatre ans de prison pour « participation à association de malfaiteurs ». À la demande des autorités françaises, il finit par être extradé l'année suivante de la cité-État des Émirats arabes unis et purge sa peine.

La « cabane » peut être un lieu propice à la réflexion pour qui veut envisager « l'après ». Certains suivent des ateliers jardinage, passent des diplômes, se dirigent vers le secteur associatif. Sa réhabilitation, Taliban la cherchera dans ce qu'il sait faire de mieux. Les affaires.

Ce sera la musique, depuis l'Espagne. À L'Hospitalet de Llobregat, Morad se lance en 2019 avec des copains de La Florida, dont le rappeur Beny Jr. Il n'a que 20 ans, un album, une tripotée de singles et déjà son propre label, M.D.L.R., soit « Mec de la rue », en français, comme un hommage à ses aînés du 94. Morad, Taliban le connaît de longue date, depuis l'époque où l'adolescent ne rêvait que de football et de rap. Il y voit une opportunité et se plonge dans les subtilités du business de la musique, analysant aussi bien les contrats de distribution, dont il examine la moindre clause, que le fonctionnement des plateformes et leurs algorithmes. Il en parle depuis la prison à ses amis du Bois-l'Abbé, séduits par l'idée de faire jaillir de l'argent propre du rap. Ensemble, ils lancent fin 2021 à Barcelone une société de production dénommée DKR'S Musica, rapidement renommée Beatmaker Management & Product. Cette entité sert de maison mère à leur label, Sativa Music, référence à l'herbe qu'ils aiment fumer pour se détendre, en toute légalité, dans les « cannabis clubs » de Barcelone. Éminence grise de cette entreprise, Taliban n'apparaît pas sur les statuts.

Le collectif du Bois-l'Abbé peut compter sur le soutien du rappeur Lacrim. Entre son quartier de Chevilly-Larue, dans le Val-de-Marne, où il connaît les « grands » et les « petits », Marseille où il a autrefois été adossé à un label de La Castellane, Dubaï et Barcelone, où il a un temps vécu, le rappeur dispose d'un solide carnet d'adresses, précieux pour les membres de Sativa. Il est d'ailleurs un des premiers rappeurs français à collaborer avec Morad, dès 2020. Le collectif cultive la discrétion, un goût prononcé pour l'anonymat et une certaine sobriété dans ses clips, qui contraste avec le bling des productions du moment. Pas de site Internet ni d'organigramme, juste un compte Instagram peu actif, une chaîne YouTube qui affiche bientôt des centaines de millions de vues et un réseau considérable de contacts dans le rap. Très vite, les demandes de collaborations avec Morad affluent depuis l'Hexagone. De Jul à Ninho, tous veulent leur featuring avec la nouvelle star du rap espagnol, dont la popularité explose. Pour faire le lien avec la scène française, Morad s'en remet rapidement aux réseaux éprouvés des hommes de Sativa. Ils endossent ce rôle d'interface auprès des rappeurs marseillais et parisiens désireux de collaborer, filtrent les demandes et posent les conditions de ces morceaux communs avec la star espagnole. Ce fervent admirateur de Jul, dont il s'est inspiré, bénéficie rapidement d'une envergure internationale. Le rappeur catalan rayonne en Espagne, en France en Italie mais aussi dans les pays du Benelux, en Afrique du Nord et en Amérique du Sud. Un atout extraordinaire.

À peine Taliban sorti de prison et la société constituée, Sativa facilite l'organisation d'un premier titre de Morad avec Rim'K, vedette du 94 qui a marqué la musique française avec son groupe 113, le compositeur DJ Mehdi et le collectif Mafia K'1 Fry. Pour enregistrer et tourner le clip, le chanteur de « Tonton du bled » fait le déplacement à La Florida. Dans la foulée, à la veille de Noël 2021, Beny Jr et un autre talent barcelonais signé par Sativa se retrouvent à rapper avec Jul dans l'émission *Planète Rap*, délocalisée pour l'occasion au stade Vélodrome. Chez eux, à L'Hospitalet de Llobregat, défilent des figures de la nouvelle génération du rap européen comme le britannique Central

Cee, attirées par Morad et la simplicité efficace de ses clips tournées dans son quartier. Les jeunes pousses du label bénéficient de ces connexions et enregistrent des titres avec des rappeurs de renom que peu de débutants peuvent espérer approcher. Dans le milieu hyperconcurrentiel du rap, Sativa vient de s'offrir avec brio un lancement réussi, dans le plus grand anonymat.

* * *

« Du bruit pour Sativaaaaaa ! » Au micro, Jul exulte et tout le stade Vélodrome reprend en chœur. Ce samedi 4 juin 2022, il donne son premier concert dans le chaudron de Marseille, pris d'assaut par près de soixante mille spectateurs. Son alter ego et cadet hispano-marocain, Morad, l'a rejoint sur scène, accompagné de quelques hommes discrets et pour certains cagoulés, impassibles face au public en fusion. Les deux plus grandes stars du rap européen leur donnent l'accolade. Sativa, ce sont eux. Personne dans la foule ne sait qui se cache derrière ce nom sibyllin. Jul, mégastar prolifique du rap français, est un « ami », habitué des locaux de Barcelone où il vient de temps à autre prendre du recul et enregistrer, en toute simplicité, à l'écart de Marseille où il ne peut plus déambuler sans être sollicité. « Qu'il nous remercie, c'est du bon sens. Nous l'aidons et il aide Morad, les streams explosent. C'est du gagnant-gagnant », nous dit-on au sein du label à la cagoule.

Taliban, Pla, Musta, Banane… Ces risque-tout, entrepreneurs malins et affûtés, seulement connus sous leurs pseudonymes, évoluent encore sous les radars de l'industrie musicale. Banane, lui aussi originaire du 94 et issu d'une famille de notables d'Afrique de l'Ouest, fait fonction de logisticien multicarte. Un opérationnel apprécié des artistes comme Morad, qui dédie un couplet à « un contact de

France qu'ils appellent Banane[99] ». Quant à Pla, Français né à Kinshasa en 1993, il s'est illustré aux côtés de Taliban, de son frère et d'autres affidés comme « homme de main », chargé « de la sécurisation des convois » hebdomadaires de près de 70 kg d'herbe et de haschich que l'équipe faisait passer de l'Espagne vers la France[100]. En juillet 2022, Morad appelle dans une vidéo à « la liberté pour le frérot Pla du 9-4 ».

La petite bande soudée de Sativa se retrouve souvent dans son propre studio de L'Hospitalet de Llobregat ou dans l'un de ses coffee-shops, des clubs privés que ses membres gèrent eux-mêmes, en hommes d'affaires avisés capables d'investir aussi dans l'immobilier. Sur la Costa del Sol, à Marbella, où ils descendent volontiers, ils ont aussi leurs habitudes dans un coffee shop, ainsi que dans plusieurs villas et hôtels de prestige. Il leur arrive également d'accompagner leurs artistes dans les soirées folles de cette station balnéaire prisée des touristes, des nantis européens et de certaines familles présidentielles africaines, mais aussi des grands voyous français.

Là-bas, la discothèque la plus mythique est incontestablement celle fondée par Olivia Valère. Ce club se présente sur son site Internet comme le « point de rencontre de la haute société, des top-models, des influenceurs et des célébrités [...] en quête d'une atmosphère unique ». De Sean Connery à Elizabeth Taylor, en passant par Paris Hilton ou l'intermédiaire Alexandre Djouhri, du beau monde y a défilé au cours des quatre décennies passées. Un mélange abouti de show-business, d'artistes, d'hommes d'affaires et

99. Morad, « Acto de Calma », album *M.D.L.R*, 2022.

100. Pla a été interpellé le 16 avril 2016 à son domicile en Île-de-France, puis placé en détention provisoire et jugé, en même temps que Taliban, le 20 juin 2018. Il a été condamné en première instance à quatre ans de prison pour « participation à association de malfaiteurs », importation, transport et détention de stupéfiants en récidive.

de bandits sous le soleil andalou. L'alchimiste de ces fêtes mondaines et singulières est décédée en 2022 mais la magie opère encore et l'établissement a su s'adapter à l'air du temps. Funk, disco, variété et musique cubaine ont cédé la place à des showcases de rappeurs français de premier plan : Lacrim, Gazo, Werenoi, Koba LaD, Ninho… Tous ont enregistré chez Sativa ou côtoyé Taliban et sa bande.

Avec Sativa, le collectif du Bois-l'Abbé s'était fixé l'objectif ambitieux de s'implanter dans le paysage musical et de dégager des revenus en l'espace de cinq ans. Deux ans ont suffi, de quoi se faire remarquer à Paris, dans le petit milieu fermé des majors comme dans celui des parrains « protecteurs » de rappeurs. Les featurings prestigieux s'enchaînent. Le gotha du rap français ne se fait pas davantage prier pour collaborer avec Morad et Sativa Music. Naps, Gazo, Gims, Koba LaD, Maes ou la chanteuse Aya Nakamura acceptent sans barguigner. La plupart daignent même se déplacer à « l'Hospi », comme ils surnomment L'Hospitalet de Llobregat. Une grande partie de ces collaborations sont produites et, surtout, détenues par Sativa Music, qui amasse des droits dont la valeur s'accroît au fil des ans et des streams. Avec ces titres des plus grandes stars de la musique urbaine européenne, le label barcelonais se constitue un catalogue très rémunérateur. Un véritable trésor de guerre.

* * *

Aujourd'hui encore, Jul aime passer à « l'Hospi » pour saluer Morad et les membres de Sativa. Il lui arrive même d'évoquer, micro en main, ses virées barcelonaises : « Faut qu'j'me taille au ski, ou au coffee à Hospi, que j'prenne un peu d'inspi [101]. » De l'inspiration ? Assurément. Mais aussi

101. Jul, « Keyser Söze », *Album gratuit vol. 7*, D'or et de platine, 2023.

des conseils. Comme Ninho, Gims, Lacrim et d'autres, la star marseillaise a pris le temps de s'asseoir dans le bureau de Sativa, qui fournit également des services de consultance pour les artistes soucieux de booster encore davantage leurs carrières. En laborantin de l'industrie, le collectif distille doctement ses recommandations. D'abord, optimiser les audiences sur les plateformes en multipliant les featurings pour exciter les algorithmes, faire grimper les streams et augmenter la visibilité. Ensuite, négocier au mieux les conditions de production avec les majors. C'est ainsi que Taliban, Banane et les autres préconisent aux rappeurs de limiter leurs prétentions sur les avances. Inspirés par le modèle PNL, ils plaident pour compresser les taux en faveur des artistes et contenir les exigences des maisons de disques. Le label fonctionne comme une start-up de l'ombre et entend, à sa manière, contribuer à changer l'industrie.

Gims, par exemple, bien qu'artiste et homme d'affaires avisé, a bénéficié de certains tuyaux. À l'origine, il n'était venu à Barcelone que pour enregistrer un titre, « Seya », avec Morad, et en tourner le clip. Très vite, le morceau produit et détenu par Sativa s'est hissé en haut des charts comme un hit international comptabilisant plus de cinq cent millions d'écoutes sur Spotify en douze mois, près d'un milliard les années suivantes et pléthore de disques d'or dans toute l'Europe. Une démonstration de savoir-faire pour le label à la cagoule. Play Two, le distributeur de Gims, assure néanmoins avoir dû menacer de mettre en demeure le label du collectif de Bois-l'Abbé pour récupérer la part de son artiste [102]. Believe, qui a un temps distribué le catalogue de Sativa, se méfie désormais aussi de ces « ninjas de l'industrie », comme ils sont surnommés en interne.

---

102. Interrogé à ce sujet, Sativa Music dément tout refus de versement.

La société secrète des cagoulés a peu d'états d'âme à défier cet establishment. Ses membres se définissent volontiers comme des « businessmen » avides de « bon pognon bien propre ». Mais certainement pas comme des « opportunistes », ainsi qu'ils qualifient les cadres de l'industrie musicale française. La méfiance, sinon la défiance, est réciproque. D'autant que les majors ont fait montre de leur capacité à déstabiliser ceux qui leur résistent. D'ailleurs, Sativa les suspecte d'être à l'origine d'un renseignement anonyme transmis à la police qui aurait déclenché une enquête courant 2023 pour des soupçons de blanchiment de fonds d'origine hasardeuse. Des flux financiers sont épluchés, dont plusieurs centaines de milliers d'euros en provenance, justement, des majors. La société d'édition du label barcelonais, constituée à Paris, se retrouve paralysée. Et Sativa, qui conteste tout blanchiment, ne peut plus rapatrier en Espagne les sommes versées par la Sacem sur son véhicule financier français. L'enquête suit son cours tandis qu'une autre affaire embarrassante survient, cette fois au tribunal judiciaire d'Aix-en-Provence. L'une des compagnes d'un membre de Sativa est mise en cause dans un dossier de trafic de cannabis. Ont-ils réellement tourné la page comme ils le prétendent ? « L'affaire d'Aix ne repose sur aucun élément et sera vite un mauvais souvenir », veut croire un de leurs avocats.

* * *

Durant des mois et des mois, la voix de Sativa s'est murée dans le silence et nos messages sont restés sans réponse. Puis, sans prévenir, un samedi après-midi de mai 2025, elle a appelé pour « prendre des nouvelles et savoir comment avançait le livre ». Cette fois, de l'autre côté de la ligne, la machine à café est en marche et le mystérieux membre de Sativa semble disposé à livrer sa version, avec prudence et sans jamais perdre le contrôle. « On sait très bien ce qui se dit à Paris sur nous. Je peux vous affirmer une chose : on n'est affiliés à personne, à aucune organisation criminelle. On sait que les gens de l'industrie à Paris disent qu'on travaille avec tel ou tel cartel, qu'on est nous-mêmes un cartel, ou encore de la DZ, et qu'on extorque les artistes. C'est leur problème. On ne blanchit pas un euro et on n'est pas assez cons pour injecter du liquide dans nos comptes. On a pu faire des conneries dans le passé ; c'était il y a près de dix ans et on a le droit de changer. Ça dérange tant que ça des enfants d'immigrés qui s'en sortent ? Nous, on a réussi dans cette industrie sans armes ni violence, juste par le travail et avec nos cerveaux. Vous pensez vraiment que des artistes aussi prestigieux vont se laisser racketter, se déplacer en Espagne pour enregistrer sous la contrainte et ne pas déposer plainte ? Les majors à Paris ? On les dérange car on sait comment elles fonctionnent et abusent des artistes. Alors, elles nous suspectent et la police enquête sur nous. Que chacun fasse son boulot, nous on fait le nôtre et on avance. On n'a pas besoin de la France et, suite à l'acharnement de la justice, on se retire définitivement [103]. » À la suite d'une enquête visant sa structure, Sativa Music a renoncé en 2024 à ouvrir un bureau à Paris et a progressivement diminué ses activités avec des rappeurs français. Pragmatiques, les Franco-Barcelonais considèrent de toute façon le marché hexagonal comme trop étriqué. Et puis, n'ont-ils pas d'ores et déjà reçu et enregistré presque tous ceux qui comptent dans le rap français ? À Barcelone, l'idylle entre Morad et Sativa Music s'est terminée fin 2024 à la suite de différends. Comme un symbole d'une page qui se tourne. Pour le label à l'énigmatique cagoule, la France et la Vieille Europe appartiennent déjà au passé.

103. Entretien avec les auteurs, le 2 juin 2025.

Autant se projeter encore plus loin, vers de nouveaux horizons, d'autres collaborations musicales, marier les genres les plus courus, ceux qui comptabilisent des milliards de streams sur des marchés en pleine expansion. Ils ont déjà un pied dans le reggaeton, qu'ils ont contribué à introduire dans le rap français grâce à une connaissance de Morad, un dénommé Juan, Bolivien de 20 ans branché et malin, résidant entre Dubaï et Paris. Il évolue dans l'univers hype des Caraïbes et de l'Amérique du Sud, fréquente les stars des musiques urbaines qu'il convie à ses soirées organisées dans des clubs chics des capitales européennes. Il officie également comme manager pour l'Europe et les Émirats arabes unis du chanteur chilien Cris MJ, l'une des plus grandes stars de la scène reggaeton avec ses trente-quatre millions d'auditeurs mensuels sur Spotify et ses records sur YouTube. C'est ainsi que, sur les affiches de ses tournées européennes, la cagoule verte et jaune de Sativa Music apparaît désormais près du nom d'un artiste dont les chansons se classent souvent sur les plateformes parmi les dix les plus écoutées au monde.

Sativa ne compte pas s'arrêter en si bon chemin. Le label guigne à présent le riche marché d'Amérique du Nord et cherche à pousser ses feux vers la K-pop coréenne et ses milliards de streams. Objectif : faciliter des collaborations entre des stars de Séoul et les capitales du reggaeton, pour tirer profit des marchés asiatiques et latinos dans l'espoir de se jouer des algorithmes et de générer des millions d'euros de revenus. « On a compris le système et on l'a démontré avec le rap en France, où les majors ont fini par s'acharner sur nous. C'était juste un échauffement », prévient notre contact anonyme. « Inutile de parler de nous, c'est préférable de ne pas nous mentionner », insiste-t-il en finissant par s'en amuser et se dévoiler. La voix de Sativa est celle d'un cagoulé jadis surnommé Taliban.

8

La malédiction

Il est autour de 3 h 30 ce 26 août 2024 quand Julien Schwartzer, 32 ans, alias SCH, chemisette vert foncé, pantalon clair, ceinture Christian Dior et lunettes de soleil, achève la petite demi-heure de concert donnée au club La Dune pour un cachet de 50 000 euros. La discothèque de la station balnéaire de La Grande-Motte, au bord de la mer Méditerranée, est en ébullition. « Le S », comme il se surnomme, a fait le plein. Après avoir remercié le public, le rappeur accompagné de son équipe gagne le rooftop de l'établissement pour y boire un verre. À ses côtés, Mehdi, son manager depuis quatre ans ; Tahar, un ami ; Nassim, son DJ, Cherip et Lotfi, ses deux gardes du corps et Rachid, un chauffeur occasionnel. Évidemment, quelques amis d'amis sont de la partie. SCH signe des autographes, prend des photos avec le staff de la Dune. Tout le monde se réjouit de la soirée. Devant l'établissement, l'un des responsables de la boîte de nuit propose à deux gendarmes en patrouille de venir saluer l'artiste. Les pandores prennent l'ascenseur pour le toit-terrasse, mais en sont pour leurs frais : SCH refuse de les rencontrer, question d'image ; « Giulio », son double artistique du sixième album, sorti au mois de mai, est un mafioso qui connaît aussi bien la recette des cannellonis que celle du succès… Les gendarmes sont poliment éconduits. SCH et les siens poursuivent les discussions sous un clair ciel d'été. Vers 4 heures du matin, l'artiste décide de regagner le domaine de Verchant, à Castelnau-le-Lez, où il loge pour la nuit. Ses deux gardes du corps, Mehdi et Nassim, eux aussi éreintés par une journée menée tambour battant depuis Paris, l'accompagnent et prennent place dans le SUV Volvo loué à leur arrivée à Montpellier. Lotfi et Chérip les suivent. Rachid et Tahar, en revanche, décident de prolonger la soirée avec des connaissances. À l'extérieur, quelques habituels éclats d'embrouilles éthyliques viennent troubler la quiétude de cette fin de nuit. Il est près de 6 heures du matin quand les deux amis décident de rentrer à leur tour.

Après avoir pris place à bord du van Mercedes aux vitres teintées loué par le manager de SCH, ils prennent la direction de Carnon et remontent la route qui longe la plage du Grand Travers. Quelques minutes plus tard, un Range Rover gris pile devant leur véhicule. Des hommes cagoulés, armés de kalachnikovs, surgissent et ouvrent le feu. Pas pour impressionner. Pas pour faire passer un « message ». Ils tirent pour tuer. Avec sang-froid, l'un des deux assaillants n'hésite pas à ouvrir à la volée une porte côté passagers et scrute l'intérieur de l'habitacle comme s'il cherchait quelqu'un. « Si vous criez, je vous fume [104] », lance-t-il aux amis de Rachid et Tahar installés à l'arrière. Tout se passe très rapidement. Les tueurs remontent dans le Range Rover et s'enfuient. Sur les vingt et un tirs de balles de calibre 7.62, treize ont atteint le passager avant droit. Malgré le massage cardiaque effectué en urgence par les pompiers, Tahar décède. Rachid, le conducteur, est grièvement blessé et évacué en hélicoptère.

Immédiatement mis au courant, SCH est sous le choc. Dans sa chambre d'hôtel, il peine à réaliser ce qui vient de

104. Propos rapportés par plusieurs témoins de la scène aux enquêteurs.

se passer. Peu de temps avant, son ami Tahar l'avait prévenu de son arrivée imminente. Pendant trois quarts d'heure, l'artiste reste prostré et silencieux. Accablé de tristesse, éprouve-t-il aussi de la peur, en cet instant tragique ? Il comprend qu'il était la véritable cible du commando qui a criblé son ami de balles.

* * *

Le rappeur en est d'autant plus certain que depuis plusieurs mois, son équipe reçoit des menaces anonymes. Comme ce message, reçu en janvier par Mehdi, son manager[105] : « Je vais t'expliquer quelque chose, j'empêche des amis de te faire du mal. Les endroits où tu te trouves ils les ont, j'empêche sa pour que tu reste à ta place parce que si la ligne es dépassée sa sera la fin pour toi donc appel moi vaux mieux pour toi. Sa sera mon dernier message, [...] je peut te garantir une chose, c'est que tu n'est en sécurité nulle part et que personne peut rien faire pour toi. » Ces mises en garde, l'entourage de SCH les a jugées suffisamment sérieuses pour relever le niveau de sécurité du rappeur, sans pour autant prévenir les autorités. Le van dans lequel il avait l'habitude de prendre place fait désormais office de leurre tandis que l'artiste circule à bord d'une voiture banale, sans revêtir ses habituelles tenues vestimentaires de grands créateurs qui le rendraient aisément reconnaissable. À Marseille, où une information ne reste jamais secrète très longtemps, il n'en a pas fallu davantage pour déchaîner les murmures : « C'est le milieu marseillais », « Il n'a pas voulu payer pour sa sécu », « Il s'est fait mettre à l'amende ». De cette mélodie en sous-sol, deux lettres se détachent :

105. Ce message et les suivants sont extraits de l'exploitation du téléphone du manager de SCH réalisée par les gendarmes dans le cadre de l'enquête sur l'attaque de La Grande-Motte.

« DZ », pour « DZ Mafia ». Depuis l'été 2023 et la fin de la sanglante guerre des gangs qui l'a vue remporter la victoire sur le clan rival Yoda, cette nébuleuse criminelle règne sans partage sur le narcotrafic marseillais. Et elle cherche désormais à diversifier ses activités, tout en éliminant quiconque s'avise de lui résister. Dans le milieu de l'industrie musicale, on raconte que l'équipe du rappeur aurait froissé les chefs de la « DZ » en refusant d'honorer le paiement d'un service demandé.

* * *

Au lendemain de l'attaque sur la route de La Grande-Motte, les enquêteurs de la section de recherches de la gendarmerie entament leurs investigations. SCH remet son téléphone pour analyse et raconte les derniers mois qu'il vient de passer. « À la sortie de la chanson "Bande organisée" en août 2020, je gagne en notoriété, ce qui n'est pas forcément une bonne chose, voire est une malédiction. Car les gens qui comptaient auparavant me voient encore plus comme la poule aux œufs d'or [106]. » Deux semaines avant La Grande-Motte, la scène marseillaise s'était réunie de nouveau à l'occasion du deuxième album de 13'Organisé, le collectif de rappeurs marseillais formé pour la première fois en 2020 à qui l'on doit donc le célèbre titre « Bande organisée ». SCH n'a parlé à personne des messages de menaces, des coups de pression. Même Jul, son « gâté », son ami, n'a pas été mis au courant de la situation. Leur relation bat d'ailleurs de l'aile depuis quelques temps, au point que SCH a décidé de sortir son album *JVLIVS III* le même jour que celui de Jul. Dans le milieu du rap, c'est

106. Cette citation de SCH et les suivantes sont issues des procès-verbaux de ses auditions réalisées par la gendarmerie puis la police judiciaire les 26 août et 9 septembre 2024.

une marque de défiance. À tort ou à raison, le « S » s'est aussi vu reprocher d'oublier quelques principes de respect, de reconnaissance et d'entraide, des valeurs cardinales pour les rappeurs marseillais. Et puis, son univers fictionnel de mafieux italien suscite une certaine gêne tant il apparaît en décalage avec la nature profonde de SCH. Dans le monde réel, il ressemble plutôt au négatif de son propre mythe. Comment se comporter lorsqu'on se sait pris pour cible par de vrais gangsters ? Le rappeur s'efforce de faire comme si de rien n'était. Quinze jours avant l'attaque, le lundi 12 août, en fin de journée, à Marseille, il n'a pas pu s'empêcher de se joindre au collectif 13'Organisé sur la terrasse du bus à impériale qui a sillonné le centre-ville, entouré d'une nuée de minots à scooters, pour la promotion de l'album et le tournage du clip. Sur le Vieux-Port, une petite foule en liesse s'était rassemblée autour d'eux, la bonne entente semblait régner entre les artistes.

Mais lorsque survient la tragédie de La Grande-Motte, plusieurs rappeurs et des membres de leurs entourages s'interrogent : pourquoi SCH ne leur a-t-il pas parlé des menaces reçues depuis des mois ? La question n'est pas seulement motivée par une amicale inquiétude, elle prend aussi la forme d'une critique : pourquoi leur avoir fait courir un risque en prenant place avec eux à bord du bus à impériale qui a fait le tour de Marseille ? Ces récriminations en disent long sur la crainte inspirée par les nouveaux parrains des quartiers nord, spécialistes de l'ultraviolence. Cette fameuse DZ Mafia, d'ailleurs, n'est pas tout à fait étrangère à certains rappeurs du collectif 13'Organisé, qui sont issus des mêmes quartiers que des membres de l'organisation criminelle et doivent composer avec ses chefs ou leurs lieutenants. La méfiance plutôt que la prudence : peut-être la raison du silence de SCH.

* * *

Depuis plusieurs années, le rappeur ne vit plus à Marseille ni dans le sud de la France mais à Paris, où la major Warner lui a trouvé un appartement sécurisé dans les beaux quartiers. Il lui arrive aussi de profiter de la campagne francilienne, dans une maison bourgeoise louée en famille, dans les Yvelines. SCH évolue toujours sous la menace et chacun de ses déplacements se fait sous haute protection. « Pour moi, il y a une personne, voire plusieurs, qui m'en veulent en ce moment car je ne veux pas payer, confessera-t-il sur procès-verbal, six heures à peine après l'attaque de La Grande-Motte. À Marseille, si on n'est pas produit ou managé par des gens du “milieu”, ils cherchent un prétexte pour vous faire payer quelque chose que vous ne devez pas. Ils trouvent n'importe quel prétexte bidon pour vous inciter à payer. Aujourd'hui je pense que c'était la dernière alerte. » Ces confidences ne plaisent guère à ses tourmenteurs anonymes, pas davantage qu'au collectif 13'Organisé – ces deux mondes pas si lointains voient d'un mauvais œil que SCH joue les mafieux napolitains et chante les quartiers nord tout en se révélant volubile avec les gendarmes. La « dernière alerte » évoquée par l'artiste vient sanctionner plusieurs années durant lesquelles il a dû faire face à des offres de « protection », formulées le plus souvent par la pègre des Bouches-du-Rhône.

Avant que les jeunes caïds des quartiers nord ne succèdent aux voyous corso-marseillais, le rappeur avait déjà éprouvé des difficultés à décliner certaines sollicitations, notamment celle d'un truand surnommé le Blond [107]. Éphémère docker, joueur de poker, originaire d'Aubagne comme SCH, il a été condamné à dix ans de prison en 2015, à l'âge de 32 ans, sa septième peine, pour des faits de détention illégale d'armes. Un jugement sévère, à la

107. Le Blond n'ayant pu être joint, il a été décidé de ne pas donner son identité.

mesure de son profil de multirécidiviste et de l'arsenal retrouvé : sept armes de guerre, quatre armes de défense, des munitions, des uniformes de policier, des cagoules et même des masques, figurant des squelettes ou à l'effigie de Nicolas Sarkozy et François Hollande. Quelques années auparavant, son nom était déjà parvenu jusqu'à l'Évêché, le siège de la police judiciaire marseillaise, comme celui à qui les frères Barresi, alors parrains de la ville, avaient demandé de « s'occuper » d'un juge qui instruisait l'affaire de corruption de Jean-Noël Guérini, ancien maire du IIe secteur de Marseille et président du conseil général des Bouches-du-Rhône. Ce tuyau n'a jamais été confirmé mais, à l'époque, il avait été estimé assez fiable pour justifier le placement du magistrat sous protection policière. En 2018, alors qu'il est incarcéré, le Blond contacte SCH par l'intermédiaire d'une connaissance commune. Le détenu voudrait mettre un pied dans l'industrie musicale. Il en ignore les rouages, mais sa réputation le précède et lui donne une certaine force de persuasion. L'année suivante, le voyou toujours derrière les barreaux et l'artiste en pleine ascension s'associent dans la création du studio d'enregistrement G8 Records, situé à Gémenos, à une vingtaine de kilomètres de Marseille. Naturellement, pas question pour le Blond d'apparaître sur les statuts aux côtés de SCH.

En 2022, alors qu'il vient de recouvrer la liberté, il cherche à s'entretenir avec le rappeur. Qui n'est manifestement pas pressé de le rencontrer. Mais face à l'insistance du Blond, SCH finit par céder et accepte un rendez-vous, fixé sur le parking du magasin Leroy Merlin d'Aubagne [108]. Un proche du Blond, au volant d'une voiture, enjoint SCH, accompagné pour l'occasion de son oncle et de son ami

108. Une scène décrite par plusieurs protagonistes interrogés par les gendarmes et consignée sur procès-verbal dans le cadre de l'enquête sur l'attaque de La Grande-Motte.

Eddy qui s'occupe de sa sécurité, de les suivre. Le convoi s'engage sur un chemin de terre mais, presque aussitôt, une voiture apparaît dans le rétroviseur du véhicule du rappeur. Impossible de reculer ou de faire demi-tour. Il est de toute façon trop tard : bientôt, les voici en vue d'un campement de gens du voyage. Le temps de se garer et le Blond apparaît, calibré, à la tête d'une bonne quinzaine d'inconnus, armés aussi pour certains d'entre eux. S'il donne l'accolade à SCH, il saisit en revanche Eddy par le cou et le sermonne. But de cette manœuvre d'intimidation : faire comprendre au rappeur que c'est avec lui qu'il est préférable de traiter directement. Puis le Blond se tourne vers l'artiste et lui reproche de ne pas avoir intégré un jeune rappeur qu'il produit dans le collectif 13'Organisé. Passé le coup de pression, il s'enquiert également de la sécurité du rappeur. Fort heureusement, il peut lui fournir un ange gardien. Un inconnu s'avance alors et lâche froidement : « Maintenant je serai toujours là. » Le message a parfaitement atteint son but. Voilà SCH lesté d'un nouveau garde du corps et « réconcilié » avec le Blond. Les ennuis ne font que commencer.

* * *

Dans la soirée du 22 octobre 2022, SCH se produit à l'Arena de Reims pour la dernière date de sa tournée. Au même moment, sa mère et sa grand-mère, qui résident dans un petit bourg rural à quelques dizaines de kilomètres de Marseille, rentrent d'un dîner dans un restaurant du coin lorsqu'elles tombent nez à nez avec trois hommes, dans le jardin de leur résidence. L'un d'eux pointe une arme sur la mère du rappeur et la force à ouvrir la porte de son domicile. Les malfaiteurs fouillent l'appartement et disparaissent avec 50 000 euros en espèces, sans aucun message à l'intention de l'artiste. Un simple braquage ? « Sur cet épisode, la rumeur, les histoires qui me sont revenues aux oreilles racontent que j'ai remis un sac à la DZ Mafia, ce qui est totalement faux », tient à clarifier l'artiste lors de son audition. N'empêche. Depuis quelques mois, il se raconte à Marseille qu'il se serait acquitté d'un paiement de 300 000 euros à l'organisation criminelle.

Pire, des messages de menaces commencent à s'afficher sur les téléphones du chanteur et de Mehdi, son manager. « Toi qui réponds pas au messages. le M. [Mehdi] faudra pas pleurer vos morts, très proches. [...] Tu peux faire annuler ta tournée il va y avoir du grabuge sa sera annuler de toute façon LA PROPAGANDE EST ALGÉRIENNE », dit l'un d'eux. « Je t'explique, c'est le Marocain, j'ai voulue être diplomatiques, chercher a parler. On va arêtter de parler mnt et regarde si je te nique pas ta mère la pute à toi et tout t proches, fdp », dit un autre. D'autres encore lui reprochent d'être avec « le Français », soit le Blond, pour sa « sécu ». La gravité de ces menaces, leur fréquence, leur ton sans détour ne tardent pas à inciter l'artiste et son manager à redoubler de précautions. À chaque déplacement, ils se tiennent sur leurs gardes, déploient tous les efforts possibles pour brouiller les pistes ; ils changent aussi de téléphone fréquemment et refusent tout appel inconnu s'il n'est pas précédé d'un SMS de présentation. Les réservations de billets de train, de véhicules ou d'appartements sur Airbnb sont effectuées au dernier moment, en donnant parfois d'autres identités.

Le faux mafieux napolitain se retrouve dans la peau d'un bandit en cavale. « On est contraints de vivre comme des criminels alors que nous sommes de simples artistes », se plaint SCH. Aucune contre-mesure, pourtant, ne permettra d'anticiper et d'éviter l'opération de la nuit du 26 août 2024. Les conséquences du bain de sang sont immédiates : l'artiste annule ses concerts en cascade. La veille de son ouverture, le 4 septembre, à l'hippodrome Borély à Marseille, le Delta Festival annonce que le show du rappeur n'aura pas lieu. SCH n'apprécie pas que les organisateurs justifient ce changement de programme « en raison des événements récents » et assigne les responsables de l'événement en diffamation. L'embrouille dissimule aussi des questions de gros sous. Le Delta Festival a conclu un contrat global de 168 000 euros avec Gilbert Coullier Productions pour la venue de SCH, en règlement duquel une avance de 35 000 euros a été réglée. Or, la société n'entend pas rendre la somme en faisant valoir que l'annulation n'est pas liée aux faits du 26 août mais au non-respect de certaines obligations contractuelles. Le rappeur va plus loin et exige le versement de la somme restante en guise de dédommagement. Le contentieux est aujourd'hui en cours devant la justice [109].

* * *

Loin des streams, des méga-concerts et des mises en scène sur les réseaux sociaux, les avances qui se chiffrent en millions d'euros donnent lieu, en coulisses, à des violences et des intimidations au sujet desquelles le petit monde du rap se faisait prudent, sinon muet. L'enquête sur la fusillade de La Grande-Motte les révèle au grand jour. Et confirme les craintes de SCH : c'est bien à Marseille que se cachent les commanditaires de l'attaque meurtrière. Comme souvent, et malgré les strictes précautions observées par l'équipe de tueurs, le téléphone de l'un d'eux va fournir une mine de renseignements aux enquêteurs. Dans le cadre

109. Le 7 mai 2025, la société Delta Agency a engagé une action contre Gilbert Coullier Productions devant le tribunal des activités économiques de Paris. Sollicitée, la société Gilbert Coullier Productions n'a pas donné suite.

d'un autre dossier, l'appareil d'un détenu incarcéré au centre pénitentiaire d'Avignon-Le Pontet a fait l'objet d'une captation de données. Son exploitation va démontrer que, sous le pseudonyme de Sergei Shoigu, emprunté au secrétaire du Conseil de sécurité de Russie, un affidé de la DZ Mafia aurait minutieusement planifié l'opération de La Grande-Motte en ayant recours à l'application de téléphonie cryptée Signal, un grand classique chez les voyous chevronnés. Cela sous la direction d'un autre détenu, incarcéré à la prison d'Aix-Luynes : Osmium, du nom du métal, le plus dense de tous les éléments naturels. C'est sous cet alias que, selon la justice, avançait masqué Gabriel Ory, considéré par la police comme un cadre de la DZ Mafia. « C'est un costume un peu trop grand qu'on lui fait porter du haut de ses 29 ans », déplore son avocate Christine d'Arrigo. « Il est sacrifié sur l'autel médiatique. C'est assez violent pour quelqu'un qui est présumé innocent », continue-t-elle. L'enquête a mené jusqu'ici à la mise en examen d'une vingtaine de personnes dont Gabriel Ory [110]. Parmi les exécutants du contrat, l'un d'eux, soupçonné d'avoir tiré, s'était évadé d'un centre éducatif fermé le 20 août 2024. Il n'avait que 17 ans au moment des faits.

Bien plus qu'un fait divers, l'affaire SCH vient confirmer les ambitions affairistes de la DZ Mafia. Sa détermination aussi. L'une des petites mains du gang détaille le processus de racket lors d'une conversation téléphonique captée par les enquêteurs [111] : « Ça va dans les pizzerias, ça va dans les commerces et tout, t'y as vu des patrons des entreprises de

110. L'enquête est toujours en cours et les personnes mises en examen restent présumées innocentes.

111. Propos issus d'une interception réalisée dans le cadre d'une enquête ouverte par la juridiction interrégionale spécialisée (Jirs) de Marseille sur des faits d'extorsion ayant visé plusieurs établissements de la région.

maçonnerie et tout, ça va les voir, ça brûle tout. Ça lui dit : frérot si maintenant par mois tu donnes pas quinze ou dix, on te nique ta mère. Wallah le sang ! Et ça paye ! [...] Ils veulent faire la même chose que les Italiens. »

Dans cette entreprise de racket généralisé, SCH fournissait une cible de choix [112]. Désormais, il n'est plus le seul rappeur pris dans l'étau de l'organisation criminelle marseillaise.

* * *

Les Bouches-du-Rhône mais aussi Dijon, Nîmes, Rennes : en l'espace de deux ans et malgré les coups de boutoir de la police, la DZ Mafia a étendu son emprise sur le trafic de drogue en France, sans quartier général ni véritable structure verticale, avec des cadres en cavale ou en prison. Son mode opératoire souple et fluide consiste notamment à franchiser sous son nom des dizaines d'équipes de voyous et à constituer une force de frappe de « shooters », des tueurs à gages recrutés entre autres via les réseaux sociaux, parfois extrêmement jeunes, une main-d'œuvre corvéable à merci et, surtout, jetable.

Pour la « DZ », l'extorsion est venue prolonger presque naturellement son cœur de métier, le trafic de drogue. Si des restaurants en vue, des entreprises du BTP et des épiceries de quartier fournissent le gros de leurs victimes, le monde du rap et ses contrats à sept chiffres permettent, en circonvenant un seul artiste, d'empocher un véritable petit jackpot. Et comme le vivier marseillais ne suffit plus à satisfaire les appétits de la « DZ », elle a expédié ses émissaires au contact d'artistes de la région parisienne. Dans le milieu de l'industrie musicale, ces « poussettes », comme les désigne le jargon de la rue, sont un secret de polichinelle.

112. Sollicité, l'artiste n'a pas donné suite.

Les maîtres de la « DZ » ont d'ailleurs pris soin de créer plusieurs structures financières offshore, selon des montages plus ou moins sophistiqués, afin de capter légalement de l'argent du rap et blanchir par la même occasion les colossaux profits générés par leurs business illégaux, au premier rang desquels le trafic de stupéfiants. Une petite galaxie de labels créés en l'espace de quelques années et affiliés à la nébuleuse marseillaise opèrent déjà, collaborent à Marseille avec certaines grandes figures du rap et lorgnent dorénavant sur Paris.

La DZ Mafia a déjà gagné la bataille psychologique : toute l'industrie musicale frissonne à la simple évocation du cartel. « Ce n'est plus du tout un jeu ou un truc de rappeurs. Il y a une organisation, des exécutants, des morts, s'inquiète un producteur réputé. Ces gens-là sont multimillionnaires et tuent ou font tuer pour 20 000 balles. Nous, on n'est pas de ce monde, on a des familles. » À l'image des artistes, la plupart des patrons de label évitent de s'ouvrir de leurs craintes à la police dans un milieu où il est fort mal vu de « plainter ». Une chose demeure certaine : dans le cénacle des cols blancs des majors, plusieurs ont déjà fait l'objet de menaces. Et puisque la méthode fonctionne, de petits malins ont trouvé une astuce imparable : usurper le label DZ Mafia pour « faire cracher » leurs victimes.

La question se pose pour le rappeur franco-congolais Naza, un bon vivant et un rigolard, une sorte d'antigangster qui compte quelques tubes dans son répertoire. Au printemps 2025, le parquet de Bobigny a ouvert une enquête préliminaire pour « association de malfaiteurs » et « extorsion en bande organisée » après que son manager a reçu des messages lui enjoignant de verser à de mystérieux individus la somme de 22 000 euros, vite passée à 300 000 euros. Avec, en prime, des menaces visant Naza. Les correspondants du manager disaient agir au nom de la DZ Mafia et réclamer la contrepartie d'une dette contractée par un ami d'enfance du chanteur incarcéré au centre pénitentiaire du Havre. Lors de sa déposition, le manager de Naza s'est cependant montré peu disert, laissant les policiers perplexes sur la provenance, voire la réalité, de ces menaces.

* * *

Selon la police, l'ombre de la « DZ » plane en revanche de manière plus prégnante au-dessus des deux incendies qui ont visé les 10 et 16 février 2023 le studio d'enregistrement du label marseillais 13e Art Music, celui du rappeur Naps depuis 2014 et de Lacrim autrefois [113]. Historiquement contrôlée par des « grands frères » de la cité de La Castellane, la société de production, qui a longtemps collaboré avec Believe [114], s'est retrouvée en plein milieu de la guerre entre deux réseaux de trafiquants du quartier. La « DZ » a choisi de soutenir Mimo, l'un des chefs historiques de la tour K, réfugié en Algérie, contre ses concurrents, associés dans le studio. Une semaine à peine après les incendies, trois rappeurs de 13e Art Music, dont Naps, annonçaient leur départ et leur intention de poursuivre leur carrière en indépendants. Mais est-ce encore possible ? En juin 2024, un jeune homme spécialisé dans les partenariats pour influenceurs a confié à la police marseillaise une partie des ambitions des patrons de La Castellane pour étendre leur emprise, non seulement sur des rappeurs mais aussi sur les stars des réseaux sociaux. Lui-même rescapé d'un passage à tabac dans la cité, il a expliqué sur procès-verbal avoir été

113. Comme le détaille une note confidentielle de la direction nationale de la police judiciaire datée du 18 juin 2024 et intitulée « Narcobanditisme marseillais. Contentieux et équipes actives de mai 2023 à mai 2024 ».

114. Interrogée, la direction de Believe n'a pas répondu à nos sollicitations.

contraint de reverser une partie de ses bénéfices : « Le deal était que je pouvais travailler avec tous les influenceurs et rappeurs qu'ils contrôlaient, en échange d'un partage des bénéfices à 50/50 [115]. » À la question des artistes concernés, il avait lâché les noms de plusieurs rappeurs de premier plan de la scène marseillaise mais également parisienne. Entre autres : ceux de Naps et Werenoi. Il avait aussi décrit la mainmise de La Castellane sur plusieurs influenceurs, dont l'un des plus puissants de France, qui verserait près de 120 000 euros par mois à ses protecteurs marseillais via des publicités sur Snapchat. Des affirmations dont la police n'est toutefois pas parvenue à établir avec certitude la véracité.

Selon plusieurs enquêtes en cours, des membres de la « DZ » évoquent eux-mêmes l'existence au sein de l'organisation criminelle d'un département « protection sécurité », dirigé par un cadre qui disposerait d'un « budget guerre mensuel [116] ». Ils affirment aussi avoir accès à des avocats, des comptes bancaires et des sociétés sous prête-nom domiciliées à l'étranger, ainsi qu'à de nombreux artistes disposés à se produire par leur intermédiaire.

La branche musique, elle, serait dirigée, selon la police, par Yassine Akhazzane, alias Bico Loco. Valeur montante du crime organisé en Corse et prestataire de services pour la « DZ », il coordonne le placement d'artistes depuis sa cellule de prison. Avant d'être incarcéré [117], le trentenaire avait notamment fait ses armes en dirigeant, au début des

---

115. Audition du 26 juin 2024 devant la brigade criminelle de la DIPJ de Marseille

116. Propos de cadres de la DZ Mafia rapportés dans une synthèse réalisée par la brigade de répression du banditisme de Marseille le 22 novembre 2024.

117. Yassine Akhazzane a été interpellé en Corse le 4 janvier 2021 puis incarcéré dans le cadre d'une enquête pour tentative d'assassinat. Dans l'attente du procès, il reste présumé innocent. Sollicité par l'intermédiaire de son avocate, il n'a pas donné suite.

années 2020, une petite discothèque de Propriano, dans l'extrême sud de la Corse. À l'époque, il y avait fait défiler des dizaines de rappeurs, comme Heuss l'Enfoiré ou Alonzo, et y avait même programmé SCH un soir de juillet 2021, lors d'un showcase durant lequel l'artiste marseillais était apparu sur scène décontracté, en débardeur blanc et lunettes de soleil. Au gérant d'un club de la périphérie marseillaise, que la DZ Mafia rackette par ailleurs, Bico Loco propose ainsi une liste de vingt-deux rappeurs, accompagnée des cachets escomptés pour leurs showcases : « Te fait déja premier liste avec nom et tarif tu me dit ct tu veu cale des artistes de cette liste et on voit pour la suit [118]. » Parmi eux, la star congolaise du rap francophone Gims est annoncée à 30 000 euros le mini-concert ; Lacrim à 21 000 ; Koba LaD à 18 000. Le Marseillais Soso Maness, ayant participé au tube « Bande organisée », se négocie à 13 000 ; RimK, à 8 000. Si la plupart des managers de ces artistes assurent n'avoir jamais été en contact avec Bico Loco, des échanges captés par les enquêteurs montrent que des démarches ont bien été entreprises. En août 2024, il prend attache via Snapchat avec l'un des bookers de Gims de l'époque : « Bip moi, G besoin toi pour guims je veu booker pour le moi octobre 2 datte. » Quelques jours plus tôt, Bico Loco échange via Whatsapp avec Soso Maness [119] pour caler un showcase à Valence, après avoir autrefois organisé une prestation à Bastia dont l'artiste avait oublié la date. « Impeccable frérot, lui répond chaleureusement le rappeur. Et si le frérot de Bastia il veut qu'on le fasse on est là on est chaud [...] Allez bises frérot à bientôt. »

---

118. Ces propos et les suivants sont issus de la captation technique du téléphone de Yassine Akhazzane en prison dans le cadre d'une enquête ouverte par la Jirs de Marseille sur des faits d'extorsion ayant visé plusieurs établissements de la région. L'enquête est toujours en cours et M. Akhazzane reste présumé innocent.

119. Sollicité, le rappeur Soso Maness n'a pas donné suite.

9

Les insulaires

Les formules de politesse, les accolades de circonstance, les « bises frérot » et les SMS amicaux dissimulent mal la peur et la soumission. Pour n'importe quel rappeur originaire des « quartiers », le succès prend souvent des allures de malédiction, une cage dorée à travers les barreaux de laquelle on fait passer l'argent aux entourages pressés de prélever leurs parts sur les bénéfices vertigineux de leurs « protégés ». Dans une atmosphère de plus en plus pesante, les labels qui ont signé d'importants artistes marseillais, tétanisés depuis l'attaque contre SCH à l'été 2024, évitent de dépêcher leurs cadres dans le chaudron phocéen. « Le climat actuel à Marseille est délétère. Plusieurs rappeurs n'osent même plus mettre les pieds en studio. L'argent du rap a fait tourner les têtes [120] », glisse un cadre d'une major. Ceux qui osent encore y vivre s'y font discrets, limitent leurs déplacements, abrités derrière de coûteuses protections. L'explosion de la scène locale du rap, les flots d'argent déversés sur les comptes bancaires d'artistes et de producteurs font aujourd'hui redouter un « scénario à l'américaine », celui de fiefs du hip-hop où la violence des gangs a fini par asphyxier l'écosystème musical. Signe des

120. Entretien avec les auteurs, sous couvert d'anonymat.

temps : après l'euphorie, l'unité du collectif 13'Organisé, à la fois fer de lance et vitrine du rap marseillais, s'est fissurée. Alors qu'il était bien représenté lors du concert donné par Jul à Marseille le 4 juin 2022, aucun de ses membres majeurs n'est monté sur la scène du Vélodrome lors des deux prestations du rappeur en mai 2025, remplacés par une brochette d'artistes parisiens, de SDM à Gims en passant par Naza. Aucun titre du collectif marseillais n'a été joué, pas même le hit absolu, « Bande organisée ». Comme si la grande communion du rap marseillais n'était déjà plus qu'un lointain souvenir.

* * *

Pourtant, Jul, père de deux enfants, semble échapper à l'ambiance enténébrée qui s'étend sur ses collègues marseillais. Sa simplicité proverbiale, son indéfectible loyauté envers « sa » ville, sa position éminente au sommet de la pyramide du rap français suffisent à lui assurer, avance-t-on en guise d'explication, un statut particulier, quasi sacralisé. Tout le monde l'écoute et personne ne s'aviserait de s'en prendre à lui.

En réalité, Jul doit lui aussi composer à sa manière avec les forces en présence. Côté pile, il verse de l'argent à des associations caritatives et sociales comme l'ARS13, spécialisée dans l'accompagnement des jeunes en rupture et des familles en difficulté, bénéficiaire d'un généreux don de 150 000 euros en 2024. Il tend aussi la main à des rappeurs encore peu connus en les mettant en lumière : pour 13'Organisé, il a rassemblé plus de cent trente artistes dont la notoriété, pour certains, ne dépassait pas les frontières d'une cité, voire d'une barre d'immeubles. Côté face, il a multiplié ces dernières années les collaborations stratégiques et met de plus en plus en avant ses origines corses : le drapeau frappé de la *testa mora*, la tête de Maure, flotte régulièrement lors de ses shows. Les références à l'île de Beauté sont pléthore dans sa musique et il ne cache pas son admiration pour les polyphonies insulaires. Il a même vainement sollicité une collaboration avec le groupe A Filetta, l'un des rares ensembles de musique corse à avoir su métisser la tradition et les influences venues d'ailleurs en s'exportant en Europe, en Asie, en Amérique du Nord et au Proche-Orient. Depuis son différend avec Liga One, c'est l'avocat pénaliste Damien Benedetti, un quinquagénaire originaire de Balagne, en Corse, qui, au côté de sa consœur Carine Nahon, veille sur la carrière de l'artiste. Ils sont devenus ses vigies dans un milieu où la confiance est une denrée rare.

Dans ses textes, Jul n'oublie pas de distiller des références au milieu du grand banditisme insulaire. En 2019, aux enquêteurs de la police judiciaire qui l'interrogeaient dans le cadre de l'enquête sur l'assassinat de son manager Karim Tir, il livrait à demi-mot une explication dont seuls quelques initiés sont à même de saisir la portée : « Moi ma passion, c'est la musique. Je sais qu'il y a eu autour de moi des personnes liées à divers milieux délinquants mais qu'est-ce que j'y peux… Avec ma mère et mon frère, je ne peux pas être mieux entouré que ça [121]. »

* * *

S'il fait alors référence à la fratrie Tir, cet entourage se résume aujourd'hui à une seule personne, Jean-Pierre Anastasio, beau-père de Jul et père de son demi-frère Tchyco. Depuis la douloureuse période de négociations avec les Tir, ses premiers producteurs qu'il accusait de ne pas le rémunérer à la hauteur de son succès et dont il voulait s'affranchir, l'homme le conseille. Il le protège, aussi.

121. Audition de Jul comme témoin devant la juge d'instruction du tribunal de grande instance de Marseille le 11 mars 2019.

Face aux policiers, pourtant, l'artiste s'était contenté d'affirmer qu'il n'avait « pas de contact particulier » avec lui et ne l'avait pas davantage associé à ses affaires. Beaucoup plus direct, Anastasio n'avait pas esquivé, au contraire, sa proximité avec son beau-fils. « J'ai élevé Julien Mari que je considère comme mon fils, confiait-il lors d'une audition dans le cadre de la même enquête, en septembre 2018 [122]. J'ai énormément d'affection pour lui et j'espère lui avoir transmis certaines valeurs malgré mon passé qui n'est pas exemplaire. » Il assure même, et sans détour, « travailler pour la société Jul [et être] chargé de vendre les produits dérivés de la marque Jul, comme par exemple les vêtements. »

Dans le milieu du rap, ce « passé qui n'est pas exemplaire » peut se révéler un précieux atout, pour ne pas dire une assurance-vie. Né en 1965, diplômé d'un CAP de cuisine, cet homme trapu partage sa vie entre Marseille et le village de Zilia, dans le nord-ouest de la Corse, où il s'adonne volontiers aux loisirs des balades à moto ou de la chasse. La justice le connaît sous un autre visage, par ses liens avec Ange-Toussaint Federici, chef des « bergers-braqueurs », l'une des plus puissantes familles criminelles insulaires, qui a longtemps dominé le monde souterrain du crime organisé entre Marseille et Aix-en-Provence. Mis en cause et condamné par la justice à de nombreuses reprises, notamment pour des faits de vol à main armée et d'extorsion [123], le beau-père de Jul a été condamné à sept ans de

122. Audition réalisée le 11 septembre 2018 par la police judiciaire de Marseille.

123. Jean-Pierre Anastasio a notamment été condamné par le tribunal correctionnel de Marseille le 7 avril 1992 à deux ans et six mois d'emprisonnement pour trafic de stupéfiants ; le 19 mars 1999, à deux ans avec sursis pour escroquerie, recel et usage de faux documents administratifs et le 27 novembre 2001 à quatre ans pour des faits d'association de malfaiteurs.

prison fin 2013 par le tribunal correctionnel de Marseille, qui l'avait qualifié au passage de « cadre » situé « à un niveau élevé de la hiérarchie crapuleuse » d'un « gang corse » considéré comme « mafieux »[124]. La réputation de Jean-Pierre Anastasio est telle que les policiers en charge de l'enquête sur l'assassinat d'un proche des Tir, le 4 février 2016, sur le parking du centre commercial La Valentine à Marseille, sont allés jusqu'à le soupçonner d'en être l'auteur. Lui jure être étranger à cette affaire : « Ceux qui vous ont dit ça sont vraiment des fous. Je n'étais même pas au courant qu'il y avait pu avoir un tel contentieux entre la famille Tir et Julien Mari. J'étais au courant de conflits juridiques comme ceux qu'il peut y avoir entre des célébrités et leurs managers ; mais de là à commettre des actes aussi barbares[125]... » Interrogé sur les réactions qu'il pourrait avoir si son beau-fils était menacé, il répond tout de go : « Je réagirais comme un père réagirait pour son fils mais [...] je n'irais pas jusqu'à commettre un meurtre. » Les policiers écarteront finalement son implication dans l'assassinat, qu'ils lieront à la guerre pour le contrôle du trafic de drogue.

* * *

Le CV de Jean-Pierre Anastasio, qui considère donc Jul comme son propre « fils », suffit en tout cas à décourager les candidats au racket. À son sujet, le parrain Ange-Toussaint Federici, condamné en 2012 à trente ans de prison pour un triple assassinat, n'assure-t-il pas dans un parloir sonorisé à son insu : « Écoute, le seul qui est un voyou, c'est

124. Jugement prononcé le 21 novembre 2013 par le tribunal correctionnel de Marseille.

125. Audition réalisée le 11 septembre 2018 par la police judiciaire de Marseille.

Jean-Pierre, voilà [126] ! » ? Dans le milieu du grand banditisme, un tel adoubement, par l'un de ses représentants les plus craints, équivaut à un prix d'excellence. Émancipé des trafiquants des quartiers nord de Marseille, Jul se retrouve ainsi placé sous la protection de sa famille élargie, celle dont les racines traversent la Méditerranée et s'enfouissent dans la terre corse. « Nous on est insulaires. Je sais que vous savez ce que ça veut dire et, à Marseille, ils le savent aussi, explique un membre de l'équipe de l'artiste [127]. C'est plus compliqué de monter sur nous que sur SCH. La police le sait et si elle veut agir, elle peut. Nous, on fait travailler des gens mais on ne donne pas d'argent, c'est carré. » Outre la gestion des « produits dérivés » pour Jul, Anastasio œuvre aussi à travers une petite société dénommée Montegrosso, en référence à une commune de Balagne, dont il est l'actionnaire majoritaire et qui gère une discothèque cannoise à l'enseigne Au Son des Guitares, une franchise qui compte plusieurs établissements, essentiellement dans le sud de la France. À la tête de la succursale niçoise, on retrouve deux fondés de pouvoir du chef du clan des bergers-braqueurs, Ange-Toussaint Federici [128]. Un binôme condamné aux côtés de Jean-Pierre Anastasio dans l'affaire baptisée « Calisson » par la justice en référence à la ville d'Aix-en-Provence où avait lieu le racket d'établissements de nuit. La franchise Au Son des Guitares y dispose aussi d'un club, qui a servi de décor à Jul pour une partie du tournage du clip « Mafiosa », sorti en 2024, hommage à la série du même nom diffusée sur Canal+ entre 2006

126. Rapport d'étape relatif à l'enquête visant les activités de la famille Federici réalisé le 21 juillet 2017 par la direction régionale de la police judiciaire d'Ajaccio.

127. Entretien avec les auteurs, décembre 2024.

128. Note de renseignement 2025 du service d'information, de renseignement et d'analyse stratégique sur la criminalité organisée (Sirasco) de la direction nationale de la police judiciaire sur la criminalité organisée corse. Sollicité pour réagir à cette mise en cause, Jean-Pierre Anastasio n'a pas donné suite.

et 2014. L'artiste remercie d'ailleurs la chaîne d'établissements dans le générique. Et, alors que Jul n'assure pratiquement plus aucun showcase depuis l'époque des Tir, il a enflammé les arènes de Fréjus en août 2024, devant près de cinq mille personnes grâce aux bons offices de l'enseigne… Au Son des Guitares. Avec des places à 130 euros et des packs VIP facturés entre 3 000 et 4 000 euros, l'événement a été une bonne affaire. À tel point que Jul s'est à nouveau produit à Fréjus le 20 août 2025, à la Base Nature cette fois, et toujours sous la bannière Au Son des guitares. Un showcase aux allures de festival : près de deux heures de performance devant trente mille spectateurs, et un chiffre d'affaires estimé à un peu moins de trois millions d'euros pour les organisateurs. Mais l'endroit privilégié par l'artiste pour ses rares prestations se trouve à Calvi, en Balagne. Chaque été depuis 2022, les clients du club de l'Eden Port ont le plaisir très exclusif de pouvoir assister à l'unique véritable showcase du rappeur, devant un public restreint qui peut approcher l'idole. C'était déjà à l'Eden Port que Jul avait trouvé refuge au cœur de l'été 2015, pour s'offrir quelques jours de répit, alors qu'il faisait face au conflit ouvert à Marseille qui l'opposait au clan des Tir. L'établissement appartient à une vieille famille de Zilia, village accroché à flanc de montagne, à une vingtaine de kilomètres de là : les Santelli. Patronyme respecté dont l'influence ne cesse de s'étendre à Calvi. Après l'Eden Port, ils lorgnent désormais sur le très convoité festival Calvi on the Rocks, escale estivale des branchés parisiens, organisé dans l'écrin naturel du théâtre de Verdure. Le patron de l'Eden Port, François Santelli, proche de Jean-Pierre Anastasio, délègue de plus en plus les rênes de l'établissement à son fils Jacques. Le père, lui, doit répondre devant la cour d'assises d'Aix-en-Provence d'une mise en cause pour association de malfaiteurs, dans le cadre du procès sur l'assassinat d'un homme en mai 2019 [129]. Il est présumé innocent.

---

129. « Assassinat d'Antoine Francisci à Pietralba (Haute-Corse) : le procès fixé à Aix-en-Provence fin 2025 », *Corse Matin*, 3 janvier 2025.

Pour rejoindre Calvi, Jul a son petit rituel qu'il répète depuis quatre ans avec une précision d'horloger. Pas de jet privé comme Gims ou Werenoi, il préfère le premier vol du matin sur une compagnie locale. Encapuché, écouteurs filaires dans les oreilles, il s'installe discrètement au fond de l'appareil accompagné d'un ou deux amis. Lors de l'édition 2024, le club affichait complet. Environ deux mille cinq cents personnes avaient déboursé 150 euros pour voir le rappeur, vêtu d'un maillot du club de football FC Balagne, entonner ses tubes. Non loin de l'entrée du club, on pouvait apercevoir Jean-Pierre Anastasio garder un œil attentif sur la clientèle. À la fin du show, Jul s'est éclipsé par une porte dérobée. Un scooter TMAX l'attendait, moteur allumé, avant de disparaître dans les ruelles à demi éclairées de Calvi.

10

La dîme

Certains artistes se rêvent voyous, happés dans l'orbite d'une planète rap où l'illégalité est célébrée ; d'autres, plus rares, pourraient prétendre au titre d'authentiques malfrats mais se gardent bien de revendiquer ce statut. Dans cet univers coexistent les amis d'enfance qui ont pris des chemins différents mais avancent ensemble, les solidarités de quartier et les inimitiés qui vont avec, le succès, la rage de s'en sortir, les menaces, les coups de pression, la nécessité pour chacun de veiller à sa sécurité et à celle des siens. Et le racket n'est pas l'apanage du crime organisé marseillais.

En Île-de-France, le côté obscur de la musique la plus populaire du pays s'incarne notamment dans une fratrie, que n'importe quel acteur de l'industrie du rap connaît – ou feint d'ignorer. Son origine se situe du côté des Francs-Moisins, une cité de Saint-Denis. Mais, depuis une dizaine d'années, son influence et ses activités s'étendent bien au-delà. Trafic de drogue, extorsion, subornation de témoins, enlèvement et séquestration, violences en tout genre. Les méfaits prêtés à certains des six frères D. [130] leur ont déjà valu de nombreuses condamnations et une solide réputation. Ambitieux, déterminés, ils ont su se projeter au-delà

130. Les frères D. n'ayant pu être joints, il a été décidé de ne pas donner leur identité complète.

de la Seine-Saint-Denis : la police les a notamment soupçonnés d'avoir mis la main sur plusieurs établissements de nuit de la célèbre rue de Ponthieu, dans le VIIIe arrondissement parisien. Très tôt, ils ont aussi compris l'intérêt de se rapprocher de jeunes footballeurs millionnaires et de rappeurs à succès.

Leur relation avec celui qui, à l'époque, se fait encore appeler Maître Gims commence en 2015. C'est au détour d'une enquête pour extorsion sur le 236, une salle de spectacles de Saint-Denis, qu'apparaissent les premiers signes de l'intérêt manifesté par le banditisme francilien envers le jeune rappeur, ou plutôt envers son argent. L'artiste a quitté deux ans plus tôt la Sexion d'Assaut, le groupe qui l'a fait connaître, pour poursuivre sa carrière en solo. Le 28 mai 2015, le gérant du 236 est agressé par plusieurs hommes armés. L'objectif de l'opération ? Lui faire savoir qu'il devra désormais préparer une enveloppe garnie de billets chaque week-end. L'un des agresseurs explique au gérant que ses complices et lui sont tout bonnement les « patrons de la ville », que « Saint-Denis appartient à la famille D. et que tous les commerçants paient ». Puis il lui lance : « Regarde-moi bien, je m'appelle Kader, je repasserai. » Kader D., 31 ans à l'époque, véritable athlète expert en boxe thaïlandaise qu'il pratique à haut niveau, cinquième de la fratrie, est aussitôt placé sur écoutes. Au téléphone, il s'épanche et montre, selon les magistrats, « des velléités assez fermes de gestion de certains artistes de rap, tels que Maître Gims, Nekfeu ou encore Youssoupha et Booba [131] ». Ce dernier vient d'ailleurs d'avoir une altercation avec le rappeur Dam16. Un émissaire de Kader D. saisit l'occasion pour faire une offre à Booba, surnommé « le Duc » de Boulogne, et il lui en rend compte : « Je lui ai dit : “Écoute, maintenant c'est simple, tous les gens qui sont autour de toi, ils

131. Réquisitoire définitif du parquet de Paris du 24 août 2017.

servent à rien…" J'ai dit : "Viens avec nous [132]…" » Quant à Gims, il faut, dit Kader, « récupérer le dossier » pour pouvoir « gratter un petit 300 000 euros tranquille sans forcer ». À l'occasion d'une autre conversation téléphonique captée par la police, il dispense un véritable cours d'extorsion, dont Gims semble déjà être la victime. « Embrouille Gims. […] Il va m'appeler. Dès qu'il m'appelle je lui dirai : "Frère on lui a dit doucement doucement, maintenant on est obligé de lui dire fort. T'as compris ou pas ?" » Son interlocuteur acquiesce et poursuit : « Plus on va arriver à leur faire ça, plus on va gagner de l'argent. » Cette méthode éprouvée, qui consiste à menacer une proie avant de lui offrir une protection contre espèces sonnantes et trébuchantes, est résumée ainsi dans un couplet de Fianso : « On inquiète, on rassure, on facture [133]. » Finalement interrogé par les policiers sur ses conversations téléphoniques compromettantes, Kader D. contestera son implication dans une quelconque forme de racket pour se présenter plutôt comme un simple intermédiaire. Au sujet de Booba, il explique le connaître « comme ça » pour l'avoir fréquenté en prison. D'ailleurs, assure-t-il, le rappeur l'aurait indirectement sollicité pour qu'il « arrange les histoires avec les petits jeunes avec qui il s'est pris la tête ». Et puis, dit-il, son nom et sa mauvaise réputation sont utilisés par des individus peu recommandables qui s'en prévalent indûment. Voilà qui explique, selon lui, comment il s'est trouvé impliqué dans cette histoire. À tort, bien entendu. Il faut dire qu'il reçoit un soutien inattendu de la part de Gims, particulièrement soucieux, semble-t-il, de ne pas accabler

---

132. Cette citation et les suivantes sont extraites d'interceptions téléphoniques réalisées par la police judiciaire dans le cadre de l'enquête sur l'extorsion ayant visé le « 236 ».

133. Fianso, « I.R.F », album *La Direction*, Affranchis Music et Universal, 2021.

Kader D. Entendu par les policiers à son tour [134], le rappeur assure ne pas se sentir particulièrement concerné par un projet d'extorsion. Quant au dessein de Kader D. de lui soutirer 300 000 euros, il a juste « entendu parler de cette histoire », rien de plus. Personne, jure-t-il, ne lui a jamais réclamé d'argent ni ne l'a menacé. Aussi ne souhaite-t-il pas déposer plainte. Cela n'empêchera pas la justice de condamner Kader D. à sept ans de prison pour l'affaire du 236 [135]. Depuis, les frères de Saint-Denis apparaissent de temps à autre dans l'entourage de Gims, fugaces silhouettes à l'arrière-plan d'une carrière flamboyante. Amis ? Associés ? « Protecteurs » ? Difficile à savoir [136]. En septembre 2019, des membres de la fratrie étaient ainsi présents dans les loges du Stade de France, où Gims achevait sa tournée *Fuego*. Quelques mois plus tôt, l'artiste postait sur ses réseaux une photo de lui aux côtés d'un frère aîné de Kader D., Adams D., avec cette légende intrigante : « Tout est déjà écrit le vieux… dors tranquille. » Un message à l'adresse d'éventuels ennemis pour faire savoir qu'il ne marche pas seul ? Fin 2020, Gims avait fait une apparition surprise à la cité des Francs-Moisins, fief des D., pour distribuer des fournitures scolaires aux enfants du quartier, émerveillés par sa présence. Avant de repartir, l'artiste a pris le temps de poser en présence de « grands » de la cité qui l'accompagnaient, dont plusieurs frères D. À cette époque, Adams, ancien footballeur de très bon niveau, attend la décision de la cour d'assises d'appel devant laquelle il est poursuivi pour un trafic de cocaïne d'ampleur. Il est déjà lesté d'un lourd passé judiciaire [137].

134. Audition du 21 avril 2016.

135. Une condamnation prononcée en 2017 et rendue définitive après que l'intéressé s'est désisté de son appel.

136. Sollicités par l'intermédiaire des différents avocats qui les ont assistés ces dernières années, les frères D. n'ont pu être joints.

137. En 2007, il a été condamné par la cour d'assises du Val-de-Marne à six ans de prison pour « violence ayant entraîné la mort sans intention de la donner ».

L'enquête sur le trafic de cocaïne [138] a également montré la façon dont il s'était démené pour se lancer dans une carrière d'agent de joueurs de foot en approchant au plus près l'international français Blaise Matuidi. Aujourd'hui, Adams D. passe le plus clair de son temps au Maroc, où Gims s'est aussi établi. À Marrakech, il a investi dans un commerce de vêtements et semble bénéficier de certains réseaux d'affaires du rappeur pour développer des projets, dans l'immobilier et l'hôtellerie en particulier. Son petit frère Kader D. ne semble pas s'être assagi, en revanche. En mars 2025, il a été interpellé aux côtés du braqueur multirécidiviste Antonio Ferrara. Selon les autorités belges et françaises, ils préparaient l'attaque d'un centre-fort à Bochum, en Allemagne [139]. Trois mois plus tard, à Marrakech, un autre frère, Ismaël D., est arrêté lui aussi en vertu d'une notice rouge d'Interpol émise à son encontre par la France [140], rattrapé par une peine prononcée en 2019 par le tribunal de Nanterre pour trafic de stupéfiants [141]. L'entourage de Gims s'est toujours évertué à minimiser l'influence des D. L'artiste serait-il devenu « trop gros pour eux », au point que les frères des Francs-Moisins aient fini par lâcher prise [142] ? « Gims a fait un pacte avec le diable et il ne s'en sortira jamais tout à fait [143] », nuance un autre rappeur.

* * *

138. Il a été condamné à neuf ans de prison le 4 juin 2021 par la cour d'assises de Paris statuant en appel.

139. Ils sont pour l'heure présumés innocents.

140. Notice émise le 18 novembre 2020.

141. Jugement prononcé le 8 novembre 2019.

142. Sollicité, Gims n'a pas donné suite à nos demandes d'entretien.

143. Entretien avec les auteurs, sous couvert d'anonymat.

L'extorsion, la sécurité : deux faces d'une même médaille manufacturée grâce au savoir-faire du crime organisé. Elle pourrait ressembler à celle que porte autour du cou le rappeur Koba LaD dans plusieurs de ses clips, griffée des initiales BMF, pour « Black Manjak Family ». Cette marque d'appartenance, jusque-là seulement connue des initiés, a reçu une publicité inattendue au mois de février 2025, à l'occasion d'un événement retentissant : la capture, en Roumanie, de Mohamed Amra, dit la Mouche. Le 22 février, neuf mois d'une cavale qui a mobilisé une centaine de policiers de l'Office central de lutte contre le crime organisé prennent fin. La Mouche était l'homme le plus recherché de France, traqué sans relâche après son évasion sanglante d'un convoi pénitentiaire. La scène, digne d'un film noir, a été filmée par le téléphone portable d'un automobiliste au péage d'Incarville, dans l'Eure, le 14 mai 2024. Deux voitures qui bloquent le fourgon cellulaire où a pris place le prisonnier, un commando cagoulé et armé, des coups de feu, deux agents pénitentiaires abattus de sang-froid et les bolides qui disparaissent, la Mouche à bord de l'une d'elles. D'emblée, les policiers se sont étonnés du professionnalisme de cette équipe très déterminée et de l'extrême prudence des soutiens du truand. Pas de communications téléphoniques, aucun indice, des mesures de précaution maximales. L'enquête au long cours va démontrer l'implication dans la « belle » du truand de plusieurs individus proches de Koba LaD, tous membres de la BMF.

Si le grand public découvre l'existence de ces trois lettres, elles circulent depuis au moins trois ans dans l'industrie du rap. Le sigle est directement inspiré de la Black Mafia Family, une organisation criminelle fondée dans les années 1980 à Detroit, aux États-Unis. Très active dans le trafic de drogue, elle avait créé un label de rap au début des années 2000, BMF Entertainment, qui lui permettait de blanchir ses revenus illégaux tout en assurant la promotion d'artistes à succès comme Jay-Z. Les Français ont-ils appris de cet exemple ? La mise en lumière de la BMF par l'arrestation du « réseau Amra » révèle aux yeux de la police un arrière-plan fait de trafic de drogue, d'assassinats, de proxénétisme, d'enlèvements et de séquestrations.

Hervé Mendy, alias Chacal, né en 1995 à Evreux, est l'un des personnages centraux de cette mouvance, qui tire son nom d'un peuple originaire de Guinée-Bissau, également présent au Sénégal et en Gambie. Le musculeux trentenaire, amateur de berlines sportives, n'est pas inconnu chez Sony, la major qui a signé Koba LaD. Il est le cousin de l'artiste et son associé depuis avril 2022 dans la société d'événementiel et de conseil BMF Agency. Fort de ces liens, Chacal, qui comme d'autres membres de cette frange de la communauté Manjak travaille dans la sécurité, assure naturellement celle du rappeur. Mis en examen dans le dossier Amra pour association de malfaiteurs, il a été incarcéré en mars 2025. Les trois magistrats chargés de l'enquête sur l'évasion et la cavale d'Amra s'interrogent sur une éventuelle implication de l'artiste et cherchent à savoir pourquoi Koba LaD a subitement augmenté le salaire de Chacal quelques jours avant l'évasion de Mohamed Amra, par ailleurs l'une de ses connaissances [144]. Le rappeur, qui vivait dans l'appartement de son dentiste à Neuilly-sur-Seine, retrouvait fréquemment le truand dans des clubs de Paris où ils festoyaient jusqu'à l'aube, avant de partager sa cellule, en décembre 2022, à la prison de la Santé [145]. Koba LaD

144. Rapport de synthèse des investigations financières entourant Marcel Loutarila dit Koba LaD, ses sociétés et Hervé Mendy alias Chacal, réalisé par la police judiciaire le 27 mars 2025. Sollicités par l'intermédiaire de leurs avocats, ils n'ont pas donné suite. Dans l'attente du procès, messieurs Loutarila et Mendy restent présumés innocents.

145. Koba LaD est placé en détention provisoire le 28 novembre 2022 après une rixe survenue deux jours plus tôt à la sortie de la boîte

était-il au courant du projet d'évasion de Mohamed Amra ? Et si oui, a-t-il mis ses moyens à la disposition de « la Mouche » pour faciliter son envol ?

Extrait le 24 mars 2025 de sa cellule à Fleury-Mérogis, il y est de nouveau incarcéré au mois de juin pour des faits d'homicide involontaire. Alors qu'il conduisait sous l'emprise de stupéfiants, le jeune homme a provoqué un grave accident qui a entraîné la mort de l'un de ses amis [146]. Il consent alors à livrer quelques explications aux policiers. Le rappeur, Marcel Loutarila à l'état civil, décrit la BMF comme un « groupe de potes », voire une « vraie famille » en contact permanent sur Snapchat [147]. Il dit en constituer le noyau dur avec Chacal, qu'il présente comme son « coordinateur de sécurité », et son manager, également associé dans la société BMF Agency. Autour de ce trio, « la vraie structure », comme il dit, gravitent quelques dizaines de membres, le plus souvent des cousins. « Les Manjaks, on se connaît presque tous. Nos parents se connaissent du bled, précise Koba LaD. Les autres me suivent mais ne sont pas employés par ma société. Quand on fait des concerts, c'est la boîte de tournées qui les paie, c'est le tourneur coproducteur qui les paie pour le concert. [...] Ils s'occupent de ma sécurité, de mes loges, de mes vêtements... » Quid de Mohamed Amra ? « On sortait souvent en boîte ensemble avant qu'il soit incarcéré à la prison de la Santé », confirme-t-il en jurant qu'il n'a jamais eu le moindre contact avec la

---

de nuit The Key, située dans le IXe arrondissement de Paris. Il sera remis en liberté sous contrôle judiciaire le 27 mars 2023.

146. Koba LaD a été condamné en juin 2025 à six ans de prison pour avoir causé la mort de l'un de ses amis alors qu'il conduisait sous l'emprise de stupéfiants le 10 septembre 2024.

147. Sauf autre précision, toutes les citations de Marcel Loutarila alias Koba LaD sont issues de son audition en garde à vue menée par la police judiciaire les 24, 25, 26 et 27 mars dans le cadre de l'enquête sur l'évasion et la cavale de Mohamed Amra.

Mouche après son évasion. À la Santé, « on rigolait beaucoup. C'était à l'époque où je fumais beaucoup », se souvient-il. Celui qui se présente comme un « artiste de variété », peu au fait de la paperasse et préoccupé seulement de musique, est alors confronté à des extraits d'une sonorisation de sa cellule réalisée fin décembre 2024, où on l'entend dire à son codétenu : « Il y a en plus des liens, eh frère c'est réel, genre, c'est réel ! Si demain genre, quelqu'un… Si demain il y a un truc, on va tous au chtar [148]. Je sais pas, je te dis, soit on meurt tous, soit on va tous au chtar, soit on est tous riches, soit on meurt tous. » Beaucoup plus ennuyeux que ces propos allusifs, un autre extrait laisse entendre qu'il aurait pu être au courant de l'implication de la BMF dans l'évasion de son ancien camarade de fiesta. « Bah c'est, c'est, c'est eux là, c'est les zincs [les cousins] frère. […] C'est eux, c'est les anciens, genre. T'as capté ? […] Wallah. Ah non mais laisse tomber, il a fait… il a fait trembler l'Europe. » Une simple déduction de sa part, assure-t-il aux policiers. S'il avait bien entendu parler des séquestrations dont ont été victimes la chanteuse Vitaa et le gardien de but du Paris Saint-Germain Alexandre Letellier en décembre 2023, tous deux attribués à la BMF, Koba LaD maintient sa version : il ignorait tout des circonstances et de la préparation de l'évasion de Mohamed Amra. « J'ai été choqué, comme tout le monde, et en plus c'est des trucs qui arrivent tous les cent ans. En plus quand c'est quelqu'un que tu connais, c'est choquant », tente-t-il de convaincre.

* * *

Daniel, Jean-Charles, Camyouque, Adonis, Alexandre… Autant de membres de la BMF également mis en examen dans

148. Mot d'argot désignant la prison.

cette affaire. Parmi eux, certains ont d'ailleurs été cités dans les précédentes mésaventures judiciaires de l'artiste sur lequel ils sont censés veiller. Chacal se tenait par exemple aux côtés d'Adonis, Camyouque et Koba LaD le 26 novembre 2022 lors d'une bagarre très violente à la sortie d'une boîte de nuit parisienne, qui a valu à l'artiste d'être condamné à deux ans de prison en 2024 [149]. Le même s'est retrouvé de nouveau devant le tribunal en 2024 avec Édouard, Alverico et « leur » artiste alors qu'ils étaient soupçonnés d'avoir passé à tabac son ancien manager, surnommé Despi. Convaincu que ce dernier lui avait volé plus d'un million d'euros, Koba LaD s'était rendu à son domicile de Vert-Saint-Denis, en Seine-et-Marne, pour lui demander des comptes et mettre fin à leur collaboration. Dans sa plainte [150], Despi a raconté avoir été frappé pendant plusieurs heures par l'artiste et ses proches à coups de poing, de crosse de pistolet, de couteau. Selon ses dires, l'objectif était de lui faire signer une rupture de contrat avec le rappeur. À l'issue d'un procès tenu dans une ambiance particulièrement tendue, les membres de la BMF ont été relaxés, faute de preuves, mais Koba LaD, lui, sera condamné à quinze mois de prison [151] en première instance. La BMF a aussi tissé des liens avec Sativa Music. Le label barcelonais avait organisé, dès 2022, la première collaboration de Koba LaD avec Morad, tournée dans les ruelles de son quartier de La Florida. En juin 2024, quelques semaines après l'évasion de Mohamed Amra, Alexandre, chargé de la sécurité du rappeur, l'accompagnait encore à Barcelone. L'artiste avait loué une luxueuse villa et se trouvait alors en Catalogne pour collaborer sur un morceau, non pas avec Morad mais avec

---

149. Koba LaD est condamné le 25 septembre 2024 à vingt-quatre mois de prison dont douze assortis d'un sursis probatoire de deux ans.

150. Plainte déposée le 1er juillet 2022 au commissariat de Melun dont les termes ont été confirmés à l'audience par Despi.

151. Jugement du tribunal judiciaire de Melun le 14 novembre 2024.

une autre star espagnole de Sativa Music : le chanteur JC Reyes. Ensemble, ils ont enregistré pour le compte du label à la cagoule la chanson « La Zone ». Produit par Sativa Music et sorti en janvier 2025, le titre reste à ce jour le dernier du rappeur incarcéré depuis septembre 2024.

Si les enquêteurs cherchent à établir que Koba LaD ne pouvait ignorer l'implication de la BMF dans l'évasion et la cavale de Mohamed Amra, ils soupçonnent plus largement les sociétés liées à la BMF de servir d'écrans et de véhicules financiers pour les activités illicites de la petite bande. Selon une note confidentielle de la direction nationale de la police judiciaire, Koba LaD « pourrait être une vitrine pour blanchir les revenus générés par le trafic de stupéfiants opéré par les individus se disant membres de la BMF ou ses proches directs, et ainsi financer et faciliter d'autres activités criminelles de cette association de malfaiteurs [152] ». Si ces soupçons sont encore loin d'être vérifiés, les enquêteurs s'intéressent notamment à une partie de l'avance de 2,5 millions d'euros versée par Sony au rappeur, quelques mois plus tôt, en vertu d'un contrat qui nourrit une âpre bataille judiciaire avec Universal.

* * *

Tout commence en juin 2024, un mois après l'évasion d'Amra. Sony Music diffuse une courte vidéo de Koba LaD. Vêtu d'un sweat-shirt à l'effigie de la BMF, le rappeur grimpe deux à deux les marches d'un immeuble haussmannien de la place de la Madeleine entouré de sept hommes aux visages dissimulés derrière des cagoules, elles aussi siglées BMF. L'équipée s'arrête au quatrième étage et franchit la porte d'un diamantaire. Là, le rappeur enfile une

152. Note confidentielle de la direction nationale de la police judiciaire sur la « Black Manjak Family » du 13 juin 2025.

bague sur laquelle est gravée « Epic », du nom du label de Sony Music avec lequel il vient de signer un contrat de distribution. La séquence, dont la mise en scène n'est pas sans rappeler l'esthétique du film *Snatch* de Guy Ritchie, est diffusée sur l'ensemble des réseaux sociaux de la major, qui joue à fond la double carte du gangster et du bling avec la BMF. Chez Universal, la direction peine à masquer sa colère car, jusque-là, Koba LaD était un rappeur maison, signé en contrat d'artiste. Mais Sony a su formuler une offre plus séduisante : un contrat de distribution, assorti de la fameuse avance de 2,5 millions d'euros. Le dossier remonte jusqu'à Santa Monica, au directeur général Monde d'Universal Music Group, l'influent Lucian Grainge, qui refuse de laisser passer ce qui est perçu comme un acte d'agression de Sony. Le conflit s'invite au sein du très protocolaire Syndicat national de l'édition phonographique, où siègent les trois majors. Pendant près de six mois, le P.-D.G. de la filiale française d'Universal, Olivier Nusse, refuse de croiser son homologue de Sony, Marie-Anne Robert. Une médiation de la dernière chance est tentée par le syndicat. L'ancien patron de Warner, Thierry Chassagne, est désigné pour mener une mission de bons offices [153]. Sans succès. Le contentieux doit être réglé devant le tribunal de commerce. Sony a effectué les premiers versements de l'avance sur les sociétés de Koba LaD, ces fameux fonds que les enquêteurs de la police judiciaire suspectent fortement d'avoir pu financer des activités illicites de la BMF. Mais les éléments de preuve formelle manquent. Rue de Châteaudun, dans les bureaux parisiens de Sony, le cas Koba LaD embarrasse désormais. Il inquiète, aussi. Pourtant, malgré ses mises en cause judiciaires successives, le contrat entre Koba LaD et Sony court toujours et la « clause de

153. Contactée, la direction de Sony Music France n'a pas souhaité commenter cette information.

troubles », censée permettre une séparation rapide en cas de problèmes judiciaires, n'a pas été déclenchée par la direction de la major. Cette inertie fait même tousser au sein du groupe, dont certains cadres, en off, évoquent la crainte de représailles directes de la part de l'entourage du rappeur. Interrogée sur son contrat avec Koba LaD, la direction de Sony Music France a assuré disposer uniquement d'un accord « avec sa société de production musicale pour un contrat légitime portant sur l'exploitation de ses enregistrements, et aucun lien avec d'autres parties ».

Depuis deux ans, la BMF fait planer une sourde menace sur une industrie qu'elle a appris à bien connaître en s'arrogeant le rôle d'intermédiaire afin de placer de jeunes artistes. Parmi ces jeunes pousses, certains assument d'ailleurs publiquement leurs liens avec la BMF, comme le rappeur Sparrow. La société BMF Agency a aussi misé sur une poignée d'autres artistes, dont le frère de Koba LaD, Mattke[154], et La Mano 1.9, valeur montante en contrat avec Universal[155] qui « bientôt, sera une signature BMF, si Dieu veut », selon les déclarations de Koba LaD aux enquêteurs. Hasard ou non : quelques jours après un coup de filet visant plusieurs membres de la BMF, la sécurité au siège parisien d'Universal, rue des Fossés-Saint-Jacques, a été renforcée. Depuis avril 2025, tous les salariés doivent désormais présenter un badge pour franchir le sas d'entrée.

« Une partie de la scène rap aujourd'hui n'est que l'avant-scène du narcobanditisme, s'inquiète le manager

154. Le petit frère de Koba LaD a été mis en examen du chef d'association de malfaiteurs le 28 mai 2025 dans l'enquête sur l'affaire Amra. Il conteste les accusations qui le visent et dans l'attente d'un procès, il reste présumé innocent.

155. Contactée, la direction d'Universal France n'a pas souhaité commenter.

d'un célèbre rappeur[156]. Pourquoi ? Parce qu'il y a de l'argent et que ce narcobanditisme est intrinsèquement ultracapitaliste. » Créé en 2020, l'Office antistupéfiants (Ofast) avait un temps envisagé de constituer un « groupe rap » chargé d'enquêter sur les liens entre le grand banditisme et les acteurs de l'industrie, alors que la violence sur fond de narcobanditisme paraissait s'y intensifier. Plus de quatre ans après l'assassinat de Karim Tir, le producteur de Jul, le 2 décembre 2018, aux environs de 2 heures du matin, à Paris, Florent N'Gondo était abattu de vingt-cinq balles de kalachnikov tirées par deux individus cagoulés surgis d'une BMW noire, devant un bar à chicha. Ce père de famille âgé de 30 ans était à la fois lié aux trafics dans sa cité, La Marine bleue, et à la musique, en tant que producteur de son ami d'enfance le rappeur Elams, qui avait baptisé son label d'une raison sociale sans ambiguïté : Réussir et Mourir Production. Un an plus tard, en octobre 2019, Samat, producteur et rappeur de Seine-Saint-Denis versé dans les activités illicites, était tué à son tour. Faute de temps et de moyens, cette cellule « rap » de l'Ofast n'a jamais vu le jour, mais les arcanes criminels du business du rap apparaissent désormais centraux pour les enquêteurs. Instruite par l'affaire Amra, la police judiciaire commence à se pencher sur ces liens et s'intéresse à la « géopolitique des featurings », les collaborations de Koba LaD, se demandant s'ils ne dessinent pas en coulisses des alliances entre différentes organisations criminelles. Dans une note confidentielle datée du mois de mars 2025 sur « les grandes tendances de la criminalité organisée », le service d'analyse stratégique de la police judiciaire compare la DZ Mafia et la BMF en ces termes : « Ces organisations présentent plusieurs traits communs : une forte composante identitaire de

156. Entretien avec les auteurs d'une source ayant requis l'anonymat.

leur structuration initiale, la prestation de services en matière de violences comme activité lucrative à part entière, les liens avec le milieu du rap tantôt victime tantôt support des activités criminelles, la maîtrise des méthodes policières et enfin la résilience à l'incarcération de leurs leaders. » Puis le document souligne que « des liens étroits entre certains labels, supports d'opérations de blanchiment, et d'importants narcotrafiquants marseillais ont par ailleurs été établis et font l'objet d'investigations ».

Dans le même temps, plusieurs rappeurs et producteurs ont mis sur pied de solides mécanismes permettant de détourner les avances versées par les majors [157]. Des groupes spécialisés proposent leurs services de « décaisse », un système de compensations permettant de sortir de l'argent propre en espèces. En mars 2025, une équipe de ces « décaisseurs » a justement été démantelée à Nanterre [158]. À sa tête, quelques quadragénaires connus pour trafic de drogue avant de s'être reconvertis dans les services financiers illicites. Ils animaient près de deux mille entreprises « décaisseuses », à l'existence réelle mais à l'activité fictive, servant uniquement de véhicules et de sociétés-écrans à des transactions illégales. Près de deux cents sociétés, notamment dans le secteur du BTP, ont eu recours à leurs services. Parmi elles, au moins une était en lien avec le rap. Selon les douanes judiciaires, près de 250 millions d'euros au total ont transité par leur circuit.

* * *

L'emprise criminelle a accompagné l'explosion populaire du rap et les millions d'euros distribués par l'industrie. Tout

157. Interrogés sur ces pratiques, Warner, Universal, Sony, Believe et Play Two n'ont pas souhaité commenter.

158. « Île-de-France : le réseau aurait blanchi 52 millions d'euros issus du trafic de drogue », *Le Parisien*, 3 février 2024.

artiste qui veut revendiquer la rue se doit d'être protégé. 2back, Ricard, Chacal, les « D. », Carlain, Kefran, les Jumeaux : les pseudonymes de ces « protecteurs » se chuchotent mais, dans l'industrie, chacun sait qui protège qui. Les seigneurs du rap français s'entourent de leurs propres gardes prétoriennes, chargées de les protéger et de dissuader toute agression.

Paroles de chansons, procédures judiciaires, règlements de comptes, avances mirifiques : tout est là, sous les yeux des majors et des labels. Attirés par des avances à sept chiffres, encouragés par la facilité déconcertante avec laquelle les maisons de disques ouvrent leurs coffres, des pontes d'organisations criminelles se muent en traders de rappeurs. Le contrat de distribution, jadis outil d'émancipation pour Jul ou PNL, se retrouve dévoyé et a ouvert une brèche béante dans laquelle les trafiquants en quête d'argent propre se sont engouffrés. Un Kbis, un label et un prête-nom : la panoplie minimale pour rafler des millions d'euros. « Nous sommes obligés de faire les virements aux sociétés indiquées. Juridiquement, nous ne sommes pas responsables », dit avec assurance un cadre de Believe [159]. Lui comme ses homologues de Sony, Universal et Warner se disent irréprochables, tout au plus avouent-ils avoir parfois péché par excès de naïveté ou défaut de vigilance. Le discours est bien rodé. Le risque ? « Uniquement réputationnel », tranchent-ils à l'unisson. Car sur le papier, selon les appréciations portées par leurs services juridiques sur chaque contrat, tout est en règle. Les documents sont rédigés avec soin ; les clauses, bien ficelées. « On fait un peu de *compliance*. Mais si on appliquait vraiment les règles strictes de conformité, on ne signerait plus de rap », admet le patron d'un grand label.

* * *

159. Entretien avec les auteurs, sous couvert d'anonymat.

Chez Sony, la P.-D.G. Marie-Anne Robert se montre particulièrement rétive à l'idée d'évoquer ces sujets sensibles et jusque-là ignorés du siège mondial du groupe coté en Bourse à Tokyo. Contactée à plusieurs reprises, elle a décliné toute demande d'entretien. Mais, en privé, certains de ses hauts cadres n'hésitent plus à s'ouvrir de leurs doutes quant à d'éventuels flux financiers entre la major et des sociétés satellites gravitant dans l'orbite de la DZ Mafia. Pour autant, se désolent-ils, personne n'a encore pensé à engager simplement le mastodonte musical dans une démarche de conformité – la fameuse *compliance* – plus élaborée. Questionné, Sony Music France s'est seulement limité à assurer ne contracter « qu'avec des entités actives dont l'objet social est lié à la production musicale ». Malgré de multiples relances, aucune major n'a été en mesure de détailler le processus de *compliance* en vigueur ni les standards de contrôle auxquels elles se réfèrent. Qui pourtant peut encore douter de l'influence pernicieuse des organisations criminelles sur le secteur ? Son homologue chez Warner, Alain Veille, avait tenu à solliciter un rendez-vous, début 2024, avec un sous-directeur chargé des affaires économiques et financières à la direction de la police judiciaire parisienne[160]. Face au commissaire, le P.-D.G. a livré son témoignage sur l'influence des narcotrafiquants dans le rap français, en prenant soin de ne pas causer le moindre tort à son propre groupe, dont les pratiques de *compliance* sont toutes aussi légères qu'ailleurs. Un signe, encore timide, d'une prise de conscience ? D'autant que l'extorsion ne prend plus seulement les allures d'un racket à l'ancienne, avec menaces sibyllines et émissaires musclés, spécialistes en « offres qu'on ne peut pas refuser ». De Werenoi à Koba LaD, ces arrangements sont habilement enfouis dans des

160. Contacté, Alain Veille n'a pas répondu à nos sollicitations et n'a pas souhaité commenter nos informations.

contrats passés avec des filiales de groupes valorisés en milliards d'euros, cotés en Bourse, dotés de comités d'éthique et qui comptent parmi leurs actionnaires de très respectables fonds d'investissement américains ou japonais, les familles Bouygues, Bolloré et même l'État français. Interrogée sur les liens financiers entre Believe et des sociétés étroitement liées à des narcotrafiquants de premier plan tels que Malsain, la Banque publique d'investissement (Bpifrance), entrée en 2021 au capital du groupe pour 25 millions d'euros, assure n'avoir « pas eu accès à d'autres informations que celles communiquées aux investisseurs ». L'établissement prend ce dossier au sérieux et ajoute que Believe ne lui a présenté « les avances aux artistes [que] sous un angle financier ». Enfin, Bpifrance tient à préciser qu'elle « ne pouvait pas suspecter de telles pratiques illicites » et que, « si les faits étaient avérés, elle se réserverait le droit de prendre les mesures qu'elle jugerait idoines » pour « préserver ses intérêts en tant qu'actionnaire et son image ».

Les majors, Believe et Sony en tête, ont longtemps cru pouvoir encadrer le phénomène, à défaut de pouvoir le combattre. Par opportunisme, elles ont tenté de le cantonner aux marges de l'acceptable dans l'espoir de ne pas perdre le contrôle sur les artistes, dans une industrie où l'argent circule vite et parfois au mauvais endroit. Certains de leurs cadres se sont retrouvés piégés. Les premiers relais ont été confiés à des intermédiaires bien introduits, capables d'ouvrir les portes de La Castellane ou de la cité des 4000 à La Courneuve. Assurées de leur puissance financière, de leur assise sociale, les majors pensaient rester maîtresses du jeu. Contraints de s'engager dans une course effrénée aux profits, ces grands groupes ont pourtant laissé prospérer un système, dont ils font aujourd'hui partie intégrante, qui dévore certaines stars du rap. Et qui semble en passe de leur échapper.

Partie III

L'EXPANSION

11

L'ÉDEN

La Cinquième Avenue et Hollywood Boulevard ne font plus rêver. L'autoroute des ambitieux du nouveau monde se nomme Sheikh Zayed Road. L'immense bande d'asphalte rectiligne perce une jungle de tours futuristes érigées sur ce qui était, il n'y a pas si longtemps encore, un bout de désert parsemé de villages de commerçants et de chasseurs de perles. Transformée en un centre de négoce et de services haut de gamme en tous genres, Dubaï incarne une forme d'apogée de la réussite, version ultracapitaliste et postmoderne. En belles devises ou en cryptomonnaies, tout s'y achète et s'y vend à des cours indexés sur les tourments de la planète. Des tonnes d'or comme des corps, des minerais stratégiques et des champs pétroliers, des dettes et, même, la destinée de pays lointains. À sa manière, l'émirat défie un monde occidental fragilisé. Pas de démocratie ni de contestation, juste des flux financiers, des gratte-ciel toujours plus hauts, des *malls* démesurés et une gouvernance à l'autoritarisme savamment dosé. Chaque année, près de vingt millions de touristes s'y pressent pour goûter la « Dubaï experience » qui aimante les nouveaux riches du monde entier, les hommes d'affaires et de rien, les oligarques et les grands criminels. Soleil, sécurité, business, fêtes extravagantes au sommet de tours scintillantes ou sur les plages bordées des eaux turquoise du golfe Arabo-Persique. Ici, les hôtels affichent parfois six voire sept étoiles, les boutiques de luxe pullulent et les agences immobilières proposent un catalogue inépuisable de biens somptueux. Tout est calibré, pensé, organisé pour étancher n'importe quelle soif de consommation, souvent sans se préoccuper outre mesure de la provenance des fonds de la clientèle. De New Delhi à Moscou en passant par Kinshasa, Paris et São Paulo, une élite mondialisée et décomplexée en a fait sa capitale. C'est ici que ça se passe, selon le peuple des expatriés de Dubaï, qui compte une myriade de rappeurs français venus y vivre intensément quelques-uns de leurs couplets. Sillonner Dubaï est non seulement une étape essentielle mais aussi une sorte de rite de passage. Chaque semaine, les artistes vont et viennent accompagnés de leurs équipes pour des showcases, des vacances à grands frais mais aussi pour créer des sociétés et ouvrir des comptes bancaires. D'autres s'y installent à demeure, dans l'espoir d'échapper au fisc, à la justice de l'État ou à celle de la rue.

* * *

À « Dub », comme disent les Français qui s'y rendent, se croisent et se côtoient des profils parfois très différents mais qui forment un réseau somme toute assez efficace. Bercée depuis son plus jeune âge par le rap, lassée par les discours politiques auxquels elle trouve des relents colonialistes mâtinés d'islamophobie, une jeunesse des quartiers populaires a fini par larguer les amarres. D'abord pour voir. Puis pour vivre et s'y épanouir. Ici, pas de sempiternels débats sur la violence des cités ou celle de la police, l'immigration, le port du voile et l'islam pratiqué ou non en toute tranquillité par des rappeurs d'obédience musulmane, las de voir leur communauté de foi sans cesse stigmatisée. Aux promesses républicaines d'une France qui les a tant marginalisés, ils préfèrent le laboratoire de la puissance émergente émiratie. Tous font l'éloge de ce « hub » de la mondialisation, régenté par un émir dont le visage s'affiche un peu partout en bas des tours. Au cinquième étage de l'une d'entre elles, l'Opus Tower, Mounir reçoit dans un grand bureau vitré au design moderne. Dans les locaux s'activent les dizaines d'employés en costume de son agence immobilière devenue, en l'espace de cinq ans, l'une des plus réputées parmi les francophones de la cité-État. « Vu d'ici, la France ressemble à un pays en crise et nos banlieues, je n'en parle même pas [161] », estime l'élégant quadra franco-algérien, qui a grandi entre Pantin et Sarcelles. « Là-bas », l'entrepreneur avait successivement lancé une société de production musicale, géré une station-service, un élevage de chiens, un restaurant qu'il a vendu juste avant la pandémie de Covid-19 pour s'installer à Dubaï. « Je suis parti à cause de la stupidité humaine, du racisme et de la fiscalité. En France, on ne nous aide pas et on nous taxe. Ici, il faut travailler dur et non-stop mais on se fout d'où tu viens » poursuit le multimillionnaire, les yeux rivés sur ses trois écrans d'ordinateurs où défilent des lignes de chiffres. « Ça va à Paris sinon ? » demande-t-il sans écouter la réponse. « Les rappeurs ? soliloque Mounir. Ils passent tous ici. J'ai des amis et des clients parmi eux, mais j'évite les plus toxiques. Tout comme mes potes du Maghreb et d'Afrique de l'Ouest, ils ont plus d'argent à investir que les bons Français. Le monde change. » Un crépuscule tiède tombe sur la ville qui s'illumine, Mounir prend congé pour son prochain rendez-vous à bord de sa Rolls-Royce, l'une des voitures de sa collection, digne d'un prince du Golfe.

* * *

161. Entretien avec les auteurs, le 20 novembre 2024.

Quitte à réinventer sa vie, pourquoi ne pas le faire dans le bling de Dubaï, confortablement installé à l'une des tables enfumées du Café de Paris ? Cet établissement sans charme ni alcool se situe dans le quartier prisé de Business Bay, mais à l'écart des avenues les plus luxueuses. Au rez-de-chaussée du modeste centre commercial Mag318, sa terrasse s'étire sur le trottoir d'une avenue large comme une autoroute, avec vue sur un échangeur. Chaises en osier, serveurs en uniforme et carte proposant loup de mer, souris d'agneau sur son lit de purée et homard grillé, l'enseigne pourrait aisément être confondue avec une brasserie parisienne des Grands Boulevards, n'étaient un mur d'écrans de télévision, un épais nuage de fumée de chicha, un intimidant dispositif d'agents de sécurité et une personne de petite taille en djellaba qui accueille la clientèle avec des boutades en anglais mâtiné d'arabe. Avec l'After Room, c'est l'un des lieux de rendez-vous de la frange la plus interlope de la communauté française. Les derniers tubes de rap en fond sonore, des influenceurs se gobergent à une table voisine de celle d'escrocs des cryptomonnaies, qui saluent chaleureusement des agents immobiliers évoquant des transactions en cash et des producteurs de concerts de rap affalés dans des fauteuils, occupés à tirer sur leurs narguilés entourés de filles maquillées à l'excès. Pour le côté mondain, quelques stars défilent en toute simplicité. Maes passe de temps à autre, toujours escorté d'amis comme l'influenceur Kamel Tatouage, après un tour au barber shop voisin dont ils font la promotion sur les réseaux sociaux. Lorsqu'il est en ville, son ancien mentor devenu son ennemi du moment, Booba, se pointe au volant d'une Ferrari de location, précédé de son équipe de sécurité. Lacrim est un habitué du lieu et Dadju s'y montre aussi, avant de se produire sur scène, tout comme son frère Gims. Le rappeur exubérant de Saint-Ouen, Heuss l'Enfoiré, ne passe pas inaperçu comme autrefois Werenoi, tous deux unis par leur pacte avec Malsain, bien connu des plus fidèles clients de l'établissement – les bandits. Ceux-là débarquent à la nuit tombée en Lamborghini, Rolls-Royce Cullinan, Brabus 800, vêtus *casual chic* ou plus décontracté, en t-shirt, short et claquettes griffées de maisons de luxe. L'atmosphère de la terrasse change alors, du seul fait de leur présence, qui n'échappe à personne. Ces individus dont les noms donnent des sueurs aux policiers ont beau ne pas se cacher, il vaut mieux les observer sans se faire remarquer. Sur les coups de 22 heures, ils prennent place au Café de Paris pour se détendre ou gérer les détails de leurs importations de cocaïne et de haschich par tonnes, depuis l'Amérique du Sud, les Caraïbes, le Maroc.

Lorsqu'il n'est pas aux Seychelles, en Sardaigne, au Mexique ou dans sa fastueuse villa de 1 500 mètres carrés à Dubaï avec une ex-star de téléréalité devenue son épouse, le Marseillais Lorenzo Bernard dit Dzo Dzo retrouve Tarik Kerbouci, alias Bison, insaisissable narcotrafiquant français visé par une notice rouge d'Interpol. Autour de thé et de chichas, se joignent à eux d'autres multimillionnaires de la drogue, comme le Guadeloupéen JJB, également gestionnaire d'un considérable patrimoine immobilier avec l'aide d'une amie avocate exerçant dans un prestigieux cabinet anglo-saxon. Il y eut aussi Abdel-Karim Touil, surnommé le Professeur [162] qui n'est autre que le véritable propriétaire du Café de Paris en association avec trois frères libanais. Ces trafiquants « d'envergure internationale », comme disent les policiers, mènent grand train, savent diversifier leurs investissements et nouer de fructueuses alliances avec les mafieux d'autres contrées. Se pensant hors d'atteinte à Dubaï, le Marseillais Karim Harrat surnommé le Rent y a aussi un

162. Abdel Karim Touil a été condamné à quinze ans de prison le 5 novembre 2024 par le tribunal judiciaire de Bordeaux après avoir été extradé du Liban le 17 mars de la même année.

temps géré ses affaires et ses guerres à distance, avec une certaine sérénité. Sur place, il s'est même essayé au cours de l'année 2021 à la production d'une émission de téléréalité pour une chaîne privée algérienne. Titre : *Les DZ à Dubaï.* Parrain de l'émission : le chanteur Soolking. Casting : des influenceurs originaires d'Algérie, dont l'une des petites mains du narcoproducteur, un jeune rappeur sans envergure de 26 ans recherché pour meurtre [163]. Le programme fut un fiasco, très vite retiré de l'antenne en Algérie.

Le genre d'histoire qui se raconte à voix basse au Café de Paris, où tout ce beau monde se retrouve à la nuit tombée. Il n'y a qu'à traverser l'avenue pour retrouver leurs homologues belgo-marocains dans un autre bar-restaurant-chicha, le Fomo, où avait ses habitudes Othman El Ballouti [164], pourtant traqué par les polices européennes et américaine pour ses importations massives de cocaïne au port d'Anvers. Autre ambiance, autres réseaux. Mêmes routes d'acheminement des drogues et mêmes icônes musicales. Le discret et ombrageux Agit Yüce les connaît, les reçoit et les divertit pour la plupart de longue date. Ces dix dernières années, avec son frère, ce Néérlandais d'origine turque est devenu l'incontournable organisateur de showcases de stars de la musique urbaine. La fratrie a autrefois reçu la crème du rap français dans ses clubs baptisés Blu, installés au bord d'une autoroute à Rotterdam et dans une

163. Il a été mis en examen le 27 août 2021 pour meurtre en bande organisée et participation à une association de malfaiteurs en vue de la préparation d'un crime, et placé en détention provisoire. Il reste présumé innocent.

164. Visé par des sanctions du département du Trésor américain depuis juillet 2023 et condamné en septembre 2024 à sept ans de prison en Belgique, Othman El Ballouti a été arrêté à Dubaï le 3 décembre 2024 et extradé par un avion militaire belge le 13 juillet 2025.

zone industrielle à Bruxelles. Outre Lacrim, particulièrement connecté à la communauté marocaine d'Anvers et d'Amsterdam, d'autres grands noms de l'industrie comme Jul, Booba, Soolking, Heuss l'Enfoiré, PNL ont défilé sur les scènes de leurs boîtes de nuit, très prisées des caïds locaux et des petites frappes. Les établissements tournaient à plein régime avant que, entre 2017 et 2019, des bagarres n'éclatent très régulièrement, puis que des tirs de kalachnikov ne visent la façade et la maison des parents des Yüce aux Pays-Bas, sans compter un jet de grenade à l'aveugle sur le club de Rotterdam. Les autorités lancent alors des investigations, décrètent des fermetures administratives et les enquêteurs néerlandais s'intéressent à l'un des frères Yüce, soupçonné d'être impliqués dans des réseaux d'importation de cocaïne et d'héroïne [165]. L'homme s'en défend mais, prudent, n'organise pas moins son départ d'Europe en catimini. Comme par enchantement, la fratrie réapparaît dans l'émirat, où elle inaugure au début des années 2020 une discothèque grandiose, le Blu Dubaï.

C'est dans cette boîte à la mode que les meilleurs clients du Café de Paris poursuivent souvent la nuit. En contrebas de la tour V bordant Sheikh Zayed Road, le parking est saturé de voitures de luxe aux couleurs criardes, autour desquels papotent des groupes de jeunes femmes court vêtues. Au trente-deuxième étage de l'immeuble se dévoile le club à la décoration moderne et rococo, paradis de centaines de noctambules amateurs de musiques urbaines. Entre les murs tapissés d'écrans et de néons s'étire une scène qui avance dans la fosse. Les tables se réservent à prix d'or. Les VIP fument la chicha et descendent des magnums de champagne servis dans les gerbes d'étincelles de feux de Bengale

165. « Wouter Laumans et Paul Vugts, BXRDY : de Amsterdamse nachtclub die al dicht moest voordat de deuren geopend waren », *Het Parool*, 26 août 2022.

par des serveuses en livrée. Dzo Dzo, Bison, JJB, le Professeur et bien d'autres ont flambé dans l'établissement, entourés de rappeurs et de leurs prestataires de services. Des escrocs du « copy trading [166] » dépensent sans compter, dans l'espoir d'impressionner des influenceuses. Leurs smartphones filment tout, à l'exception des narcos, pour alimenter leurs réseaux sociaux et exhiber leur réussite à la face du monde. Partout dans le club, des essaims d'escorts venues d'Europe de l'Est et de Russie gravitent autour de nababs vêtus des collections de streetwear des plus grandes maisons de luxe de Paris et Milan. Les poignets s'ornent tous de montres clinquantes, un indicateur de richesse certes trompeur mais, à Dubaï, toujours scruté du coin de l'œil. Les Yüce ciblent cette clientèle canaille et prodigue. À l'autre bout de la ville, ils ont lancé fin 2023 le Blu Oasis, un grand complexe à la lisière du désert, où ils organisent des concerts de stars nigérianes et américaines en plein air, au bord d'une vaste piscine.

Les Yüce voient grand, certes. Et connaissent une belle réussite. Ils attirent d'autant plus l'attention de certains services de police qu'ils côtoient ce monde de la grande criminalité. Les enquêteurs d'une agence antidrogue occidentale suivent de près leurs activités, pour vérifier qu'elles ne sont pas liées à de juteuses opérations de blanchiment d'argent. Un temps, ils iront jusqu'à écouter certaines conversations de la fratrie, interceptées malgré l'utilisation d'un téléphone satellitaire [167]. Le business model du Blu Dubaï intrigue. Pas de quoi réfréner leurs offres de cachets mirobolants qui peuvent s'élever à plusieurs centaines de milliers de dollars pour attirer des légendes américaines comme Kanye West ou Travis Scott et des seigneurs de l'afrobeat nigérian tels

166. Pratique qui consiste à copier des opérations de placements financiers présentées comme très rentables.

167. Contactés, les frères Yüce n'ont pas souhaité réagir.

Davido et Wizkid. Chaque semaine, une soirée est consacrée au rap français, La Parisienne, organisée par un DJ belgo-marocain ayant autrefois officié dans les clubs Blu de Bruxelles et Rotterdam. Dans la succursale dubaïote, il reçoit les plus grands noms du rap français, de Werenoi à Booba en passant par Gims, Maes, Lacrim et SCH. Au point que le Blu est vite devenu un lieu incontournable pour les artistes, qui en ont fait une sorte de filiale offshore de l'Empire. La grande majorité des têtes d'affiche du rap ont des attaches à Dubaï, leur base arrière. Certains y ont même élu domicile à l'année. Ils sont reçus à bras ouverts, avec leurs capitaux et leurs audiences sur les réseaux sociaux où ils vantent la destination. La compagnie aérienne Emirates a même envisagé en 2024 de faire de Booba l'un des ambassadeurs de sa première classe, particulièrement plébiscitée des Français fortunés [168]. Le rappeur avait donné son accord et fixé son prix à 300 000 euros mais les négociations n'ont finalement pas abouti [169].

Dans la mégalopole, chacun dispose de ses propres réseaux mais tous se retrouvent dans les boutiques de luxe du Dubaï Mall, le plus grand centre commercial au monde. Le narcotrafiquant belgo-marocain Othman El Ballouti y tenait un restaurant à chicha appréciable entre les virées chez Bulgari, Louis Vuitton, Celine, Hermès, Balenciaga ou Tiffany & Co. Qu'importe si les prix y sont plus élevés qu'à Paris : ici, les règlements en espèces n'alertent pas les services d'enquête financière. Pour les modèles de montres de luxe introuvables en Europe, des courtiers originaires de banlieue parisienne se chargent de débusquer la perle rare en des temps records. En ce qui concerne l'immobilier, les

168. Proposition formulée par Emirates France auprès de l'agence cofondée par le rappeur, Starting Blok.

169. Interrogé, Booba n'a pas souhaité commenter cette information.

agences comme celles de Mounir s'occupent des formalités pour l'obtention de visas de résidence et la constitution de sociétés. Rien de plus facile que de trouver des prête-noms, le plus souvent indiens, pour apparaître en façade sur les statuts des véhicules financiers ou les comptes bancaires. Un anonymat plus que bienvenu pour un certain type de clientèle. Dubaï protège et expose à la fois. Les enquêteurs français s'épuisent à tenter de retracer les flux financiers de certains de leurs compatriotes qui s'y évadent ou s'installent par choix. Les voyous, comme les entrepreneurs et les artistes, citent souvent la sécurité comme première motivation de leur expatriation, loin devant la qualité de vie, la tolérance, la liberté de culte ou le panel très large de services de tous ordres à destination des résidents. La plupart des Néo-Dubaïotes se révèlent particulièrement volubiles lorsqu'il s'agit de vanter cette destination, aussi bien, voire mieux, que les services de communication d'un office du tourisme.

Ils se font bien plus taiseux, en revanche, dès que le mot « fiscalité » s'invite dans la conversation. Même les narcos français en cavale semblent se méfier davantage des services d'investigation financière que des enquêteurs traditionnels de la police judiciaire, à la peine pour obtenir leur extradition. Un signe ne trompe pas : seules quatre « cibles prioritaires » de l'office antistupéfiants ont été livrées à la France entre 2018 et 2024 par les Émirats arabes unis, décidément peu coopératifs. À Dubaï, une opération de blanchiment de fonds peut être considérée comme un banal investissement, dans une ville qui entretient sa réputation de place financière attrayante et promeut une imposition nulle sur les revenus, un impôt sur les sociétés de 9 %, une TVA à 5 %. Ces alléchants dispositifs se doublent de l'existence d'une quarantaine de zones franches au régime fiscal dérogatoire, avec une exemption totale ou partielle de taxes, et d'une appétence jamais démentie pour le cash, l'or et les cryptomonnaies. Autant de moyens de renforcer l'anonymat des investisseurs et contourner la réglementation internationale en matière de lutte contre le blanchiment. Voitures ou montres de luxe deviennent ainsi faciles à acquérir mais, surtout, fort utiles pour obtenir de l'argent légal en les revendant. Nul n'ignore que Dubaï est un eldorado financier offshore, sans doute le moins dissimulé de la planète. Et le plus assumé.

* * *

En France, les rappeurs soudainement riches à millions et leurs producteurs s'agacent des coups de boutoir de l'administration fiscale, en contribuables peu sensibles aux vertus d'une redistribution dont ils n'ont pas toujours bénéficié. Après tant de galères, de misère pour certains, ils ne saisissent pas toujours l'intérêt de verser leur écot à une collectivité qui les a, disent-ils, méprisés et relégués aux marges de la société. Ce partage, les plus généreux d'entre eux le règlent à leur manière en privilégiant les aides directes et informelles ou le versement aux associations de leurs quartiers. Parfois mal conseillés, souvent trop dépensiers, presque tous les artistes à succès ont connu des démêlés avec le fisc, appâté par leurs publications sur les réseaux sociaux, où ils font volontiers étalage de trains de vie disproportionnés. « L'année 2019 a été marquée par une sorte de razzias sur les labels indépendants », fulmine un producteur qui n'y a pas échappé. Des personnalités du business du rap se sont aussi retrouvées dans le viseur, et épinglées. « Les taxes et les impôts, j'suis mon propre boss ; pour l'État, j'suis qu'un numéro », chante SCH dans son titre « Jimmy Twice », sorti en 2024. En juin de la même année, le rappeur d'Aubagne plaidait discrètement coupable de fraude fiscale commise en 2019 et 2020. Lors d'une comparution sur reconnaissance préalable de culpabilité restée confidentielle, il s'est vu infliger six mois de prison avec sursis, 40 000 euros d'amende avec dispense de publication et d'inscription au casier judiciaire [170]. SCH, qui se rend en toute discrétion à Dubaï, a commencé en avril 2023 une location à l'année dans un appartement-hôtel de Jumeirah Village [171], tout en privilégiant le calme des boulevards à l'européenne de City Walk et ses immeubles à taille humaine. Après Charles Aznavour, Johnny Hallyday, Alain Delon, Florent Pagny, Isabelle Adjani ou Michel Polnareff, souvent en délicatesse avec le Trésor public au cours de leur carrière, de grands noms du rap perpétuent une tradition bien française d'illustres défaillants fiscaux.

L'expérience et les déconvenues aidant, ils ont fini par se structurer en recourant aux services d'ingénieurs financiers et de comptables rompus aux subtilités fiscales d'une ère mondialisée. Comme de nombreuses stars du cinéma, de la musique, de la télévision et du football, une kyrielle de rappeurs et de producteurs s'est tournée, pour ce faire, vers le cabinet Saadi. Cet expert-comptable réputé de longue date dans le show-business parisien a ainsi vu arriver, au cours des dernières années, une clientèle d'entrepreneurs du rap friande de montages sophistiqués en matière d'optimisation fiscale. Devenu essentiel dans l'industrie, le cabinet fondé par Mohamed Saadi en maîtrise les rouages juridiques, peut mettre au point des structures financières capables de tirer profit de législations fort complexes et d'accoucher *in fine* d'irréprochables comptabilités. Les artistes ont appris à jouer avec la mondialisation, choisissant de créer des sociétés implantées sur l'île Maurice, au Luxembourg, au Portugal ou au Maroc pour percevoir leurs

170. Jugement d'homologation consulté par les auteurs. Contacté, le manager de SCH n'a pas souhaité réagir.

171. Bien d'une superficie de 130 mètres carrés loué 120 000 dirhams (près de 30 000 euros) l'année.

avances et leurs revenus. Sur ce plan-là aussi, Dubaï occupe évidemment une place de choix. La gamme d'outils financiers nécessaires pour opérer y est aussi vaste que l'offre de conseils en matière de fiscalité et d'investissements. Sans surprise, les rappeurs exigent désormais des majors de leur verser leurs avances et leurs recettes sur des comptes locaux, contrôlés directement ou à travers des « proxys », des prête-noms.

Sony, Universal, Warner, toutes disposent de filiales « Middle East & North Africa » enregistrées dans la cité-État et, parfois, dans l'une de ses nombreuses zones franches. Pour des virements supérieurs à un million d'euros, Believe privilégie quant à elle sa structure luxembourgeoise Believe International, constituée fin 2018 et qui assure le contrôle de la plupart des filiales et des holdings du groupe en Asie, en Amérique du Nord, en Turquie et au Royaume-Uni. Ce recours à des structures étrangères ne permet pas seulement de « faciliter » le paiement des artistes ou de satisfaire leurs exigences : elles présentent aussi l'avantage d'éviter certaines procédures de mise en conformité ou les contrôles jugés trop contraignants menés par l'administration française. Dans le cadre du contrat record à 16,8 millions d'euros signé par Believe en 2023 afin de distribuer Werenoi, c'est ainsi à la filiale luxembourgeoise que son producteur Babs envoie ses factures [172].

À Dubaï, les rappeurs français les plus clairvoyants s'efforcent de réinvestir les fonds dans des business nécessitant peu de compétences et de suivi mais garantissant une certaine rentabilité. Outre les barber shops et les restaurants, Dadju et son manager ont lancé un concept autour du padel dans un complexe chic où le ticket d'entrée pour les investisseurs s'élève à près de 350 000 euros pour 10 %

172. Believe n'a pas souhaité faire de commentaires à ce sujet, tout comme Babs.

du capital. Maes se vante d'avoir investi dans la société qui gère Aristo Desert, un centre de divertissement plutôt coquet, à l'écart de la ville, où les drapeaux du Maroc et des Émirats arabes unis faseyent au vent. Avec sa piscine, ses terrains de jeux, son restaurant et ses locations de puissants buggies pour sillonner les dunes, le site est prisé des rappeurs de passage, de stars du football comme Kylian Mbappe et d'influenceurs. Mais le placement privilégié reste l'immobilier, la valeur refuge à Dubaï, celle qui peut générer de colossales plus-values. Chaque semaine ou presque naissent des projets de tours, et le sport favori des promoteurs consiste à inciter les investisseurs à acheter sur plans. Les maquettes sont toujours plus séduisantes et les offres sans cesse ajustées pour séduire même les plus modestes. Un temps installé en ville, Lacrim a acquis dès 2020 une villa de 140 mètres carrés ceinturée par le green du très chic Trump International Golf Club, à Damac Hills, contre près de 625 000 euros. Dans la Marina, le rappeur s'est aussi laissé tenter par un appartement au huitième étage de l'élégante Jumeirah Gate Tower 1 et un autre dans le gratte-ciel encore en construction, Ciel Tower, censé un jour abriter l'hôtel le plus haut du monde. « On aime les belles choses ! s'esclaffe le colosse Kamel Tatouage, vêtu d'une tenue d'été Gucci, à la table du restaurant Ladurée de Dubaï Hills Mall. N'en déplaise aux bourgeois et intellos français qui nous considèrent comme vulgaires et superficiels, on se construit sans eux, on n'en a plus besoin [173] ! » Ce fils d'une femme de ménage et d'un soudeur a été militaire, garde du corps, acteur éphémère, bodybuilder avant de se renouveler à Dubaï comme influenceur, coach sportif, modeste investisseur et flambeur revendiqué. Indifférent aux critiques, Kamel mène la vie dont le gosse de quartier qu'il était n'aurait jamais osé rêver.

---

173. Entretien avec les auteurs, le 25 novembre 2024.

12

Le commanditaire

Sheikh Zayed Road a souvent servi de décor et d'inspiration à Maes, devenu ces dernières années une influente star du rap français. Le jeune Franco-Marocain aux nombreux disques de platine s'est établi à Dubaï à la fin de l'année 2021, pour ne pas risquer de tomber sous les balles en plein cœur du quartier des Beaudottes, à Sevran en Seine-Saint-Denis, où il a grandi. Le rappeur le sait : de gros voyous ont placé un « contrat » sur sa tête. En apparence, ils ne lui reprochent pas grand-chose, si ce n'est d'avoir un peu trop « oublié d'où il vient », comme ils disent. Et de tirer profit de leurs propres histoires, celles des petits et grands trafiquants dont Maes chante les mésaventures. Parmi les griefs figure aussi le refus d'apporter l'aide escomptée à de jeunes rappeurs sevranais désireux de percer dans l'industrie. L'argent de l'artiste, riche et célèbre, ne ruissellerait pas assez dans les poches des caïds et de leurs obligés. Début décembre 2021, en guise d'avertissement, des « petits » en mission commandée ont mis le feu aux trois véhicules de l'équipe de tournage d'un clip de Maes dans la cité. Deux Mercedes Classe G et un Sprinter partis en fumée [174]. Le

174. Les faits se sont déroulés le 8 décembre. Les tentatives d'homicide volontaire commises le 9 décembre s'inscrivent dans un cycle de « représailles », selon les enquêteurs.

lendemain, l'artiste de 26 ans est revenu arpenter le quartier pour en découdre. Aux Beaudottes, deux jeunes hommes du clan ennemi sont visés par des tirs et blessés. Une escalade dans la violence. Avec cette riposte, le rappeur devient une cible à abattre. Sa mère, son épouse alors enceinte de jumeaux, leur petite fille et ses beaux-parents se retrouvent exposés aux représailles de la soldatesque des maîtres de la cité. Maes s'est donc résigné à prendre le chemin de l'exil en famille, en classe affaires sur la compagnie Emirates, pour s'établir à Dubaï.

Voilà donc le rappeur et sa famille à l'abri de la guerre en cours qui ravage son quartier [175]. À Sevran, le 10 janvier 2022, l'un de ses proches a d'ailleurs été visé par des tirs devant un bar à chicha. Précautionneux, le rappeur s'installe tout de même dans un complexe résidentiel ultra-sécurisé. Dans l'écrin de verdure de Dubaï Hills, il loue une villa cubique de 300 mètres carrés bardée de caméras reliées à son smartphone. La star savoure à nouveau la liberté et, surtout, la tranquillité. Il retrouve des amis, s'en fait d'autres, pour la plupart venus aussi des quartiers périphériques des métropoles françaises, installés comme lui dans la ville émiratie fourmillante, où les qualificatifs d'« Arabe » et d'« Africain » ne constituent pas des insultes.

Lui aussi vit pleinement ce « Dubai dream ». Son ami Kamel Tatouage se mobilise pour l'assister, le protéger, le distraire aussi. Il lui présente du beau monde et veut « le mettre bien », inquiet de voir Maes encore aiguillonné par l'angoisse de la mort et, devine-t-il, tenté par la vengeance. Avec lui, l'artiste au sourire enjôleur a pris des kilos de

175. « Le quartier des Beaudottes connaît, depuis fin 2021, des épisodes de violence ayant abouti à différentes reprises à des homicides et tentatives », notent les enquêteurs dans une synthèse policière réalisée par le SDPJ 93 que les auteurs ont pu consulter, pour qui « les rivalités entre bandes […] se doublent de conflits parallèles […] autour du rappeur local à succès Maes ».

muscles, sculptés chaque jour à la salle de sport Binous, la plus grande de l'émirat, où des instagrameurs français soulèvent de la fonte sans se départir de leurs montres à plusieurs centaines de milliers d'euros. Au fil du temps, le rappeur a fini par prendre goût à ce bonheur clinquant, à cette ville où il peut déambuler sans être reconnu ni menacé. Mais une partie de lui-même est ailleurs. Et en guerre. Kamel le sent bien. « Moi, je suis juste influenceur : je fais du sport et des omelettes, esquive-t-il, d'une moue gênée. Je ne veux rien savoir des histoires de rappeurs. » Il n'ignore pas que les quartiers ont changé. Plusieurs zéros se sont ajoutés aux chiffres d'affaires des trafiquants comme aux avances des rappeurs. Les prix d'un assassinat tendent à la baisse et on n'hésite moins à tirer qu'auparavant.

Écartelé entre ses anges et ses démons, l'artiste complote seul, en préservant ses proches de ses désirs de vendetta. Il trouve même un dérivatif sur les réseaux sociaux en y attaquant des rivaux comme Booba, puis Lacrim. Malgré le rythme trépidant de Dubaï, la nostalgie du déraciné se mêle aussi à l'ennui. Alors, le rappeur convie parfois des beatmakers pour des « séminaires », comme il appelle ces sessions de création qui se déroulent dans son salon ou dans un studio tenu par des Français non loin du Burj Khalifa, la tour la plus haute du monde. Mais les conditions d'enregistrement, à Dubaï, restent peu satisfaisantes aux yeux de Maes, qui s'en agace. Il reçoit aussi des visiteurs de passage : quelques fidèles de Sevran, sa belle-famille et son frère aîné, Adam, placé à la tête de son label Omerta constitué à la suite d'une brouille avec ses anciens producteurs, un mois avant la naissance de ses jumeaux [176]. En ce début de mois de décembre 2022, c'est son manager du moment qui s'offre une petite semaine sur place. Maes apprécie de passer

176. La société Omerta (Omerta 47 Records) a été créée en France le 11 mai 2022.

du temps avec Batire Mendy dit Batzo, trentenaire discret et taiseux qui a aussi lancé sa propre marque de vêtements baptisée MJK, en référence à sa communauté Manjak dont le bras armé est la Black Manjak Family de Koba LaD et ses affidés. Dix jours après son retour à Paris, à la sortie d'un rendez-vous en fin d'après-midi avec un autre rappeur dans un restaurant de Champs-sur-Marne, Batzo lâche ses derniers mots au téléphone : « Je me suis fait allumer [177]. » Au bout du fil, son épouse. Ce vendredi 16 décembre vers 19 heures, un sicaire juché à l'arrière d'un scooter vient de le tuer d'une balle de calibre 9 mm tirée dans l'aisselle gauche. Interrogés par la police, plusieurs proches du défunt partagent leurs hypothèses sur un probable lien entre cet assassinat et la guerre déclenchée autour de Maes à Sevran. Des renseignements anonymes transmis aux enquêteurs vont dans ce sens, précisant que le tueur et le conducteur du scooter se seraient vu octroyer la gérance d'un point de deal en guise de récompense. Batzo a-t-il été tué en raison de ses liens privilégiés avec Maes ? L'enquête, toujours en cours, s'interroge sur le rôle d'un certain Bigor, un jour rappeur, le lendemain trafiquant. C'est avec lui que Maes se devait de chanter pour « lui donner de la force » et éviter les représailles des « grands » des Beaudottes. Sous le choc, à Dubaï, Maes présente ses condoléances à la veuve de Batzo. Les policiers, eux, ont saisi le téléphone du producteur. Il contient des messages échangés avec Maes montrant que le rappeur cherchait à s'en prendre à Bigor et son équipe... Maes l'ignore et tourne dans la foulée un clip sur Sheikh Zayed Road, au volant d'une Porsche blanche décapotable de location, suivi d'un convoi de Rolls-Royce, de Mercedes et de Lamborghini immaculées, simplement griffées du nom de son label Omerta étalé en larges lettres sur les capots. « Plus j'avance, plus je deviens

177. Rapport de synthèse du service départemental de police judiciaire de Seine-Saint-Denis, du 30 décembre 2022.

méchant (…) J'appuie trois fois sur la gâchette, clic, clic, clic. On va parler d'toi à l'imparfait [178] », chante l'artiste, qui se filme en train de dépenser sans compter dans les boutiques Richard Mille, Fendi et Louis Vuitton de Dubaï Mall. Ce titre, il le dédie à Batzo.

* * *

Le deuil n'atténue ni ses envies de vengeance, ni sa consommation frénétique. Tout en se préparant à la « guerre », Maes veut se constituer un patrimoine pour son épouse et leurs enfants, en cas de chute sur le champ de bataille. S'il préfère continuer à louer sa villa, il a aussi investi dans l'immobilier au Maroc et en France pour sa mère. À Dubaï, il a acheté en mars 2023 un petit appartement sur plan dans le projet résidentiel haut de gamme, Levanto by ORO24, à Jumeirah Village Circle. Ce même mois, le rappeur de Sevran sortait son troisième album, *Omerta*. Invité à l'émission *Planète Rap* de Skyrock, il s'est rendu dans les studios parisiens sous haute protection, nerveux et inquiet. Il a exigé d'enregistrer le programme en différé, avant la diffusion, par précaution. Dans la foulée, il a remis son gilet pare-balles pour s'offrir une furtive déambulation dans les rues de Paris. Chacun de ses déplacements est millimétré, les périmètres sécurisés, les voitures souvent changées. Il sait que ses ennemis le traquent sans relâche. Les maîtres du quartier des Beaudottes et des environs savent prendre leur temps. Le prix du pardon, de la sécurité aussi, ils l'ont fixé à un « lourd », soit un million d'euros, et 50 % des revenus de sa musique, selon les dires de Maes [179]. Cette proposition, formulée par

178. Maes, « Galactic », Omerta, 2023.

179. Audition de Maes réalisée en visioconférence depuis Dubaï avec une capitaine du service départemental de police judiciaire de Seine Saint-Denis le 27 février 2023.

une connaissance utilisée comme intermédiaire, était censée lui garantir la paix et la sécurité. Il l'a refusée. De retour à Dubaï après son escapade parisienne, l'artiste a cette fois d'autres idées en tête que de fréquenter des influenceuses et dépenser toujours davantage dans les boutiques de luxe. La police soupçonne que, par messagerie cryptée, il ait pris attache avec une équipe de tueurs à gages de Seine-Saint-Denis. Le fameux Bigor et l'un de ses associés, avec qui il régente des points de deal dans les cités des anciennes Beaudottes et du Gros Saule, seraient désignés comme les cibles à éliminer. Pour ce « contrat », l'artiste proposerait 150 000 euros [180].

À Dubaï, Maes se met à naviguer dans les eaux troubles de la grande criminalité internationale. Sans oublier le business. Le rappeur a pris soin de développer sa propre marque de vêtements, à l'esthétique évidemment sombre. Il écoule des maillots de boxe et des hoodies griffés du nom de son label, avec trois têtes cagoulées en guise de logo. Sur l'un de ses sites de vente de vêtements en ligne dont le P.-D.G. d'Universal Music France, Olivier Nusse, est directeur de publication [181], l'artiste propose ses collections « Balles », illustrée par trois cartouches de calibre, et « Cagoule ». Sur une autre plateforme gérée par son label, il commercialise des T-shirts et pulls siglés « Mocro Mafia », du nom du sanguinaire cartel belge et néerlandais, originaire du Maroc. L'un de ses chefs a été extradé de Dubaï en 2019 tout comme, cinq ans plus tard, son fils aîné et héritier. Le méga-gang est spécialisé dans l'importation et la revente de cocaïne en gros, les kidnappings et la torture, les meurtres

180. Note de renseignement de la section de recherches de la gendarmerie du 14 décembre 2023. À ce stade, Maes n'a toujours pas été entendu par la justice française. Il n'a pas été condamné et reste présumé innocent.

181. Mentions légales du site maes-store.fr. Interrogé à ce sujet, Universal Music France n'a pas souhaité réagir.

de sang-froid du moindre ennemi et même les assassinats d'un journaliste et d'un avocat. Avec comme bande-son le rap d'artistes néérlandais produits par El Chapo, un label lié à l'organisation criminelle. Coupé de sa ville de Sevran et en quête de nouvelles sources d'inspiration mais, aussi, d'éventuels protecteurs, Maes commence à discrètement frayer avec des rappeurs de cet écosystème qui viennent se mettre au vert, tourner des clips à gros budget et parler de vive voix avec leurs donneurs d'ordre. Fasciné par la découverte de cet univers, il se met à chanter la Mocro Maffia et à se créer un nouveau personnage encore plus violent, plus « marocain » aussi et absolument globalisé. Son ami Werenoi n'est alors pas insensible à cette influence. « Tu m'as vu à Dubaï en terrasse avec des gros bonnets de la Mocro [182] », chante-t-il avec Lacrim.

Maes s'offre sa nouvelle immersion fictionnelle, sa manière à lui d'échapper à l'angoisse du réel. En France, le rappeur est rattrapé par une vieille affaire de violences en réunion contre un homme qui garait sa voiture, peu avant minuit, le 14 septembre 2018 à la sortie d'un studio d'enregistrement parisien [183]. Ayant refusé à deux reprises de se présenter à l'audience qui se tient à Paris, il se retrouve cinq ans plus tard visé par un mandat d'arrêt. Dans le même temps, aux Beaudottes et à l'entour, les gamins partent prématurément derrière les barreaux ou dans la tombe, criblés de balles. Le spectre de Maes plane de plus en plus sur cette spirale de violence meurtrière. Au point que les langues se délient peu à peu et que son dessein de vengeance commence à s'ébruiter. Lui-même s'en ouvre auprès d'autres

---

182. Werenoi et Lacrim, « Nos labels c'est du papel », Carré, 2023.

183. Le rappeur a été renvoyé le 24 mai 2021 devant le tribunal correctionnel de Paris pour être jugé pour « violence aggravée par deux circonstances suivie d'incapacité n'excédant pas huit jours ». Il a été condamné en son absence à dix mois de prison par le tribunal judiciaire de Paris le 5 juin 2024.

artistes. Lorsque Werenoi ou Gims lui rendent visite à Dubaï, Maes fait calmement état de ses envies de représailles et livre même des bribes de ses plans. De Paris à Marseille, dans le petit milieu très renseigné des grands truands des cités, le rappeur de Sevran devient un sujet. D'autant qu'il se murmure qu'il contacte de plus en plus d'équipes de shooters sur les messageries cryptées, commettrait l'erreur d'écrire et même d'envoyer certaines de ses sollicitations par messages vocaux. Maes tente aussi de prendre attache avec des affiliés de la DZ Mafia qui ne donnent pas suite, privilégiant les bonnes relations avec les parrains de ses ennemis [184]. En revanche, son activisme finit par attirer l'attention des policiers qui s'intéressent sérieusement au rappeur, désormais plus que fortement suspecté de mettre des « contrats » sur ses cibles depuis sa villa familiale de Dubaï. Plusieurs enquêtes sont ouvertes par le parquet de Bobigny avant d'être transmises à la juridiction nationale de lutte contre le crime organisé. L'artiste se sait de plus en plus traqué. Il l'exprime sur son titre « Interpol ». Puis il provoque en glissant une référence aux tueurs à gages dans sa chanson « Hermès » : « 2024, j'leur mets GoPro pour faire le shooting [185] ». Jusque-là, sa carrière semblait épargnée voire servie par ses frasques. Jusque-là, c'était de la pure fiction. L'artiste et père de famille est désormais soupçonné d'avoir commandité des assassinats. Il coupe court à un projet de documentaire sur lui pour Netflix en remerciant l'équipe de tournage venue l'interviewer à qui il règle les billets de retour à Paris, craignant d'en avoir trop dit. À Dubaï, quelques proches restent à ses côtés, comme Kamel Tatouage. « Du sport, des omelettes » et des virées

184. Contacté à plusieurs reprises en direct et par le biais de son avocate, Maes n'a pas donné suite à nos sollicitations.

185. Maes, « Hermès », album *La vie continue*, 2024, Omerta Records et Universal Music France.

dans les dunes en buggy puissant du camp Aristo Desert. Affable et souriant, l'artiste pose encore sur les réseaux sociaux avec des clients prestigieux comme le fils du footballeur portugais Cristiano Ronaldo. Mais il ne fait plus illusion.

L'âme en peine, il n'a d'autre choix que d'annuler les concerts prévus en Europe dont l'Accor Arena à Paris, déjà reporté de février à décembre 2024. Ce grand show, il y tenait sans trop y croire. Par dépit, il avait même imaginé monter sur scène en hologramme, avant de réaliser que le contrat ne le permettait pas. Universal bataille avec Spotify qui l'a retiré de certaines playlists à la suite de sa condamnation en juin 2024 à dix mois de prison et 10 000 euros d'amende pour les violences en réunion commises six ans plus tôt contre l'homme garé sur un parking à Paris. *La vie continue*, son quatrième et dernier album, est vite certifié disque d'or mais le rappeur ne peut plus se produire en live. C'est depuis son téléphone qu'il pilote, dans le moindre détail, toute la réalisation du clip de sa chanson « Magie [186] », qui met en scène le parcours d'un shooter, de Bruxelles à Paris, où il commet son crime. « À ce moment-là, il est en mode joueur d'échecs et fait des plans à tiroirs pour faire tuer des membres de l'"équipe" ennemie. Il ne parle que de ça [187] », confie l'un de ses visiteurs, encore estomaqué. Sur les territoires numériques, il se remet à s'embrouiller sur X et à discuter sur les messageries cryptées. Il nourrit les administrateurs de groupes Telegram spécialisés dans l'actualité des conflits de cités, d'informations et d'extraits de procédures judiciaires confidentielles, pour nuire à des rivaux et mettre en danger ceux qui se montrent trop bavards avec la police [188].

186. Maes, « Magie », album *La vie continue*, 2024, Omerta Records et Universal Music France.

187. Entretien avec les auteurs, sous couvert d'anonymat.

188. Note (non datée) du ministère de l'Intérieur intitulée « Les groupes de renseignement entre trafiquants ».

Les enquêteurs de la police judiciaire de Seine-Saint-Denis continuent dans le même temps à avancer dans le plus grand secret. Ils soupçonnent Maes d'avoir réactivé une « équipe » de la Cité blanche, à Sevran. Elle pourrait être derrière plusieurs assassinats, pensent-ils. Sous l'alias de « Renar » ou « Mario », le rappeur aurait participé activement aux préparatifs d'expéditions meurtrières sur un groupe Telegram dédié, baptisé « Top », avec « Faucon », qui endosse le rôle du logisticien, ou un certain « John Wick », du nom du personnage hanté par la vengeance qu'incarne Keanu Reeves dans une série de films. Les membres de ce groupe de messagerie cryptée partagent des renseignements, glanés lors de véritables opérations de surveillance des cibles issues des anciennes Beaudottes, du Gros Saule et de la Cité Basse [189]. Bigor est toujours dans le viseur de ce commando, qui recense les véhicules utilisés et n'exclut pas d'y poser des balises. Avec une discipline et un professionnalisme quasi-militaires, les habitudes de « l'ennemi » sont patiemment étudiées, les stratégies d'élimination esquissées, le recours à certaines armes de guerre, jugées les plus appropriées, envisagé. Il y a toutefois un imprévu. À Paris, les enquêteurs analysent le téléphone d'un trentenaire contrôlé début juin 2024 à Sevran alors qu'il circulait dans la nuit à trottinette, visage cagoulé et mains gantées. Une banale patrouille l'a arrêté chemin du Marais-du-Souci, comme un présage [190]. L'individu s'est laissé contrôler sans opposer la moindre résistance. Sur lui, les policiers ont découvert un pistolet semi-automatique Glock au chargeur garni, prêt à l'emploi. L'exploitation de son téléphone permet aux policiers d'exhumer nombre de

189. Compte-rendu d'enquête menée par la sous-direction de la police judiciaire de Seine-Saint-Denis et consulté par les auteurs.

190. Le contrôle a eu lieu le 5 juin 2024, peu avant minuit. L'homme a été déféré et placé en détention provisoire.

conversations entre « Renar », « Faucon » et « John Wick ». Selon un document judiciaire de synthèse [191], ces éléments permettent de penser que Maes aurait « dirigé les opérations depuis Dubaï en fournissant des instructions précises et en désignant les cibles à abattre. Il finançait également cette organisation en opérant des virements bancaires au bénéfice de plusieurs de ses membres ». La justice le soupçonne aujourd'hui d'être derrière deux assassinats, commis respectivement les 3 mai et 14 juin 2024 [192].

« Je ne sais pas ce qui lui a pris. Il a voulu faire la guerre tout seul et a fait bosser des pieds nickelés, confie l'un de ses proches [193]. À la base, c'est un mec gentil, intelligent et super drôle. Moi je pense qu'il s'est dit : j'ai trois millions, j'en prends deux pour moi et un pour faire la guerre. » Cet été 2024, peu après l'arrestation de ce « soldat » à trottinette, l'artiste fait venir au Maroc l'équipe du *DVM Show*, une émission de rap qui fait florès sur la plateforme de streaming Twitch. Il enregistre plus de deux heures d'interview entrecoupées de reprises de ses morceaux, dans une maison avec piscine louée pour l'occasion. « Je suis en paix avec moi-même », répond Maes aux trois animateurs qui ignorent tout de ses plans en cours. Il passe une partie de l'été au Maroc et foule une dernière fois le sol européen pour un showcase à Barcelone [194]. Les autorités judiciaires françaises, qui ont délivré en toute discrétion un mandat d'arrêt européen, n'avaient pas repéré cet événement.

---

191. Document consulté par les auteurs.

192. L'avocate de Maes, maître Diane de Condé, précise que l'artiste « n'est mis en examen dans aucune procédure à ce jour ». À ce stade, Maes n'a toujours pas été entendu par la justice française. Il n'a pas été condamné et reste présumé innocent. De son côté, Universal Music France se refuse à tout commentaire.

193. Entretien avec les auteurs d'une source de premier plan ayant requis l'anonymat.

194. Le 14 juillet 2024, à l'Opium Barcelona.

Maes échappe à la prison mais six mois plus tard, à Dubaï, les indiscrétions de la rue lui apprennent qu'il fait désormais l'objet d'une notice rouge d'Interpol. Elle a effectivement été émise le 18 décembre 2024 à la demande de la France, mais n'a pas été rendue publique. À l'aube d'une visite du ministre de la Justice, Gérald Darmanin, à Abu Dhabi et Dubaï, l'artiste craint l'extradition. Le nouveau garde des Sceaux s'apprête à rencontrer son homologue et des acteurs clés des milieux sécuritaires émiratis pour évoquer le renforcement de la délicate coopération judiciaire. Jusqu'ici, les demandes d'extradition émises par les Français se sont le plus souvent heurtées à des fins de non-recevoir. En coulisses, les hauts responsables de la police et de la justice françaises n'hésitent pas à parler de « corruption » au sein de l'administration émiratie. Cette fois, Gérald Darmanin souhaite obtenir des actes concrets. Il prévoit de remettre une liste de vingt-sept Français établis à Dubaï et réclamés par les autorités. Des habitués du Café de Paris, notamment, comme Walid Georgey, Maes à la scène, figurent en bonne position sur ce document confidentiel.

Manifestement informé des préparatifs du déplacement du ministre, pourtant resté secret, le rappeur affine la logistique de son plan de fuite. Le 10 janvier, il célèbre son trentième anniversaire en famille, avec une poignée d'amis. Il n'a pas fait état de sa décision de prendre le large, refusant la fatalité de l'extradition. Pour quitter les Émirats arabes unis dans la clandestinité, les hors-la-loi ont l'habitude de payer cher pour se faufiler à bord de navires commerciaux vers l'Inde, l'Iran, le Kenya, ou de corrompre des hauts responsables à l'aéroport de Dubaï afin d'embarquer sans laisser de traces sur des vols commerciaux ou de jets privés. Le rappeur a choisi de s'évader par la route, sans son épouse et leurs enfants. Deux jours avant l'arrivée de Gérald Darmanin, ce samedi 18 janvier 2025, Sheikh Zayed Road sert de décor au dernier acte de la vie d'artiste en liberté de

Maes. Par la fenêtre de la voiture qui le transporte, défilent les buildings d'une ville jamais assoupie, puis un désert pierreux ouvre sur les eaux turquoise du golfe d'Oman. Le passeur gère sans anicroche le franchissement de la frontière avec Oman contre quelques milliers de dirhams, pour éviter le signalement à Interpol. L'artiste continue sa route, sans encombre, jusqu'à la capitale du sultanat, Mascate, où il rallie l'aéroport international. Il s'y engouffre dans le confort d'un luxueux jet privé spécialement affrété pour l'occasion, direction Le Caire, d'où il redécolle pour le Maroc. Maes y a acquis la nationalité une dizaine d'années plus tôt et prévoit de s'y reposer, faire venir sa famille, mais aussi de résoudre une bonne fois pour toute ses problèmes.

Pour ce faire, il compte s'entretenir avec Malsain en vue de négocier avec lui une protection, voire une médiation avec les « grands » des Beaudottes, à défaut d'un plan d'éliminations ciblées. À l'aéroport de Casablanca où il débarque le 22 janvier, Maes comprend immédiatement que son grand voyage clandestin touche à sa fin : des membres des forces de sécurité royales et des agents en civil se dirigent calmement vers lui. Son dernier coup de téléphone, il le réserve à Gims, pour l'informer de son arrestation et lui demander d'activer son réseau haut placé au Maroc pour intervenir en sa faveur. Les motifs de l'arrestation sont flous mais pourraient être liés à des faits commis sur le territoire marocain ainsi qu'à des liens avec une nébuleuse criminelle suspectée entre autres de trafic d'armes à Tanger, la grande ville du Nord. Recherché activement par les autorités françaises, signalé par Interpol aux polices du monde entier, le rappeur de Sevran se retrouve cerné. Il est transféré à Tanger, où un magistrat le place en détention provisoire. Il reçoit rapidement la visite de policiers français qui l'interrogent. Les conditions d'incarcération sont rudes. Maes ne bénéficie pas tout de suite des privilèges accordés aux détenus VIP, et son frère Adam peine à choisir un avocat marocain de confiance pour organiser sa défense. L'épouse de l'artiste reçoit de courts appels téléphoniques, lui fait entendre la voix de ses enfants. Dans le cadre de la coopération judiciaire avec la France, des policiers émiratis se déplacent à leur domicile de Dubaï pour notifier, fin février 2025, le gel du compte bancaire du label Omerta. À Marrakech, Gims ne se mobilise pas pour Maes. À Dubaï, il tourne début mai un clip avec Werenoi, dans une ambiance détendue. Ce sera l'un des derniers tournages du rappeur de Montreuil, avec lequel Maes prévoyait d'enregistrer un album commun. L'alliance devait consacrer une forme de puissance renouvelée du 93, vivier historique de talents. L'opus ne sortira jamais.

13

Les diplomates

Dans le confort d'un jet privé, Gims observe, à travers le hublot, la canopée de la forêt tropicale percée par le puissant fleuve Congo. À chaque approche de Kinshasa, le spectacle de la nature saisit par sa beauté, avant la plongée dans un océan de béton et de tôle noyé dans un halo de pollution. En ce tout début de mois d'août 2023, la star, venue avec deux de ses frères et leur père, a droit à tous les égards. Sur le tarmac de l'aéroport international de N'Djili, une berline les attend pour les déposer au salon VIP, où quelques notables et autant de hauts responsables viennent saluer respectueusement la famille. C'est à bord d'un 4 × 4 rutilant que Gims et les siens prennent la route du centre-ville, à une vingtaine de kilomètres, sous escorte d'un convoi digne d'un chef d'État.

Sur le boulevard Lumumba bordé de quartiers populeux, les vendeurs à la sauvette, les enfants des rues et les petits voleurs à l'affût des fenêtres ouvertes s'activent entre les véhicules figés dans les embouteillages. Tous sont écartés par les motards de la police et les pick-up chargés de militaires sur le qui-vive. Le cortège du prodige congolais du rap français peut se frayer un passage. À peine est-il reconnu derrière les vitres teintées que le peuple des faubourgs se met à l'acclamer, à courir sur le bitume surchauffé. Après la place de la gare centrale, la route creusée d'ornières se transforme en une avenue rectiligne, le boulevard du 30-Juin, date de l'indépendance conquise en 1960 sur la couronne belge. Les bidonvilles laissent place aux tours modernes, parfois un peu décaties, aux résidences cossues et sécurisées. C'est la commune de La Gombe, celle des bourgeois, des affairistes, des politiciens et des expatriés. Ces gens-là paient en dollars et s'offrent tout ou presque, à commencer par de l'électricité, si rare ailleurs. Dans cette enclave de moins de 30 kilomètres carrés se concentrent toutes les vanités, les pouvoirs et les intrigues des privilégiés de la mégalopole qui grandit si vite que nul ne sait au juste si elle accueille dix-sept ou vingt millions d'âmes. Gims et sa famille s'installent dans les suites de l'hôtel Kin Plaza Arjaan, un établissement chic et moderne.

* * *

Ces dernières années, il revient souvent dans la chaotique capitale congolaise dont il apprécie la vibration si particulière, mélange d'énergie, de résilience populaire, de faste décomplexé. Il y est né en 1986 et l'a quittée deux ans plus tard, du temps où Mobutu Sese Seko régnait d'une main de fer sur l'un des plus vastes pays d'Afrique subsaharienne, alors rebaptisé Zaïre [195]. Son père, Djuna Djanana, brillait sur scène comme chanteur de rumba dans des groupes mythiques dont Viva La Musica, du légendaire Papa Wemba [196]. Après avoir osé émettre des critiques à

195. La République démocratique du Congo s'appelait Zaïre de 1971 à 1997, année marquée par le renversement de Mobutu Sese Seko – exilé au Maroc – par un mouvement rebelle venu de l'est qui installe Laurent-Désiré Kabila au pouvoir.

196. « Le roi de la rumba congolaise » est mort le 24 avril 2016 à Abidjan alors qu'il se produisait sur la scène du Festival des musiques urbaines d'Anoumabo (Femua).

l'encontre du pouvoir, il a pris un aller simple pour Paris avec son épouse et deux de leurs enfants. Mais Gims a grandi sans ce père artiste, qui s'est évaporé presque aussitôt arrivé en France. Sans papiers ni domicile fixe non plus, errant dans les foyers, la rue et les squats insalubres, il a connu la misère et comprend la douleur des malheureux qui encombrent les trottoirs cabossés de « Kin la belle ». Parti de rien, il mène à présent grand train et résiste rarement à la satisfaction de le faire savoir sur les réseaux sociaux, avec une indifférence assumée au qu'en dira-t-on. En France, il n'a toujours pas pu acquérir la nationalité, demandée à plusieurs reprises, malgré son statut de personnalité parmi les plus populaires, les plus streamées aussi [197]. Il a écoulé des millions d'albums, rempli le Stade de France et s'amuse de voir les équipes d'Emmanuel Macron le solliciter avec insistance, tout en se méfiant de son penchant pour le luxe.

Au Congo, on ne conspue par les riches, on les admire. Ils s'affichent même lorsqu'ils ne le sont pas vraiment, et ceux qui ne se prêtent pas à cette surenchère peuvent sembler parfois suspects. Gims applique cette règle à la lettre, toujours chic en diable. Palaces, voitures haut de gamme, vêtements de grandes maisons, créations de joailliers et horlogers de prestige. À Kinshasa, cet apparat rehausse encore la stature de son personnage et assoit sa réputation. Comme dans les autres grandes villes d'Afrique francophone, sa voix de baryton s'échappe des enceintes rafistolées qui crachent ses tubes un peu partout dans les ruelles. Ses couplets ponctués d'histoires de sape, de séduction et de bling font rêver les indigents et danser l'élite dans les clubs huppés de La Gombe, sous des flots de champagne. Mais plus de

197. Gims s'est vu refuser la nationalité française à au moins deux reprises. Sa première demande date de 2013. Interrogé à ce sujet, l'artiste n'a pas souhaité réagir.

2 500 kilomètres à l'est, dans des collines verdoyantes ensanglantées par trois décennies de conflits, la guerre a repris au début de l'année 2022 et charrie depuis son lot d'atrocités, ses dizaines de milliers de morts et ses millions de déplacés.

* * *

Gims suit de près la situation et cherche à user de son influence pour sensibiliser à la tragédie en cours aux confins de la province désolée du Nord-Kivu. L'armée congolaise, aidée de groupes armés locaux et de mercenaires européens, souvent d'origine roumaine [198], enchaîne les défaites face aux rebelles disciplinés du M23, qui occupent une partie sans cesse plus étendue du territoire. Ce mouvement politico-militaire bénéficie du soutien du Rwanda voisin, dirigé par Paul Kagame, chef d'État autoritaire et pragmatique visionnaire, aussi adulé que craint par son peuple et abhorré par la majorité des Congolais pour sa puissance déstabilisatrice. « Kagame rime avec croix gammée », ose Gims dans son morceau « Thémistocle [199] ». Il va le chanter dans quelques jours sur l'esplanade du Palais du peuple pour son premier grand concert à Kinshasa, où s'achèvent les IXe Jeux de la Francophonie. Sa dernière prestation en ville remonte à 2017, dans un club privé de La Gombe. Elle n'avait pas laissé un très bon souvenir, trop courte et peu habitée par l'artiste. Cette fois, le show se doit d'être parfait, à la fois grandiose et populaire. C'est une requête du président congolais Félix Tshisekedi. Et qu'importe si son

198. Olivier Liffran et Joan Tilouine, « Les discrets prestataires privés au service de l'armée congolaise dans l'Est », *Africa Intelligence*, 6 janvier 2023.

199. Gims, « Thémistocle », album *Les Dernières Volontés de Mozart*, TF1 Musique et Play Two, 2022.

gouvernement a jugé gourmandes les prétentions financières de Gims pour sa prestation scénique : 200 000 euros environ. Sonné et affaibli par les progressions du M23, Tshisekedi carbonise déjà des milliards de dollars dans l'effort de guerre, dont une part significative est détournée par son entourage et des courtiers en armement crapuleux[200]. Aussi tient-il à ce méga-concert qu'il envisage comme une occasion unique de montrer au monde la dignité congolaise et d'amplifier ses messages contre son ennemi rwandais. La musique, au Congo, est politique et Gims en est bien conscient. Tout comme le jeune ministre de la Communication, Patrick Muyaya, dont il est proche, qui lui rend visite dans sa suite pour le briefer sur la stratégie d'influence du gouvernement, pensée comme complémentaire à l'option militaire apparemment vouée à l'échec et à une diplomatie à la peine. Là où la voix des hommes en costume finit par être inaudible ou discréditée dans les instances internationales et les médias occidentaux, celle de la star compte et porte. Ce show s'intègre donc aussi dans une opération de *soft power* pensée au plus haut sommet de l'État par les responsables politiques congolais. Samedi 5 août 2023, aux environs de 21 h 30, Gims surgit sur la grande scène aménagée pour l'occasion sur l'esplanade du Palais du peuple, acclamé par un public en liesse. Vêtu d'un ensemble Louis Vuitton, le visage barré d'épaisses lunettes noires, la star joue ses plus grands tubes et ceux de son ancien groupe, Sexion d'Assaut, devant des dizaines de milliers de personnes et des millions d'autres en ligne. Drapé dans l'étendard du pays, il enflamme Kinshasa. Le visage

200. Selon les informations des auteurs, les dépenses de « l'effort de guerre » de la République démocratique du Congo contre le M23 s'élevaient à plus de 4 milliards de dollars entre juin 2022 et février 2025. Plusieurs hauts responsables militaires ont été arrêtés pour des soupçons de détournements de ces fonds.

souriant du président Tshisekedi s'affiche sur l'écran géant lorsqu'il entame son titre « Thémistocle », qui assimile le président du Rwanda voisin au symbole du nazisme. « Restons positifs, le Congo est en train de changer, l'Afrique change », prêche la star avant de se retirer. Le lendemain, Gims est reçu par le chef de l'État [201]. Les deux hommes s'apprécient sincèrement. Il leur arrive d'échanger par téléphone à la nuit tombée et ils se voient dès qu'ils le peuvent, parfois juste pour regarder jouer leur équipe favorite, le Paris Saint-Germain, sous contrat de sponsoring avec le Rwanda. L'artiste lui avait offert l'une de ses montres Audemars Piguet en or blanc sertie de diamants après son concert pour le Congo lors de l'Expo Dubaï 2020. Deux ans plus tard, à Kinshasa, le président a remis à Gims et à son frère cadet Dadju des passeports diplomatiques avec le statut d'ambassadeurs de la rumba congolaise, fraîchement inscrite par l'Unesco sur la liste du patrimoine culturel immatériel de l'humanité. Leur mission consiste à promouvoir le pays partout dans le monde et à attirer des investisseurs dans le domaine de la culture, entre autres. Musique, business et politique… Gims raffole de ce mélange d'art, d'argent et de pouvoir. Comme si son succès inouï ne lui suffisait plus, il s'est lancé dans une conquête des palais d'Afrique francophone.

* * *

Une nouvelle génération de rappeurs afrodescendants a découvert que, sur le continent des parents, leur réussite permettait d'obtenir ce qu'ils n'auront peut-être jamais en France. Du cash, certes, mais surtout la considération des

---

201. Interrogée par les auteurs, la présidence congolaise considère « Gims comme une fierté nationale […] et un digne défenseur du pays et de sa culture ».

puissants, le succès d'une quête de sens conjuguée à celle des origines et au sentiment de servir un continent encore trop souvent méprisé. Plus que n'importe quel autre artiste de la diaspora africaine, Gims a compris le rôle qu'il pouvait jouer dans cette partie. Son odyssée africaine commence véritablement en 2019, lorsqu'il s'établit en famille au royaume du Maroc. Il y acquiert une propriété de plus d'un hectare, lovée dans la palmeraie de Marrakech, une somptueuse demeure de style mauresque agrémentée d'une immense piscine, d'un spa, de salles de sport et de cinéma. Un petit palais dans lequel il reçoit les siens. Tous les visiteurs sont subjugués par le faste du lieu. Parmi ses voisins, on compte des descendants de sultans, de richissimes hommes d'affaires marocains ou étrangers, des conseillers de chefs d'État d'Afrique subsaharienne, des célébrités.

Au printemps de cette même année 2019, en région parisienne, son père Djuna Djanana, avec qui il a renoué, a été agressé à son domicile en présence de Dadju [202]. Cinq petits voyous ont frappé le sexagénaire, qu'ils ont en vain tenté de racketter [203]. L'épisode a renforcé la conviction du rappeur : il était temps de quitter la France. Las de ses tracas avec le fisc et une administration qui lui refuse la nationalité, Gims se place sous la protection du souverain Mohammed VI, certain qu'un tel patronage le mettra hors d'atteinte de ceux qui abusent de lui. La star, convertie à l'islam quinze ans plus tôt, admire ce roi puissant, spirituel, riche à milliards et jet-setteur fêtard. Il l'avait rencontré deux ans plus tôt à une soirée du réveillon du Nouvel An 2017 au Maroc et il lui est arrivé de le croiser depuis, au Gabon. À peine établi à Marrakech, Gims s'est démené

---

202. L'agression a eu lieu le 5 mai 2019 à Villeneuve-La-Garenne (Hauts-de-Seine).

203. Marjorie Lenhardt, « Hauts-de-Seine : le père de Maître Gims a été agressé chez lui », *Le Parisien*, 10 mai 2019.

pour s'en rapprocher. Non sans un certain succès, du moins en apparence. Le voilà même convié à une soirée royale plutôt confidentielle. Avant la pandémie du Covid-19, Mohammed VI aimait bien célébrer Halloween en compagnie d'invités prestigieux, dont quelques esthètes extravertis et des artistes qu'il apprécie et qui le divertissent. Honoré d'en être, Gims s'émerveille du décor tout en raffinement du palais royal blotti dans un jardin luxuriant. Il s'adapte tant bien que mal aux bavardages superficiels avec des patriciens aux manières délicates, des dandys volontiers décadents, des mondains fins et brillants dont le bon goût tranche avec les manières des nouveaux riches. Littéralement vampé par ce chef de l'État original, descendant du prophète et pourtant flambeur décontracté aux moyens illimités, il découvre peu à peu un échantillon des relations personnelles du monarque, parmi lesquelles le judoka Teddy Riner, des combattants de MMA au passé trouble [204], des ministres français comme Rachida Dati, des membres de familles royales du Golfe ou l'entourage de présidents africains, des marchands d'art, des milliardaires venus du monde entier. À Marrakech, il savoure cette vie menée à grand train, celle de la *high society* internationale, sûr de son charisme, de son succès et d'une bonne étoile qui veille sur sa destinée. En ville, ceux qui comptent – donc aussi les cadres des services de sécurité – n'ignorent plus que Gims bénéficie dorénavant d'un accès, certes encore relativement limité, au roi, avec qui il échange de temps à autre par SMS. Malgré ses efforts pour resserrer encore ses liens avec « M6 », il ne fait pourtant pas partie de son entourage proche. Les policiers ne le contrôlent plus sur la route et le saluent d'un sourire. « Sous le haut patronage de Sa Majesté », tout est possible au Maroc, ou

204. Nicolas Pelham, « The mystery of Morocco's missing king », *The Economist – 1843 Magazine*, 14 avril 2023.

presque. Gims n'en abuse pas et sait se montrer respectueux de son hôte. Il offre des concerts gratuits sur la célèbre place Jemma el-Fna et rend systématiquement hommage au monarque, comme il se doit. « Il est accueilli et choyé aussi parce qu'il peut servir la politique africaine du Maroc et notre image, confie l'un des conseillers de Mohamed VI [205]. Le show-business, la musique, le rap sont aussi des réseaux de pouvoir et ça, Sa Majesté l'a compris. » La star congolaise domicilie à Marrakech certaines de ses sociétés, dont Gérante Rouge, qui détient les droits sur la plupart de ses titres. La fiscalité avantageuse du Maroc a aussi motivé Dadju, qui a rejoint son frère, lui aussi stimulé par les perspectives d'affaires profitables. Ils ne sont pas les seuls artistes du rap français à céder aux sirènes du business à la mode marocaine. Après avoir un temps domicilié plusieurs de ses sociétés à l'île Maurice, Niska, le célèbre rappeur du 91, est lui aussi devenu un résident fiscal du royaume en 2018. Et c'est à Marrakech qu'il a décidé d'implanter ses labels.

* * *

Avec des associés locaux, Gims se lance d'abord dans le business du lampadaire. Mais s'il tisse patiemment son réseau en Afrique, il peine encore à décrocher des contrats pour l'éclairage public [206]. Ses tournées se succèdent d'ailleurs à un rythme effréné, des capitales européennes à Dubaï en passant par l'Amérique du Nord et l'Afrique. Dans une même nuit, il lui arrive de remplir un Zénith en France puis d'enchaîner sur un ou deux showcases à

205. Entretien avec les auteurs, le 12 mai 2025.

206. En partenariat avec le groupe marocain Lamalif, dirigé par Moulay Lakbir Alaoui Ismaili, le projet annoncé en 2019 a fait long feu.

quelques dizaines de milliers d'euros dans des clubs de province. Cette existence jet-laguée, de jet privé en van Mercedes Viano, de concerts dans des Arena à d'autres dans des salles plus modestes génère, certes, des millions d'euros de revenus. Mais elle épuise et peut parfois lasser. De retour à Marrakech, Gims dort, prie, coule un paisible mois de ramadan sans aucun concert ni interview, dépense de manière frénétique et profite de sa famille.

Sa routine va être bouleversée par l'irruption d'un jeune Mauritanien plein d'aplomb, qui demande à le rencontrer par l'intermédiaire de Brahim, l'un de ses plus efficaces tourneurs en Europe. L'homme s'appelle Malick Limam Chafi, il termine ses études de commerce à Barcelone et prétend disposer d'accès privilégiés à la famille régnante du Qatar. L'émirat organise la Coupe du monde de football 2022 et l'étudiant veut proposer Gims en vedette pour cet événement planétaire. Brahim est d'abord réticent à l'idée de faciliter un entretien entre « sa » star et ce jeune Mauritanien sans aucune référence dans l'industrie. Il craint d'avoir affaire à l'un de ces bonimenteurs dont regorge le milieu de la musique. Via son réseau africain naissant, Gims se renseigne : le père du jeune homme n'est pas n'importe qui. C'est Mustapha Ould Limam Chafi, ancien conseiller spécial du président du Burkina Faso, une fonction qu'il a également remplie auprès de celui du Niger[207]. Cet homme de l'ombre a toujours évolué à la confluence du monde des affaires, du renseignement et des négociations délicates avec des chefs d'État comme avec des « émirs » djihadistes du Sahel pour obtenir la libération d'otages

207. À compter des années 1990, il a conseillé le président burkinabé Blaise Compaoré, au pouvoir de 1987 jusqu'à sa démission en 2014 à l'issue d'un vaste soulèvement populaire. Puis il a été nommé en 2021 conseiller spécial du président du Niger, Mohamed Bazoum, renversé par un coup d'État militaire en juillet 2023 et depuis retenu en otage avec son épouse dans sa résidence à Niamey.

européens. En lien étroit avec les services secrets marocains, français et ouest-africains, ce notable ultraconnecté a aussi récemment élargi son champ d'action au Qatar. Il aide l'émirat à se déployer en Afrique, distillant ses vues et analyses toujours très informées sur des dossiers d'importance pour le continent. Intrigué, Gims consent à rencontrer son fils.

Rendez-vous est fixé à Marrakech, dans le sublime palais d'un riche homme d'affaires mauritanien où Chafi père et fils accueillent Gims et son tourneur. Autour d'un thé bien sucré, la conversation est plaisante et détendue lorsque, sans prévenir, Mustapha Ould Limam Chafi reçoit un appel et se met à parler à haute voix, en langue arabe. Puis il active la visio et invite Gims à saluer le visage au nez aquilin et à l'œil perçant qui s'affiche sur l'écran. C'est Hassan Al Thawadi, le tout-puissant secrétaire général du comité d'organisation de la Coupe du monde de football 2022, qui lui répond dans un impeccable français. En quelques secondes, la réunion bascule et l'artiste commence à sérieusement y croire. Elle se conclut sur une invitation très officielle à se rendre sur place, en classe affaires, évidemment sur Qatar Airways. Gims et Brahim n'ont même pas le temps d'en revenir : les voici déjà sur le départ pour Doha avec les Chafi.

Le quatuor va passer des heures dans d'immenses salons climatisés, à fumer la chicha et à siroter des quantités astronomiques de thé en compagnie de Hassan Al Thawadi et d'autres personnalités de la cour royale. L'artiste fait même la connaissance d'une sœur de l'émir, qui lui confie être une fan de longue date. Sa prestation lors de la Coupe du monde se confirme : préfère-t-il la cérémonie d'ouverture ou celle de clôture ? Va pour la seconde. Gims décroche enfin le show dont il n'osait même pas rêver, retransmis sur les télévisions du monde entier et suivi par plus d'un milliard de personnes. Juste avant la finale opposant la France et l'Argentine au Lusail Iconic Stadium, il apparaît sur scène[208], salue la star de l'afropop nigériane Davido et entonne avec le chanteur portoricain Ozuna l'un des hymnes de la compétition, « Arhbo ». Un titre, un clip, une quinzaine de minutes de prestation, un peu plus d'un million d'euros de cachet et une ribambelle de cadeaux de grande valeur : son plus beau coup.

Cette consécration planétaire va conforter Gims dans son dessein de se constituer un véritable entregent en Afrique, un continent où une banale rencontre avec un jeune étudiant suffit parfois à ouvrir les portes d'un autre monde, globalisé, tourné vers le Sud et sans complexe à l'égard de l'Occident. À Doha, le rappeur a changé de dimension. Un conte de fées qu'il doit à deux Mauritaniens ignorant tout des arcanes de l'industrie musicale.

* * *

Désormais, à chaque déplacement dans une capitale africaine, le « diplomate culturel » congolais active son réseau pour mieux l'étendre, toujours à l'affût de nouvelles relations avec ceux qui comptent. En Côte d'Ivoire, où il prend toujours plaisir à séjourner, il démarche lui-même la première dame pour solliciter une audience. Dominique Ouattara n'est pas surprise, mais tout de même intriguée par cet intérêt. L'élégante blonde franco-ivoirienne n'aime rien tant que fréquenter les personnalités les plus en vue du monde du sport et de la culture, avec un faible pour les artistes de cinéma, les musiciens et les stylistes, son propre réseau. Bien loin des cercles d'amitiés politiques françaises entretenues par le couple présidentiel ivoirien qu'elle forme avec Alassane Ouattara, au centre duquel on trouve Nicolas Sarkozy et ses dernières épouses, Cécilia Attias puis Carla Bruni – avec qui Gims a collaboré et même partagé la scène

208. Concert donné le 18 décembre 2022.

à plusieurs reprises. Avec un art savamment dosé du pas de côté, Dominique Ouattara soigne cette image glamour, presque transgressive compte tenu des fonctions de son mari. En se renseignant sur Gims, elle apprend qu'il avait produit à compter de 2014 la légende ivoirienne du coupé-décalé Dj Arafat. La star congolaise avait aussi côtoyé son mentor, Hamed Bakayoko, issu des quartiers populaires avant de s'immiscer dans les plus hautes sphères du pouvoir ivoirien avec la bienveillance de la première dame. Cet infatigable noceur est même devenu Premier ministre d'Alassane Ouattara de juillet 2020 à sa mort d'un cancer foudroyant l'année suivante. Enfin, lui explique-t-on encore, Gims compte dans son équipe l'influent tourneur Charles Tabu, fils de la défunte icône de la rumba congolaise Tabu Ley Rochereau, frère du rappeur Youssoupha, établi à Abidjan, cousin de la rappeuse belge Shay et parent de l'aide de camp du président congolais Félix Tshisekedi. Bien connecté en Afrique francophone comme au Nigeria parmi les géants de l'afropop, à commencer par son ami Davido, le Franco-Congolais Charles Tabu se revendique fièrement comme un « petit » de feu Hamed Bakayoko qui a contribué à le former. Lui aussi connaît Dominique Ouattara qui, parfaitement renseignée sur les relations de Gims, accepte d'autant plus volontiers de lui accorder une audience dans sa résidence, pour un entretien sans autre objectif que d'élargir leurs carnets d'adresses respectifs.

« On s'est tout de suite bien entendus, se souvient avec enthousiasme la première dame de Côte d'Ivoire, qui reçoit dans ses bureaux du XVIe arrondissement de Paris [209]. J'apprécie sa musique et ce qu'il dégage. Et lui, aime beaucoup Abidjan où il m'a dit songer à déménager. J'ignorais qu'il avait beaucoup d'ennemis en France. On a tenté de me mettre en garde. Mais moi, je m'en fiche et je l'adore. »

---

209. Entretien avec les auteurs, le 31 mai 2024.

À la demande de Gims, qui lui a fait part de son souhait d'investir en Côte d'Ivoire, elle l'a ensuite mis en relation avec d'influents hommes d'affaires et industriels du pays. Mais aucun n'a donné suite à ses demandes.

Ce n'est pas à Kinshasa ni à Abidjan que Gims a fini par investir mais bien à Marrakech, où il a lancé un important projet de construction d'un complexe immobilier de luxe, des villas autour d'un lagon artificiel inspiré des plus beaux établissements de Dubaï. L'ampleur de cet investissement est telle qu'il intéresse, en France, les limiers du service de renseignement financier, Tracfin, qui enquêtent en toute confidentialité pour vérifier l'origine des fonds du rappeur et de ses associés. Pas de quoi préoccuper pour autant les personnalités politiques de son réseau. Comme d'autres, Dominique Ouattara encourage d'ailleurs l'artiste à se diversifier. Elle l'appelle désormais « cher jeune frère » par texto, le retrouve avec plaisir à Paris, où elle a assisté à son hommage à Jean-Michel Basquiat à la Fondation Louis Vuitton en compagnie de Charles Tabu. En Côte d'Ivoire, elle l'a reçu en vacances dans sa résidence de bord de mer avec plage privée bordée de palmiers, à Assinie, un spot balnéaire fort prisé du gotha local. La première dame a également été sollicitée par Dadju, qu'elle a bien voulu rencontrer. Puis les frères ambassadeurs de la rumba congolaise ont accepté de se joindre en famille au dîner de gala de sa fondation philanthropique, un raout organisé tous les deux ans au Sofitel Ivoire [210]. Les stars ont chanté quelques titres devant un aréopage de personnalités, très occupées à savourer le menu composé par le chef étoilé français Pierre Gagnaire. Pour cette courte prestation, Gims n'a pu résister à la tentation de négocier un cachet. Ce qui a déplu à

210. La neuvième édition du gala de la fondation Children of Africa s'est tenue le 1er mars 2024 à Abidjan. Gims y a notamment chanté avec Carla Bruni venue avec Nicolas Sarkozy.

Dominique Ouattara, avant que tous deux ne dissipent ce malentendu.

Désormais, comme à Kinshasa et à Marrakech, l'artiste dispose à Abidjan de relais au plus haut niveau du pouvoir. Et son petit frère Dadju s'inscrit dans son sillage. Dans un style plus discret, il multiplie aussi les audiences avec des chefs d'État ouest-africains, a même été reçu par le général guinéen Mamadi Doumbouya à Conakry. Fin 2021, avec ses frères d'armes des forces spéciales, ce musculeux soldat d'élite âgé de 37 ans a renversé le président Alpha Condé à qui il a plus tard fini par concéder le droit de s'exiler en Turquie. Le putschiste s'impose depuis comme un chef de l'État autoritaire et libéral, attaché à préserver les relations avec la France sans pour autant rompre avec les officiers pro-russes qui ont conquis le pouvoir par la force au Mali et au Burkina Faso. Très peu porté sur les mondanités, le général Doumbouya s'affiche rarement avec des artistes étrangers. Encore moins avec des rappeurs, à l'exception de Gazo, nouvelle icône de la drill et d'origine guinéenne. Lui peut compter sur ce général-président qui l'a pris sous son aile et s'enquiert souvent de ses nouvelles. Sinon, Dadju est le seul à avoir décroché une audience, restée strictement confidentielle[211]. « On fait de l'étatique sans rentrer dans le politique[212] », résume Charles Tabu, avec un certain sens de la formule. Le quadra, aux faux airs de Kanye West, se définit comme un penseur autant qu'un self-made man décomplexé naviguant entre l'Afrique, l'Europe et le Brésil où il s'est récemment installé une partie de l'année. Il est l'un des artisans de cette conquête africaine. À sa manière, il la théorise. « Pour réussir en Afrique, il faut être populaire et validé par le bas. Ce qui n'est pas le cas de beaucoup de

211. L'entretien s'est tenu le 10 novembre 2022 au palais présidentiel, à Conakry.

212. Entretien avec les auteurs, le 17 janvier 2024.

rappeurs français car le rap dur est peu écouté en Afrique où le chant prime, analyse-t-il. La vraie puissance vient du peuple. Avec Gims, on a travaillé sur cet aspect-là. Aujourd'hui, ses tubes sont chantés dans les rues de toutes les capitales d'Afrique francophone et nous, on façonne une forme d'"African dream". Gims, Dadju et d'autres sont en quelque sorte des héros africains modernes. Et quand un artiste a le peuple avec lui, les dirigeants sont tôt ou tard obligés de lui parler. »

Avec la nouvelle génération de leaders comme avec les vieux présidents encore francophiles, la diplomatie du rap contemporain est avant tout pragmatique et opportuniste. En échange d'un vernis « cool » qu'ils procurent aux réseaux de pouvoir franco-africains, les rappeurs ne rechignent pas à se laisser instrumentaliser par ceux qu'ils servent. Booba se laissait autrefois inviter au Gabon par le clan Bongo et par l'homme d'affaires marocain Richard Attias pour une prestation à la cérémonie d'ouverture de la Coupe d'Afrique des nations 2017. Au Congo-Brazzaville, dirigé depuis plus de quarante ans par Denis Sassou-Nguesso, la diva franco-malienne Aya Nakamura s'est produite sur invitation de membres de la famille présidentielle[213]. Originaires de l'autre côté du fleuve Congo, Dadju et Gims ne se font pas prier pour chanter lors de mariages extravagants des petits-enfants gâtés du régime de Brazzaville, à la culture hype mondialisée. Ils ne négligent pas non plus les showcases facturés 100 000 euros aux géants pétroliers comme le français TotalEnergies et l'italien Eni, destinés à divertir les cadres dans la ville portuaire de Pointe-Noire.

Leur tourneur pour l'Afrique, le Franco-Malgache Nasser Goulamhoussen, prend du bon temps en jet-ski à Oyo, le

213. Le concert a été organisé par Issoa Anissa Sassou-Nguesso, une petite-fille du président du Congo-Brazzaville.

fief natal de Denis Sassou-Nguesso, avec qui il pose fièrement sur des photos. Surnommé Nasprod, du nom de sa société de management d'artistes, cet ancien courtier en montres de luxe à Lyon avait autrefois connu des déboires avec des gros voyous du coin. Juste avant la pandémie du Covid-19, il a plié bagages pour s'établir à Dubaï et s'enorgueillit de promouvoir un nouveau récit de l'Afrique à la condition d'être grassement payé et sans négliger, bien entendu, les vieux pouvoirs hérités de la « Françafrique » d'antan dont « Sassou » est un pur produit. Lui aussi collectionne les photos avec quelques chefs d'État africains, tels des trophées de chasse à l'argent et aux contacts de haut niveau. Trentenaire et millionnaire, il s'est immiscé dans certains palais présidentiels grâce à la musique. Il ne démarche plus seulement les dirigeants pour des concerts mais tente de décrocher des contrats dans le recyclage de déchets, le tourisme, l'immobilier. L'ambitieux s'essaye même à la diplomatie économique lorsqu'il tente de renforcer la relation entre Madagascar et les Émirats arabes unis, où il cherche à monétiser son entregent pour le compte de grands groupes de Dubaï et Abu Dhabi. Mais l'activité principale de Nasprod demeure l'organisation de tournées en Afrique, si complexes à mettre sur pied sans un réseau efficace au sein de l'élite politico-économique. Il est l'incontournable booker des rappeurs français sur le continent africain, en lien étroit avec Charles Tabu. Outre Gims et Dadju, ses amis et têtes d'affiche, il a eu à gérer les escapades africaines d'Aya Nakamura, Tiakola, Franglish et devait orchestrer celle de Werenoi comme de la plupart des stars attirées par le continent.

« Ils ont compris qu'on ne vit pas en brousse et qu'il y a du fric à faire. Les rappeurs français afrodescendants n'ont généralement pas de culture politique et se laissent facilement instrumentaliser par l'élite africaine mais ils s'en foutent, constate l'artiste sénégalais Didier Awadi, pionnier du rap ouest-africain militant[214]. Ils bercent les pouvoirs en place sans savoir à qui ils ont affaire ni comment est traitée la population. Et on ne peut pas le leur reprocher, car ils n'ont jamais été engagés et préfèrent détourner le regard des réalités. L'époque est globalement au bling et, dans les capitales africaines, les rappeurs français en trouvent bien plus qu'ailleurs. » Tous courtisent ainsi les nantis locaux et leurs enfants, pour la plupart riches à millions, sinon à milliards. Et qu'importe si ces fortunes ont été en partie bâties sur des détournements de fonds publics, la concussion, des marchés publics truqués et des contrats opaques avec des multinationales étrangères. Les soldats de l'Empire sont lancés à la conquête de nouveaux territoires d'influence.

214. Entretien avec les auteurs, le 4 mars 2025.

14

Les racines

Les tarmacs des aéroports d'Abidjan et de Cotonou n'ont jamais vu défiler autant de jets privés qu'en cette fin de mois de décembre 2024. Ces villes côtières d'Afrique de l'Ouest se sont imposées sur la carte du rap français avec deux nouveaux rendez-vous prisés par la jeunesse bourgeoise et branchée. On vient de Dubaï, de Paris, de Singapour, de Lagos ou des métropoles de la région pour assister au Mother Africa Festival, dans le quartier à la mode de Marcory Zone 4 à Abidjan et on continue la fête dans la capitale béninoise, où se tient le WeLovEya Festival. Depuis leurs premières éditions en 2022, ces « places to be » figurent à l'agenda de l'élite régionale et de stars de la musique urbaine française d'origine africaine. Parfois surnommés là-bas les « wesh », les rappeurs n'ont que faire des moqueries des locaux, amusés ou agacés par cette hype pour la terre des origines. Ils y encaissent des cachets bien supérieurs à ceux qu'ils perçoivent en France, exigent et obtiennent des voyages en jet, des hôtels cinq étoiles, des voitures de luxe. Ces événements, sur les rivages du golfe de Guinée, sont une aubaine pour des Gims, Dadju, Tiakola, Ninho, Aya Nakamura, Franglish dont les noms s'affichent en grand sur les programmes, aux côtés de ceux des étoiles de l'afropop nigériane comme Burna Boy, Davido, Wizkid et Omah Lay, dont la renommée et les cachets sont encore plus considérables. Ils y retrouvent aussi une foisonnante scène rap ivoirienne portée par de jeunes rappeurs tels que Didi B, un temps produit par Booba, Himra qui a collaboré avec Gazo ou encore Fior2Bior, un ami de Niska.

Au Mother Africa Festival, les prix varient de 15 euros la place à plus de 4 000 pour un salon VIP, et les rémunérations des artistes peuvent se compter en centaines de milliers d'euros, des tarifs assumés par les organisateurs. Il y a le Guinéen Fontaine Traoré, établi entre New York et Abidjan, initié à l'événementiel dans le milieu des nuits les plus sélects de la « Grosse Pomme ». En compagnie d'une légende des soirées chics new-yorkaises, Richie Akiva, à la tête d'un groupe de clubs ultra huppés, il a côtoyé certaines des plus grandes stars américaines et s'était fait une spécialité d'obtenir à la jeunesse dorée et décadente issue des grandes familles d'Afrique centrale un accès privilégié. Grâce à lui, quelques « filles et fils de » pouvaient côtoyer Jay-Z, Beyoncé ou Leonardo di Caprio, tous amis d'Akiva. À Abidjan, Fontaine Traoré travaille au Mother Africa Festival avec un jeune Franco-Ivoirien adepte du streetwear de luxe, Kimany Tayoro, la vingtaine et déjà coutumier des palaces de Paris, qui arpente les avenues du Triangle d'or au volant d'une Lamborghini d'un bleu criard en compagnie de petits-enfants viveurs du chef de l'État du Congo-Brazzaville. La voiture appartient à son père, Tommy Tayoro Nyckoss, dandy de grand chemin qui a connu les combines et les embrouilles des faubourgs d'Abidjan, œuvrant dans sa jeunesse pour le compte de politiciens avec Hamed Bakayoko, gérant plus tard la sécurité de sa boîte de nuit parisienne, L'Alizé Club. Particulièrement redouté pour ses coups de sang et de pression, Tommy Tayoro Nyckoss avait autrefois aussi tenté de s'imposer auprès du collectif de rappeurs du Secteur Ä[215] dans les années 1990 avant de faire ses classes dans les affaires internationales. Il est aussi le gendre d'Ismaïl Omar Guelleh, président de la République de Djibouti. Ce qui lui permet de manœuvrer dans un autre cénacle de pouvoir et d'opulence au bord du golfe d'Aden, en Afrique de l'Est. Lorsqu'il repasse dans la capitale française, où il a ses habitudes avenue Kléber, il lui arrive aussi de louer la plus belle suite du Royal Monceau et de réunir ses amis pour des virées jusqu'au bout de la nuit dans les parages de l'Arc de Triomphe.

« Tommy » est l'un des soutiens financiers du Mother Africa Festival, pour lequel il met à disposition des jets privés de sa propre compagnie aérienne[216]. La scène est moderne, le matériel de pointe et le son de qualité. Les services sont soignés, de la sécurité à la conciergerie de luxe. Pour les clients les plus fortunés, tout est haut de gamme et pensé pour satisfaire la moindre lubie. Le président Ouattara et son épouse se tiennent à bonne distance de cette grande fête au budget colossal et s'ils observent le déroulement des opérations avec une certaine bienveillance, ils évitent de s'y montrer.

* * *

Au Bénin, c'est une tout autre histoire. Les artistes et les personnalités les plus influentes sont accueillis en toute simplicité par le maître de cérémonie de WeLovEya Festival. Il s'appelle Lionel Talon, héritier d'un pan de l'empire industriel de son père, le richissime « roi du coton » Patrice

215. Collectif de rap français constitué dans les années 1990 par le groupe Ministère A.M.E.R dans le Val-d'Oise et intégrant des rappeurs parisiens comme Pit Baccardi et Doc Gynéco.

216. La compagnie Ivory Jet Services, parfois utilisée par la présidence djiboutienne.

Talon, chef de l'État depuis 2016. Jeans à la mode, baskets et t-shirt de luxe, le trentenaire franco-béninois, beau gosse et athlétique, est déjà un philanthrope à la tête de sa propre Fondation Eya, qui administre un complexe doté d'infrastructures sportives, culturelles et éducatives. Élevé en France dans les beaux quartiers de Paris, formé en Grande-Bretagne et aux États-Unis, Lionel Talon revendique une pensée capitaliste et « développementaliste ». Au grand dam de ses « frères » congolais Gims et Dadju, qu'il retrouve parfois sur la Côte d'Azur pour assister à un showcase ou juste festoyer le temps d'une nuit, il s'inspire entre autres du Rwanda, où il a pour ami Ivan Kagame, un autre fils de président [217]. Sceptique quant au rôle et aux capacités de l'État dans un futur proche, Lionel Talon tire profit de la mainmise économique de son père sur le pays pour développer ses actions sociales et culturelles – dont la dimension politique n'est jamais tout à fait absente –, entretenir une image assurément « cool ». Il dit croire en une philanthropie rentable et influente. À sa façon, il aimerait contribuer à transformer un Bénin qu'il appréhende comme la banlieue de Lagos. Il cherche à capter l'énergie, les talents et les capitaux de la bouillonnante mégalopole du Nigeria voisin, au produit intérieur brut plus de dix fois supérieur à celui du Bénin. Là aussi, il peut compter sur le fils du président nigérian, qu'il fréquente. Il parvient déjà à attirer certaines des plus grandes stars de l'afropop et des milliardaires de Lagos venus en famille pour son grand festival, organisé avec une bande d'amis entrepreneurs passionnés de musique, dont un ancien patron d'Universal Music Africa établi à Cotonou. S'y retrouve un échantillon

217. Fils aîné du chef de l'État rwandais, Ivan Kagame avait tenu à assister au mariage de Lionel Talon à Paris à l'été 2021 et siège depuis août 2024 au conseil d'administration du Rwanda Development Board.

de la jeunesse dorée ultralibérale du continent, dont Lionel Talon est une figure de proue. Cette coterie de « fils de » et d'hommes d'affaires déterminés à changer leurs pays, à décoloniser les imaginaires tout en s'enrichissant, fascine une partie des rappeurs français afrodescendants. Eux ont grandi en écoutant les cassettes, les vinyles et les CD de leurs parents qui crachaient les mélodies envoûtantes des griots du Mali et des élégants « papas » de la rumba congolaise. À l'époque, ce n'était ni branché ni ringard. C'était simplement la musique du salon, des joies et des peines des immigrés, qui rêvaient de rentrer au pays pour les vacances puis d'y bâtir une maison et mourir, un jour, sur la terre natale. Les mélopées, les transes, les rythmiques jazz-funk de Khartoum, Addis-Abeba, Kinshasa et Lagos, puis le coupé-décalé de Côte d'Ivoire et l'afropop nigériane ont nourri et inspiré le rap français.

À la fin des années 1990 apparaissait le collectif franco-congolais Bisso Na Bisso porté par des rappeurs binationaux de renom. Les « anciens » du Secteur Ä, et d'autres, n'auraient loupé pour rien au monde le concert mythique de la légende de la rumba, Koffi Olomidé, à l'Olympia, en 1998. Désormais, la nouvelle génération se retrouve pour les shows d'un héritier de cette grande époque, le Kinois Fally Ipupa, voix suave, style moderne, élégance sophistiquée et renommée internationale. Le premier artiste établi en République démocratique du Congo à recevoir un disque d'or en France [218] s'est fait une place dans l'Empire du rap, où il a collaboré avec Booba, Gims ou encore Heuss l'Enfoiré. D'autres artistes comme Gazo, Ninho, Werenoi, Dadju et Jul ont enregistré avec les plus grandes stars nigérianes de l'afropop parfois bien avant qu'elles explosent en Europe. En véritables têtes chercheuses, leur instinct

218. *Tokooos*, Elektra France et Warner Music France, 2017.

aiguillonné par l'absence de préjugés et la soif de réussite, les rappeurs français ont un temps d'avance sur un pan de la société encore travaillé par une perception enracinée dans la colonisation. Une France profondément fracturée de surcroît, qui peine à saisir ce qui se joue à des milliers de kilomètres, au cœur d'une Afrique devenue l'un des sous-continents du grand Sud global.

À Cotonou, voici donc des rappeurs français en mission d'exploration, en quête des nouveaux territoires où l'Empire pourrait encore étendre son flow, son influence et augmenter sa richesse. Lionel Talon l'a compris, lui qui dépense sans compter pour son festival et sait les rappeurs français attirés par l'entre-soi des rejetons de chefs d'État de toute la région, des artistes bien introduits, des banquiers et des diplomates, des entrepreneurs, des membres de la diaspora en France rentrés sur le continent. Ce petit monde se croise autour de la piscine du Sofitel Cotonou Marina, où se tiennent des soirées VIP du festival. Nasprod, le tourneur de Gims et de Dadju, fait le déplacement pour soutenir Lionel Talon dont il est devenu proche au fil des ans. Cette relation lui ouvre les portes de la présidence de la République comme de la résidence personnelle de la famille Talon, où il retrouve parfois Dadju. Mordu de jazz et de salsa, le chef de l'État béninois ne les écoute pas et serait bien en peine de distinguer un morceau de Gims d'un refrain de Tiakola. Mais, avec son sens politique aiguisé et grâce à son fils, il a parfaitement compris le bénéfice qu'il peut tirer de l'aura des artistes auprès de la jeunesse urbaine africaine. Il se montre néanmoins très vigilant quant au train de vie affiché par son benjamin, surtout lorsqu'il parade aux côtés de rappeurs français dans les clubs de Cannes, Dubaï, Doha et autres places en vogue du business et de la fête. Dernier de la fratrie, Lionel Talon est l'hédoniste de la maison, un adepte du bling. Mais à l'occasion du

WeLoveEya Festival, le chef de l'État se montre fièrement à ses côtés, se glisse volontiers dans le public, pour suivre les concerts et soigner sa communication.

Son homologue français Emmanuel Macron lui aussi s'intéresse à l'événement, qu'il perçoit comme un moyen de nouer des réseaux d'influence auprès de personnalités africaines d'avenir alors que nombre d'autres, du Mali ou du Burkina Faso, ont tourné le dos à l'ancienne puissance coloniale. Soucieuse de le tenir informée des tendances, Nadège Chouat, son ancienne conseillère à l'Élysée devenue ambassadrice à Cotonou, lui a d'ailleurs envoyé la programmation de WeLovEya 2024 par message, auquel il s'est empressé de répondre : « Excellent. » Cette élite branchée d'Afrique de l'Ouest constitue un vivier de relais éventuels pour une France de plus en plus fragilisée dans la région, lorsqu'elle n'est pas vilipendée et rejetée. En apparence peu impliquée dans la politique, cette jeunesse dorée pratique un multilatéralisme de butinage, entre les puissances émergentes et les pays occidentaux, au gré de ses intérêts. Ses membres défilent ainsi à Dubaï, Singapour, Kuala Lumpur voire même Moscou et se font recevoir à Paris sous les ors du Quai d'Orsay, peu hostiles mais prudents pour collaborer avec la diplomatie culturelle de la France où ils vivent et possèdent des biens, ou ont grandi et étudié. La plupart du temps, ils se gardent bien d'en faire état et exigent la confidentialité des rencontres. Il faut avoir le sens de l'histoire et ne pas aller à contre-courant de sa marche. Vers le Sud, sont-ils persuadés.

* * *

Cette fascination de l'Empire du rap français pour les riches et les puissants d'Afrique francophone n'est pas sans conséquences sur les écosystèmes artistiques. « En fait, pas mal de rappeurs obnubilés par le pouvoir snobent les artistes locaux. C'est du business plus que de la musique, regrette Didier Awadi qui produit aussi des chanteurs et des événements dans la région [219]. Ils contribuent à dérégler l'économie de la musique et l'organisation de concerts en ne participant qu'à des festivals financés par l'élite. En cherchant à renouer avec leurs origines, ces jeunes rappeurs français se comportent parfois eux-mêmes sans le vouloir comme des néocolons ou, du moins, ils peuvent être perçus de cette manière. » D'autres assument une position aux antipodes, se tenant à l'écart des cercles politiques, considérés comme piégeux, et se méfient des derniers dirigeants d'Afrique francophone n'ayant pas rompu avec Paris.

Lorsqu'il vient à Cotonou se produire sur la scène du festival de Lionel Talon [220], le rappeur Gazo se montre professionnel et distant. Il fait son show, perçoit son cachet et prend soin d'éviter les soirées des « fils de ». Il a été mis en garde au préalable par son ami, l'activiste Kemi Seba, considéré par certains en France comme un « suprémaciste » multicondamné par la justice [221] et, au Bénin, comme un élément subversif à surveiller de près. L'artiste au style tapageur n'a cure de cette sulfureuse image et se revendique de son courant de pensée. Il connaît les ouvrages et les prises de parole de Kemi Seba, qu'il lit ou écoute par l'intermédiaire de Sherko, son ingénieur du son, prêcheur prosélyte de l'équipe du rappeur, adorateur des récits revisitant l'histoire mondiale du point de vue de l'Afrique et de ceux qui s'inscrivent dans la lignée des grands combattants de la libération du joug colonial. Tous deux apprécient les

219. Entretien avec les auteurs le 4 mars 2025.

220. Édition 2024 du festival WeLovEya.

221. Stellio Gilles Robert Capo Chichi dit Kemi Seba a notamment été condamné en France pour incitation à la haine raciale, outrages ou encore violences en réunion. Tribu Ka, le groupe dont il était le leader, a été dissous en 2005 par le ministère de l'Intérieur pour antisémitisme et incitation à la haine raciale.

échanges réguliers d'idées avec Kemi Seba et soutiennent la « lutte » de ce provocateur qui défend un néo-panafricanisme radicalement hostile à l'Occident. La cible prioritaire de Kemi Seba en Afrique reste ce qu'il considère comme le « néocolonialisme » de la France, où il est né et qui l'a déchu de sa nationalité en 2024 [222]. Sur le continent africain, il veut tout simplement voir cette présence réduite à néant. Revendiquant volontiers avoir été un temps financé par les relais de propagande russe, il s'est lancé dans une croisade contre le franc CFA et ce qu'il nomme les derniers « pions » de la Françafrique. À commencer par les clans d'Alassane Ouattara en Côte d'Ivoire, d'où il a plusieurs fois été expulsé, et de Patrice Talon au Bénin, le pays de ses parents, où il s'est en partie établi. « Lionel Talon, né millionnaire à Paris, et son festival illustrent parfaitement les dérives de l'oligarchie africaine soumise à la France, explique Kemi Seba depuis le Niger [223], où il officie désormais comme conseiller spécial du chef de la junte au pouvoir et dispose à ce titre d'un passeport diplomatique. Il profite sournoisement du rap docile de Gims et compagnie pour servir le régime de papa que nous combattons. J'ai évolué comme la plupart des rappeurs afrodescendants dans les quartiers, j'ai traîné à Châtelet et je connais la rue, mais aussi le racisme systémique français. Aux artistes qui se questionnent, j'amène un peu de spiritualité ancestrale, de culture panafricaine, de la conscience politique, des valeurs de nos ancêtres. » Nombre de rappeurs à succès se montrent sensibles à ce discours. En toute discrétion, ils prennent attache avec le théoricien, sollicitent ses avis et apportent un soutien. « Je leur dis de ne pas s'afficher avec moi publiquement pour ne pas briser leurs carrières, précise Kemi

222. Décret du 8 juillet 2024, *Journal officiel.*

223. Entretien avec les auteurs, le 26 août 2024. Contacté, Lionel Talon n'a pas souhaité réagir.

Seba, amusé. Avec les anciens et ceux aux carrières terminées, c'est différent. Et puis il y a les intouchables. »

Dans cette dernière catégorie figure avant tout Booba, qui se réfère publiquement à Kemi Seba et lui exprime de temps à autre son soutien sur les réseaux sociaux. Dès qu'il le peut, le rappeur, d'origine sénégalaise par son père, fustige la Françafrique et ses reliquats, multiplie les références à l'esclavage et à la barbarie coloniale. S'il a autrefois vendu ses services au clan Bongo, au pouvoir au Gabon durant presque un demi-siècle [224], Booba prend soin de ne pas côtoyer les chefs d'État d'Afrique francophone et leurs proches. À Abidjan, il fréquente les mêmes restaurants et hôtels que Nicolas Sarkozy mais ne sollicite aucune audience avec Dominique Ouattara. Comme d'autres, il s'inscrit dans la mouvance des rappeurs afrodescendants qui préfèrent se détourner du marigot françafricain. Ceux-ci privilégient une nouvelle génération de leaders adeptes du rapport de force avec l'ancienne puissance coloniale, zélateurs d'une africanité moderne et, parfois, radicale. Putschistes du Mali, du Burkina Faso ou du Niger suscitent leur intérêt. Ils n'excluent pas pour autant des présidents élus comme la quadragénaire Bassirou Diomaye Faye au Sénégal, héraut d'un néo-souverainisme, bien plus fin et nuancé que les professionnels du coup d'État, tout en ayant exigé le retrait de tous les militaires français de son territoire [225]. Pour le meilleur et pour le pire, ce foisonnement politique augure de nouveaux bouleversements et peut précipiter l'effondrement d'une classe dominante jugée prédatrice.

---

224. Omar Bongo a dirigé le Gabon de décembre 1967 jusqu'à sa mort le 8 juin 2009. Son fils, Ali Bongo, lui a succédé avant d'être renversé le 30 août 2023 par un coup d'État militaire.

225. Au pouvoir depuis le 2 avril 2024 au Sénégal où les près de 350 soldats tricolores présents sur son sol ont tous été rapatriés. Depuis 2022, la France a aussi été contrainte de retirer ses dispositifs militaires du Mali, du Burkina Faso, du Niger, du Tchad et du Gabon.

Une telle perspective n'est pas sans raviver l'espoir du camp des rappeurs français soutenant cette dynamique. Qu'ils soient disposés à composer avec les vestiges de la Françafrique ou des militants acquis à la cause d'une émancipation aux accents radicaux, ces capitalistes purs et durs, Français d'origine africaine, partagent une même passion pour les clips dans les rues des capitales du continent et contribuent à y diffuser de nouveaux canons esthétiques, sans misérabilisme, ni exotisme, ni préjugés. Dans leur sillage, l'industrie musicale embrasse cette tendance et regarde avec intérêt ce marché extrêmement prometteur mais encore insaisissable. Car sans l'appui des élites dirigeantes, le business se révèle bien plus dur, sinon presque impossible. Le label 92i Africa de Booba peine à se développer et les départements Afrique des majors, d'Universal Music à Warner en passant par Sony Music et Believe, se montrent incapables de comprendre ou de s'adapter au marché musical du continent, dont les revenus dépassent pour la première fois les cent millions de dollars en 2024, en hausse de près de 23 %. L'Afrique résiste, et ses esprits tutélaires s'invitent dans les tubes comme Mami Wata, cette divinité aquatique vénérée et désormais chantée par Tiakola et Gazo.

Le continent est aussi une source d'inspiration ésotérique. Ce n'est pas un hasard si Gazo a intitulé l'une de ses mixtapes *KMT* pour « Kemet », un terme défini par la mouvance afrocentriste comme « la terre des Noirs » du temps de l'Égypte antique, appréhendée comme la civilisation africaine de référence. L'artiste avait ainsi posé une petite pyramide dans Paris en guise de campagne promotionnelle et d'« invitation à l'éveil de conscience », précise un membre de son équipe[226]. Dans un autre registre, Gims s'est retrouvé moqué en France pour ses propos maladroits

226. Entretien avec les auteurs, le 13 décembre 2024.

tenus sur YouTube[227] : le rappeur y affirme que l'Égypte antique disposait déjà de l'électricité grâce à l'or recouvrant selon lui le sommet des pyramides. Que ce soit à travers les manifestations d'un esprit de conquête entrepreneuriale au service du développement africain ou en versant dans un militantisme teinté de radicalité sur fond de notions historiques parfois bancales, voire de complotisme, certains rappeurs afrodescendants se cherchent. Leur quête d'identité se retrouve toutefois sur le refus d'une vision de l'histoire occidentale et ethnocentrée, qui dénigre le précolonial et méprise les travaux d'universitaires africains, notamment en ce qui concerne les fameux « pharaons noirs », si cruciaux dans les imaginaires. L'Afrique de Lionel Talon et de Kemi Seba, de Gims et Gazo, est définitivement devenue une extension de l'Empire du rap français.

227. Interview accordée par Gims à la chaîne YouTube OuiHustle, 22 mars 2023.

Partie IV

Les emblèmes

15

La rente

Écrire. Enregistrer. Tourner les clips. Enchaîner les concerts. Recommencer. Tenir le rythme. Vendre. Amasser toujours plus. Flamber. Se diversifier. Et tenter, toujours, de gérer au mieux la fortune accumulée en déjouant les assignations sociales et identitaires, en s'accommodant, plus ou moins bien, des menaces, des liaisons dangereuses, des accords douteux. À l'instar des sportifs de haut niveau, les rappeurs au sommet mènent des carrières parfois très courtes et, déterminés à maximiser leurs profits, se contraignent le plus souvent à assujettir leur existence à une certaine discipline, à adopter une forme d'hygiène personnelle très poussée – si l'on excepte, pour certains, l'habitude de fumer des joints, perçue comme relativement saine dans le milieu. « Les rappeurs à succès ne sont pas des drogués comme ont pu l'être certains rockers, note le patron d'un grand label de rap français[228]. Ils ont cet instinct de la "street" et savent faire de l'argent avec tout ce qu'ils touchent. C'est une musique d'entrepreneurs. »

Contrats de distribution avec les majors, revenus tirés des droits Sacem, concerts, showcases doivent être agrémentés d'autres sources de revenus. Si chaque stream rapporte une

228. Entretien avec les auteurs, sous couvert d'anonymat.

somme infime, que seul le cumul de millions d'écoutes peut transformer en jackpot, une seule seconde d'un clip se monnaie cher auprès de grandes marques qui ont compris le bénéfice à tirer de collaborations avec ces artistes. Des réservoirs de followers sur les réseaux sociaux, des audiences colossales sur les plateformes, des images de plus en plus théâtrales et sophistiquées : les rappeurs sont devenus de puissants prescripteurs auprès d'un public jeune. Placer un produit ou un logo dans un de leurs clips, aux codes immédiatement perçus par un public captif, revient pour elles à toucher une audience considérable.

Là encore, PNL s'est très tôt démarqué. Au printemps 2019, N.O.S et Ademo font sensation en déployant la pochette géante de leur troisième album, *Deux frères*, sur la façade d'une tour de la cité Gagarine, à Ivry-sur-Seine. Ils y ont un temps habité chez leur grand-mère, au douzième étage de cette utopie contrariée de la « banlieue rouge ». Les tours, inaugurées par le cosmonaute soviétique au début des années 1960, sont devenues insalubres et condamnées à la démolition imminente. PNL y tourne un clip dans le bâtiment C et s'affiche en grand sur une bâche de 1 200 mètres carrés accrochée sur une barre d'immeubles désolée. Aucun logo visible, pas même la célèbre pomme croquée d'Apple. Pourtant, cette opération est une collaboration avec la branche musique de la firme californienne. Le duo de PNL se fait financer par l'une des plus grandes multinationales au monde.

L'année suivante, à Séoul, des cadres de Samsung découvrent avec une certaine curiosité le rap français. Dans le berceau de la K-pop, genre musical sud-coréen parti à la conquête du monde, le nom de SCH circule, comme ses titres recommandés par la direction de la filiale française du géant de l'électronique. Cette année 2020, le rappeur d'Aubagne met la dernière touche à l'album *JVLIVS II* et une première collaboration avec le mastodonte sud-coréen se noue. Début 2021, SCH tourne le clip de son titre

« Corrida » sur un yacht, entouré de naïades. Le rappeur sort son smartphone, fort bien mis en valeur à la caméra. Le dernier modèle de téléphone pliable apparaît sur quatre plans très courts mais suffisants pour être remarqués. L'expérience satisfait Samsung, qui consacre une nouvelle enveloppe de plusieurs dizaines de milliers d'euros pour s'inviter quelques secondes sur le clip « Autobahn » dans un univers de course sauvage de Formule 1. Celle du « S », comme on surnomme le rappeur, est explicitement griffée « Samsung Galaxy Z Flip 4 ». Le fabricant de téléphones haut de gamme n'est pas la seule marque à s'afficher aux côtés du rappeur dans ce clip de trois minutes qui fait aussi la promotion de griffes de cocktails, de fabricants de casques de moto, de sociétés de paris sportifs et de jeux d'argent en ligne. Dans le même temps, Samsung s'offre, pour la bagatelle de près de 45 000 euros, les sept dernières secondes du clip « SMS » d'Aya Nakamura, qui se termine sur le même portable pliable que celui utilisé par SCH. L'appareil s'est aussi glissé dans des productions de Gims et Naps ou de Franglish. La firme sud-coréenne juge l'expérience suffisamment concluante pour négocier, à travers l'agence de communication Publicis, un contrat d'exclusivité avec SCH. Cette fois, les montants flirtent avec le million d'euros [229] par an, pour une collaboration affichée dans les rues françaises dès l'été 2023 avec un portrait du rappeur, sans même une image du smartphone dernier cri de la marque, et ce slogan : « Le S par le S ».

* * *

Le panthéon du rap français se défait peu à peu d'une sulfureuse image avec laquelle il a longtemps composé. Le

229. Entretiens des auteurs avec des sources de premier plan ayant requis l'anonymat.

jeu consiste désormais à se rendre attractif pour toucher la GenZ, la « génération Z », celle des *digital natives*, les enfants du numérique nés après la généralisation des smartphones et des tablettes. Et rien n'est laissé de côté. SCH a également signé avec Uber Eats ; Tiakola avec Nike ; Soprano collabore avec Le Coq Sportif, l'enseigne de fast-food Quick ou les pistolets à eau pour enfants Nerf ; Booba a été une égérie de Puma, jusqu'à ce que la marque affiche son soutien à l'Ukraine au lendemain de l'invasion par la Russie en 2022 ; Ninho multiplie les partenariats avec Adidas, Burger King et les jeux vidéo du géant américain EA Sports. Cet engouement du marketing est particulièrement bienvenu pour les labels. De Believe à Universal, tous surfent sur cette vague publicitaire pour tenter de regagner des marges et diversifier des sources de revenus érodés par la généralisation du contrat de distribution. Dans chaque accord signé par les rappeurs, les maisons de disques stipulent désormais noir sur blanc leurs droits sur l'image des artistes, des dispositions devenues des clauses centrales négociées par des équipes dédiées à ces partenariats, qui proposent leur catalogue aux marques et aux publicitaires.

Chez Marcel, la très branchée agence de Publicis, on comprend très tôt l'intérêt stratégique des rappeurs auprès de la jeunesse. Pour relancer la consommation de chewing-gums, en chute libre depuis des années, Marcel avait déjà soufflé à Hollywood Chewing Gum le nom de Bigflo & Oli, une autre fratrie du rap français, déjà ambassadeurs de Citroën. Mais en 2022, c'est un tout autre projet qui se prépare, bien plus ambitieux, pour un client historique de l'agence : Oasis. Dans les étages de l'agence Marcel, peuplés de jeunes créatifs parisiens, un nom s'impose vite : Jul. Le rappeur marseillais chante depuis plusieurs années son amour pour cette boisson aromatisée. Si le Covid ralentit un temps le projet, il faut surtout convaincre le client, Oasis, et ses cadres un tantinet frileux. Jul ? Trop Marseille.

Est-il capable de parler à toute la France ? Les mois passent et le feu vert finit par être accordé. Marcel contacte alors Believe pour transmettre la proposition au rappeur, qui accepte aussitôt. L'ambition est grande : ce sera le premier morceau, en France, réalisé spécialement pour une marque. Un vrai titre, un clip, Jul a carte blanche. Il peut écrire ce qu'il veut à condition de s'abstenir de toute vulgarité et de la mention d'un concurrent. Marcel s'occupe de tout et voit le projet en grand. Pour le clip, une réalisation en dessin animé, avec les fruits de la marque version cartoon, parmi lesquels figurera le rappeur marseillais. Des statues géantes des fruits Oasis à l'effigie de Jul seront disséminées à Marseille. Celle du Prado diffusera le morceau du rappeur lorsqu'on appuiera dessus ; une autre sera installée gare Saint-Charles ; une station de métro sera rebaptisée Oasis-Jul. Tout a été modélisé en 3D, budgétisé, et même validé par la mairie de la ville. Mais quand le projet est soumis à Jul, il se crispe et redoute une campagne démesurée. Pas vraiment le style du rappeur.

Le partenariat s'en tiendra donc finalement à l'essentiel : un morceau, un clip et un million de canettes à son effigie, distribuées dans les points de vente partenaires d'Oasis. Jul compose son titre rapidement, comme à son habitude. Il le transmet à l'agence, qui s'emballe en découvrant le refrain : « J'bois mon Oasis Tropical. » Reste à valider le clip. Jul n'a rien à redire au story-board, si ce n'est un détail. Il émet des réserves sur le choix de l'orange, fruit phare d'Oasis, pour son personnage. Il trouve que ça le grossit et demande à être campé par… un citron. L'agrume doit aussi être compatible avec son bob D'or et de platine, signature de sa marque. Dans son contrat, il exige enfin trois palettes de canettes, soit plus de mille cinq cents exemplaires, à livrer chez lui. Le budget global de la campagne est relativement modeste [230] :

---

230. Entretiens des auteurs avec des sources de premier plan ayant requis l'anonymat.

500 000 euros, dont 100 000 pour le seul clip réalisé en *motion capture* à Paris. Une unique séquence est tournée à Marseille. Jul arrive décontracté, entouré de ses potes. Sa seule exigence pour sa loge ? Une PlayStation 5 avec le jeu de football *FIFA* à disposition. Après avoir visionné le clip, il est tellement bluffé par le résultat final qu'il le publie sur sa propre chaîne YouTube et touche immédiatement ses 7,5 millions d'abonnés, en lieu et place d'une diffusion sur les plateformes d'Oasis, la stratégie initialement prévue.

La sortie est minutieusement calée sur celle de son dix-neuvième album *C'est quand qu'il s'éteint*, en juin 2023, pour inaugurer la saison estivale, pendant laquelle Oasis réalise près des deux tiers de son chiffre d'affaires. Jul en citron fait un carton, le morceau devient single d'or en six mois. La marque, sceptique au départ, jubile en même temps que les ventes explosent. La campagne, multi-primée, est désormais étudiée dans toutes les écoles de publicité. Chez les concurrents, Coca-Cola ou le plus populaire Capri-Sun, on jalouse ce coup de maître. Même Renault se prend à rêver d'une « collab » avec le rappeur marseillais : pourquoi pas une Twingo en édition limitée ? Ce projet ne sortira jamais des cartons.

« C'est comme Alain Delon qui prêtait son image à British American Tobacco pour des clopes à son nom au Cambodge », balaie un membre de l'équipe de Jul, qui souligne que la star de Marseille, avant de parler gros sous, fonctionne au coup de cœur. Oasis faisait partie de son univers de longue date, il en buvait des litres à l'été 2015, claquemuré dans son refuge alors que le conflit avec Liga One faisait rage. Depuis, il n'a jamais cessé d'en parler dans ses chansons et d'en consommer à la chaîne. Des propositions de collaboration et des contrats d'exploitation d'image très rémunérateurs, Jul en reçoit pourtant par dizaines. Qu'il peut décliner d'un laconique « Je ne le sens pas ». L'artiste se montre sélectif, privilégie des marques abordables qu'il affectionne particulièrement. Reebok en fait partie ; Casio aussi ; Asics également avec qui l'artiste a, entre autres, dessiné un modèle de chaussures qui a connu un vif succès commercial. Et puis il y a sa propre marque, D'or et de platine, dont la boutique en ligne vend maillots, pulls, survêtements, claquettes, bouées gonflables, bijoux bon marché et autres goodies. On y retrouve toutes ses collaborations, y compris avec le jeu vidéo *Call of Duty* et l'Olympique de Marseille, le club de son cœur. Son petit empire du merchandising, constitué en association avec Believe, fonctionne à plein régime et parvient à attirer familles et minots. S'il ne gère pas vraiment la société, trop occupé à composer et enregistrer à un rythme effréné, il donne toutefois ses consignes. Son exigence première : s'efforcer de maintenir des prix raisonnables. Cette activité génère un chiffre d'affaires estimé à environ 8 millions d'euros par an [231], sans compter les opérations spéciales, dont l'ouverture de magasins éphémères où se ruent les fans, à Marseille comme à Paris, qui dopent les ventes.

Jul n'est pas le premier rappeur à capitaliser sur son image et nombre de ses « collègues » ont constitué, en parallèle de leurs labels, des sociétés dédiées à la gestion de leurs propres griffes. Cette tendance puise sa source dans les tentatives des aînés, à la fin des années 1990, eux-mêmes inspirés par les États-Unis où éclosent alors des marques communautaires à succès comme Fubu, acronyme de « for us, by us [232] ».

En France, Royal Wear est lancée par le rappeur et compositeur Sully Sefil avec le graphiste STEF en 1999. Un an plus tard, Com 8 est créée par Joey Starr et au début des années 2000, son binôme de Supreme NTM, Kool Shen,

231. Entretiens des auteurs avec des sources de premier plan ayant requis l'anonymat.

232. « Pour nous et par nous. »

embraye avec 2 High. Un temps, ces marques de streetwear tiennent le haut du pavé. Avant de s'effondrer sous les coups de boutoir d'une concurrence effrénée, qui sature le créneau commercial. Puis Booba met sur le marché sa propre marque et les stars du second âge d'or du rap prennent le relais. Depuis sa cellule marocaine, Maes continue d'écouler des cagoules et des maillots estampillés du nom de son label, Omerta, portés par d'autres rappeurs, des combattants de MMA et des influenceurs. Depuis quelques années, la marque de streetwear marseillaise Vrunk s'est fait une place par sa créativité dans le rap français et séduit aussi des marques comme Foot Locker, Adidas, New Balance ou Mizuno. C'est aussi l'habilleur privilégié du label Sativa Music qui accompagne son développement et l'a pleinement intégré à son écosystème pensé depuis son siège installé à Barcelone. La griffe au logo « V » est portée et propulsée par Jul, Morad puis Maes, Rim'K, Freeze Corleone. Même la star de la drill Gazo se revêt d'un maillot spécialement créé pour lui. Le rappeur a aussi son propre groupe, BSB, qui contrôle une constellation d'entreprises de production, d'édition, de booking, d'exploitation de salons de coiffure, de restaurants tandis que BSB TXTL est dédiée aux vêtements et aux accessoires de mode. La holding de Ninho, à l'architecture financière sophistiquée, héberge quant à elle une myriade d'entités liées à son activité musicale – à l'exception d'une étonnante société de déménageurs – mais aussi une structure dédiée à sa griffe, Ni. Pas question de passer à côté de l'aubaine : à l'occasion d'un concert dans un Accor Arena ou au Stade de France, les stands de vente de « merch » peuvent générer des chiffres d'affaires de plusieurs centaines de milliers d'euros en quelques heures.

* * *

La musique et l'habillement ne constituent pas les seules sources de revenus annexes des rappeurs. Avant de se lancer, les plus raisonnables sécurisent une partie de leurs fonds dans des investissements sûrs et au long cours. La pierre a leur préférence : la plupart d'entre eux disposent de sociétés civiles immobilières (SCI) dans lesquelles ils opèrent avec des proches dans des projets d'acquisitions d'actifs. À Marseille, Jul et Soprano sont ainsi devenus de grands propriétaires. Puis viennent les affaires relativement peu risquées : des établissements de restauration rapide pour les jeunes des quartiers et des barber shops. Ces expériences constituent la première étape qui les familiarisera avec l'entrepreneuriat, une phase plutôt simple, assez peu coûteuse et généralement rentable. Avec ses deux holdings personnelles, Ninho a lancé en 2023 sa chaîne de fast-food, Jefe Burger, qui compte désormais des établissements à Paris, Bordeaux et Lille. Le rappeur a aussi vainement tenté l'aventure de la restauration de brasserie avec un établissement doté d'une jolie terrasse sur l'avenue des Champs-Elysées, dont il avait racheté les parts détenues par Gims et l'un de ses tourneurs. Une erreur, un gouffre financier. Il s'est recentré sur Jefe Burger. Son modèle d'affaires repose sur la franchise, inspirée de McDonald's et de la chaîne de sandwicherie halal G la Dalle, créée en 2014 à Nanterre et qui compte près de quatre-vingts restaurants à ce jour. Jul fait volontiers la promotion sur les réseaux de cette *success story* dans laquelle il salue une forme de force entrepreneuriale de banlieue, tout comme d'autres rappeurs dont Niska, qui a d'ailleurs pris une franchise G la Dalle pour son propre compte. Ninho a décidé de s'en inspirer : son concept propose une gamme de services et d'accompagnement pour les entrepreneurs désireux d'ouvrir un Jefe Burger. Le ticket d'entrée est fixé à 30 000 euros, auxquels s'ajoute une redevance à verser à la maison mère. Chez de nombreux rappeurs, « la franchise » a valeur de talisman. Derrière le mot, un système décentralisé, souple et redoutablement efficace, pensé pour faire fructifier une image et générer des revenus en déboursant peu de fonds. Lacrim a très tôt embrassé ce système pour sa marque de salon de coiffure Barber by Lacrim, lancée dès 2021 depuis Dubaï où il s'était exilé, avant de recentrer l'activité sur la France. Tout comme les fast-foods premium, qui proposent une autre option que les traditionnels kebabs, le coiffeur-barbier si commun dans les quartiers peut donner lieu à une expérience améliorée, haut de gamme mais abordable. D'ailleurs, Ninho ou Gazo se sont aussi essayés à l'ouverture de ces salons et veulent croire en leur capacité à briller dans d'autres secteurs que la musique. À l'image de la carrière des footballeurs, qu'ils côtoient souvent, nombreux sont les rappeurs qui assument déjà, micro en main, l'idée de raccrocher les gants avant d'avoir atteint l'âge de 35 ou 40 ans. « J'investis là, rendez-vous chez l'notaire à 8 heures avec un stylo. Homme d'affaires, j'suis occupé, j'suis busy[233] », chante Ninho, comme un manifeste de cette nouvelle génération d'artistes.

De son côté, Gims anticipe le possible essoufflement de sa martingale musicale pour l'instant dans l'air du temps. Sa marotte : placer des fonds dans des investissements à rentabilité élevée. Il avait pensé trouver une bonne opportunité en investissant dans le capital de la société La Clinique des Champs-Élysées, une chaîne d'établissements spécialisés dans la médecine esthétique et dirigée par la jeune fille du fondateur, Tracy Cohen Sayag, femme d'affaires et amie des influenceuses ou encore d'Olivier Véran. L'ancien ministre de la Santé avait d'ailleurs envisagé de retrouver sa blouse de médecin dans l'un des vingt établissements du groupe, celui du cossu VIIIe arrondissement parisien. Gims a entendu parler de la clinique des Champs-Élysées par son ancienne épouse et par son ami d'enfance Karim Wane,

233. Ninho, « Problèmes du matin », album *M.I.L.S 3*, Warner Music France, Label Rec. 118, Mal Luné Music, 2020.

établi aux Émirats arabes unis où il a autrefois géré la franchise locale. À la fin de l'année 2024, à la suite de tractations entre Marrakech, Dubaï et Paris, la star congolaise donne son accord pour y injecter 3 millions d'euros en l'échange de 10 % des parts de capital. Mais il ne versera jamais les fonds et finira par faire volte-face. L'artiste continue aujourd'hui à réfléchir à des opportunités d'affaires. Il a l'embarras du choix : les entrepreneurs en quête de *venture capitalists* et désireux de pouvoir utiliser son image se bousculent au portillon. Mais dans cette course à la diversification, les échecs sont légion. « Parrain » du rap français quasi incontesté, Booba en sait quelque chose.

16

L'IMMORTEL

Booba a longtemps servi de modèle à la nouvelle génération. Du rap français, il a presque tout connu. Il a d'abord frayé avec son compère Ali au sein du groupe Lunatic dans les années 1990, puis il a poursuivi sa route en solo au début du millénaire pour se faire une place au premier rang du rap français et s'y maintenir encore aujourd'hui. Presque trente ans de carrière, une longévité qu'il est le seul à pouvoir revendiquer. À bientôt 50 ans, il campe plus que jamais le rôle de « patron », autoproclamé « Duc », insolent, assuré et imprévisible. Depuis Miami où il s'est installé au mitan des années 2000, l'artiste sculpte avec discipline son corps musculeux et garde le lien avec ses fans français à travers ses cascades de tweets. Une frénésie de réseaux sociaux où il mêle oukases, dénigrement de la concurrence, harcèlement et point de vue critique sur le monde du rap, des influenceurs, de la politique parfois. Sa vie, il l'écrit, la chante et la met en scène dans une fiction du réel. Il termine par ailleurs un documentaire retraçant son parcours, en prenant soin de garder le contrôle de la plume.

L'écosystème du rap français actuel, il le compare à une « foire » et le regarde de haut, avec dérision et un brin de désolation. À l'exception de PNL, Werenoi et d'une poignée d'autres artistes, il se montre particulièrement critique sur la nouvelle génération. Il fulmine contre les « Noirs de maison », les « faux Escobar », les « escrocs » qui nuisent, selon lui, à la discipline dont il revendique la maîtrise. Perfectionniste, parfois nostalgique, cet artisan de l'industrie dénonce autant qu'il peut ceux qui, selon lui, dévoient le mouvement. À ses yeux, de Ninho à Gazo, ces rappeurs qui ont explosé au cours de la dernière décennie ne sont rien d'autres que ses héritiers et lui doivent une allégeance éternelle tant il se considère comme un pionnier, un gardien du temple. Booba se méfie des majors, de Believe à Universal – avec qui il est pourtant sous contrat – et les considère avec scepticisme. Ces millions que l'on déverse désormais pour la moindre signature lui paraissent absurdes, lui qui a connu l'époque des avances qui s'élevaient tout au plus à 100 000 francs.

* * *

Très tôt, il a produit et accompagné l'essor des figures du second âge du rap français. Booba reste le seul à pouvoir se prévaloir d'avoir véritablement propulsé autant d'artistes. Son label le plus emblématique, 92i, a été un véritable laboratoire du rap contemporain. C'est lui qui a révélé le rappeur belge Damso et produit ses trois premiers albums, vendus à plusieurs centaines de milliers d'exemplaires. Il a aussi soutenu Shay et découvert SDM, stars de la scène actuelle. D'autres artistes, comme Kaaris, Niska, Kalash ou Maes, sont venus chercher conseils et mentorat auprès de « l'ancien ». Il a été proche de beaucoup d'entre eux avant que des brouilles – presque systématiques – ne viennent rompre ces liens. Certains de ses protégés d'autrefois sont ainsi devenus ses meilleurs ennemis.

Le label 92i fonctionne comme un collectif dont la direction est assurée par Booba à Miami et, à Paris, par son irremplaçable manageuse Anne Cibron. Cette quinquagénaire, juriste de formation, amatrice d'art, de yoga et de bon vin, gère la carrière de Booba comme ses entreprises et ses finances. Avec 92i, le rappeur détient l'un des joyaux du rap français. Le catalogue regorge d'anciens titres et d'albums de Shay, Damso, Green Montana, SDM ou encore Sicario. Le « Duc » possède en grande partie cet actif via sa société Showmula, enregistrée à Miami. Début 2025, il envisage de le vendre au prix fort à Universal. Il sait que les cadres de la major, qu'il n'hésite pas à attaquer sur X, sont prêts à beaucoup, comme leurs concurrents, pour mettre la main sur ce trésor. Ce deal, toutefois, ne concerne pas ses propres titres, dont il tient à rester propriétaire à vie à travers son label Tallac Records qu'il a fondé en 2004. C'est Anne Cibron qui est chargée de structurer l'opération pour lui. Elle recourt aux services d'une experte-comptable spécialiste en optimisation fiscale établie à Los Angeles, Barbara Uzzan, réputée dans le show-business au point d'avoir été désignée par Laetitia Smet, la dernière épouse de Johnny Halliday, comme « protector » chargée de surveiller le très convoité trust de la rock star après sa mort.

Si la plupart des rappeurs français ne s'entourent pas toujours des meilleurs gestionnaires ou avocats fiscalistes, Booba, lui, s'attache les services de prestataires haut de gamme. Malgré ses discours anticolonialistes et ses prises de position critiques de l'élite française, le rappeur se tourne vers leurs ingénieurs d'image et de finance. Pour la cession du catalogue du 92i, il veut éviter légalement des taxes et des impôts jugés trop élevés sur une transaction à plusieurs dizaines de millions d'euros et dont le montage doit s'opérer entre la France et les États-Unis.

Le rachat des catalogues du rap français se révèle comme un marché en plein essor. Fonds d'investissements de Norvège, des États-Unis, d'Arabie saoudite et d'autres pays du Golfe, tous sont appâtés par les promesses d'une rente dopée par la révolution du streaming. Booba et sa conseillère l'ont vite compris. Inspirés par son exemple, de nombreux rappeurs ont tenté de lancer leur propre label, de Gims à Jul, en passant par SCH, mais tous ont échoué à faire émerger des rappeurs à succès. Booba fait ainsi figure d'exception jusqu'au bout de cet Empire où il cumule les casquettes.

* * *

À côté de la production musicale, Booba a rapidement fantasmé les réussites des rappeurs milliardaires américains comme Dr Dre ou Jay-Z, se rêvant lui-même homme d'affaires prospère. Un goût pour le business qui l'a conduit à entreprendre tôt, avec des succès pour le moins mitigés. Sa première expérience a commencé dès 2004 comme beaucoup par la création de sa propre griffe de vêtements : Ünkut. Il s'était associé avec deux frères, Jérôme et Laurent Abiteboul. Pour Ünkut, la fratrie contrôle la société mère Izi Trading et détient la majorité du capital, contre 41 % pour Booba qui reste toutefois l'image, le produit, l'agent marketing et l'ambassadeur des collections qu'il porte dans ses clips comme à la ville. Des sportifs de renom acceptent de jouer les porte-manteaux, comme Cristiano Ronaldo, Antoine Griezmann ou Karim Benzema. La marque fonctionne et génère jusqu'à 15 millions d'euros de chiffre d'affaires annuel. Avant que le rappeur finisse, en 2018, par se retourner contre Jérôme Abiteboul, aimablement qualifié d'« escroc notoire » et de « mauvais payeur » sur les réseaux sociaux. Dans la foulée, Booba lance une autre enseigne de prêt-à-porter, DCNTD, pour « Disconnected ». Cette fois, il entend garder le contrôle. La société constituée emprunte près de 700 000 euros et il investit de ses propres deniers. La première année se révèle laborieuse sur le plan comptable : les charges d'exploitation avoisinent le million d'euros, le chiffre d'affaires n'atteint pas la moitié de cette somme et, fin 2019, les pertes sont considérables : pas moins de 530 000 euros[234]. La marque, cherchera des collaborations du côté de l'équipementier sportif Puma, tentera une percée sur le marché de la mode sans jamais atteindre ses objectifs et Booba finira par la laisser s'éteindre.

À côté du sportswear, Booba s'est essayé brièvement et sans succès à la parfumerie. À l'instar de Jay-Z et de sa marque de cognac, il s'est également aventuré dans le monde des spiritueux. En 2017, il lance son propre whisky, D.U.C, à la suite d'une rencontre à Miami avec Charles Daucourt, héritier de la maison familiale de spiritueux du même nom, installée à Angoulême. Problème : la bouteille noire, vendue une quarantaine d'euros en supermarché, peine à se faire une place dans le milieu fermé et exigeant des amateurs de spiritueux. Le whisky D.U.C. ne décolle pas ? Booba essaie le champagne et se rapproche de la maison Frerejean Frères de Guillaume et Rodolphe Frerejean-Taittinger dont il a visité les vignes. Pas davantage de succès. Booba se résigne à endosser le rôle mineur d'ambassadeur de la cuvée, ainsi que d'une autre modeste marque de champagne, pour un partenariat d'image et non d'affaires. Le rappeur n'en démord pas. Il entend se tailler une vraie réputation d'entrepreneur. Avec le streetwear, le whisky, le parfum, le champagne, il n'a pu s'accomplir. « L'argent, le pouvoir, c'est le nerf de la guerre[235] », chantait-il.

---

234. Documents comptables consultés par les auteurs.
235. Booba, « Garde la pêche », album *Ouest Side*, Universal, 2006.

* * *

Le pouvoir peut aussi naître du contrôle d'un média. C'est même l'un des attributs des milliardaires désireux d'influer sur le débat public. À son niveau, bien plus modeste, Booba s'y est essayé. Ce fut sans doute l'un de ses projets les plus ambitieux mais aussi peut-être l'un de ses plus chaotiques. Encore aujourd'hui, le rappeur n'en parle pas, et n'a jamais expliqué sa fin brutale. Une véritable omerta entoure le sujet. Ses anciens associés comme ses ex-collaborateurs refusent d'évoquer l'aventure. Tous déclinent les demandes d'entretien, par crainte de s'exposer à des représailles du rappeur. Pendant six ans pourtant, le projet a occupé une place singulière dans le paysage médiatique de la culture rap, de la télévision à la radio. Lancé en grande pompe, il s'est éteint dans un silence assourdissant, sans la moindre explication.

Pour retracer le fil de cette histoire, il faut revenir au début de l'année 2014, dans une salle de sport de Miami. Entre deux machines de musculation, Booba fait la connaissance d'un jeune et flamboyant homme d'affaires français, Teddy Truchot. Beau gosse au visage doux, à la tchatche affûtée quand il s'agit d'embellir ses aventures entrepreneuriales et ses investissements dans la tech, il séduit le rappeur, qui s'ouvre de ses projets de média. Teddy Truchot lui inspire confiance. Avec son frère aîné, il gère un fonds d'investissement et vient de créer puis revendre une société de cybersécurité pour lancer un site de rencontres adultères. Seul, il gère des actifs immobiliers, une marque de jus vitaminés et la distribution, aux États-Unis, de produits d'une firme italienne de karting, une discipline qu'il pratique en amateur. Le rappeur veut défier la presse généraliste sur le segment de la musique urbaine, encore trop incomprise à son goût, et concurrencer la radio

Skyrock, jugée si opportuniste qu'il la boycotte. Lui veut faire un média web, radio et TV spécialisé dans les cultures urbaines dont le credo est, une fois encore, « pour nous, par nous ». Il a déjà le nom en tête : OKLM, titre de son single sorti en mai de cette année 2014 et acronyme de l'expression « au calme », qu'il a lui-même popularisée. Entre le jeune entrepreneur et le rappeur, un pacte est conclu. En juillet 2014, la société Limit est enregistrée à Miami. Selon une présentation interne, l'objectif du média en gestation est de « redonner la parole aux réels acteurs de la culture urbaine d'aujourd'hui » mais aussi « d'accélérer la croissance artistique et professionnelle des talents ».

Le site web est lancé en grande pompe en décembre 2014. OKLM s'impose d'emblée comme l'un des premiers médias à accompagner l'essor du deuxième âge d'or du rap français. Dès ses débuts, la plateforme diffuse les premiers clips de PNL, qui salue le geste. Ninho, SCH, Jul, Niska et bien d'autres suivront, à l'aube de leur succès. Dans un paysage médiatique frileux, qui peine encore à parler de rap, OKLM donne le ton. Propulsé par l'aura de Booba et porté par une année 2015 d'une fécondité exceptionnelle, le média devient la vitrine d'une ambition en marche. Très vite, il revendique un million de visiteurs uniques par mois, presque tous âgés de 15 à 35 ans, la cible rêvée des marques.

Un an après son lancement, le média se décline avec une application OKLM Radio qui s'enorgueillit bientôt de plus de 1,2 million de téléchargements. Des programmes animés par des spécialistes de rap se démarquent. *Couvre Feu*, la défunte émission de Skyrock, ressuscite sur OKLM Radio, toujours animée avec le rappeur et raggaman Jacky Brown, du groupe Neg'Marrons, au micro. Booba parraine aussi la montée en puissance de l'animateur Mehdi Maizi, aujourd'hui à la tête de la division hip-hop d'Apple Music France et de sa propre émission sur France Inter. Côté finances, les ambitions restent mesurées. En interne, OKLM projette un chiffre d'affaires de 2,4 millions d'euros [236] pour sa cinquième année. Au-delà de la publicité en ligne, le groupe souhaite produire des concerts et des tournées. Mais sa véritable promesse de croissance tient en une chaîne de télévision payante. En mai 2016, OKLM TV voit le jour sur un canal de la Freebox de Xavier Niel.

Pour s'assurer du contrôle de cette chaîne, d'autres véhicules financiers sont créés à Miami par Teddy Truchot et Booba. Ce nouveau média fait sensation dès son lancement. La presse accueille avec enthousiasme le projet, les fans se réjouissent. La chaîne diffuse essentiellement des clips validés par Booba et quelques programmes. En coulisses, pourtant, une organisation déficiente dès les premiers jours menace le bon développement du média. Pas de conseil d'administration, aucun véritable rapport mensuel d'activité ni de bilan financier consolidé ou de business plan : Booba n'a aucune visibilité sur ce qui se trame. Il délègue tout à Anne Cibron et laisse Teddy Truchot en charge de la gestion quotidienne, limitant son rôle à celui d'un nom et d'une image sur lesquels repose intégralement le média.

De leurs côtés, les employés comme les animateurs de la radio se démènent sans compter leurs heures. Ils ne perçoivent pas de salaires mais sont rémunérés en factures de consultants réglées par des virements effectués chaque mois par Teddy Truchot et Limit depuis Miami.

En réalité, OKLM a beau réunir des centaines de milliers de jeunes auditeurs français, il ne dispose d'aucun véritable actif, n'a jamais constitué de bases de données et n'a pas non plus pris la peine de valoriser son audience. Depuis

236. Document consulté par les auteurs.

2016, le groupe n'a même jamais payé de droits d'auteur. « La chaîne n'a effectué aucun versement à ce jour[237] », s'agace par mail une cadre de la Sacem. Des contrats sont signés avec des marques, les chiffres d'audience sont plutôt bons, des talents sont découverts et mis sur orbite mais aucune retombée financière ne vient consacrer le succès. Trois ans après sa création, dans le plus grand secret, sans qu'aucun membre des équipes soit informé, une première tentative de vente est coordonnée par Teddy Truchot. Avec l'accord de Booba, il prépare une offre à l'intention de l'entrepreneur Olivier Laouchez. Cet homme d'affaires originaire de Martinique, où il a fondé la première chaîne de télévision privée en 1993, connaît bien l'univers du rap pour avoir travaillé avec le Secteur Ä avant de lancer en 2003 le groupe d'audiovisuel Trace. En juin 2018, une rencontre discrète est organisée à Miami entre Booba et l'entrepreneur. Autour d'un déjeuner, le rappeur met en avant la force de son média, son audience jeune et si précieuse pour les annonceurs. Dans la foulée, des discussions s'ouvrent. Le 26 juin, une offre de cession est transmise : les deux associés proposent de revendre 100 % d'OKLM pour près de 4 millions d'euros[238]. La répartition est fixée ainsi : 1,8 million pour Booba, autant pour Teddy Truchot, le reste pour des collaborateurs à Paris. Mais Olivier Laouchez, échaudé par la désorganisation préoccupante du groupe et une gestion financière erratique, ne donne pas suite.

Teddy Truchot et Booba se tournent alors vers un jeune homme d'affaires américano-gabonais d'origine somalienne, disposé à investir dans OKLM. Son nom : Liban

237. Correspondance datée du 5 mars 2020, consultée par les auteurs.

238. Correspondance datée du 26 juin 2018, consultée par les auteurs.

Soleman. Le trentenaire, féru de rap comme d'afropop, a fait fonction de chef de cabinet du président du Gabon, Ali Bongo, de 2011 à 2016. Figure de cette nouvelle élite africaine, il avait autrefois rencontré Booba à Libreville et l'avait même interviewé, plus jeune, pour la radio gabonaise Top FM, en pointe sur le rap. Contre un investissement providentiel de près de 500 000 dollars, Liban Soleman entre au capital de la structure dont il détient désormais 8 %[239]. De ces tours de passe-passe actionnariaux, les collaborateurs d'OKLM ne voient rien. Tout au plus constatent-ils des retards de paiement, signes avant-coureurs des premières tensions en interne.

En dépit de cette injection d'argent frais, le groupe reste fragile. En quête d'investisseurs, des discussions ont été entamées avec le groupe Vivendi de Vincent Bolloré. Toujours en vain. L'entourage de Booba songe à se tourner vers le banquier Mathieu Pigasse, déjà propriétaire de Radio Nova. Mais OKLM TV a beau être distribuée sur Free, Orange, Bouygues et Canal+ Afrique, son organisation et sa gestion ne parviennent pas à séduire. Et les motifs de crispation s'accumulent. En 2019, Booba fait part à ses principaux co-actionnaires de son « ras-le-bol ». Il souhaite définitivement se retirer du projet, vendre ses parts et ne plus y associer son image. Par mail, Teddy Truchot tente d'apaiser la situation. « Je pense que le projet OKLM en l'état sans Booba ne peut pas évoluer[240] », écrit-il en cette fin d'année 2019 à Anne Cibron, Booba et Liban Soleman. Quatre jours plus tard, Anne Cibron lui répond froidement : « OKLM sans l'artiste n'a aucune survie. Booba a depuis le début laissé son image porter le projet sans rien

239. Documents financiers internes consultés par les auteurs.

240. Correspondance datée du 15 décembre 2019, consultée par les auteurs.

demander en contrepartie. Il te faisait confiance, et il a suffisamment créé d'entreprises pour savoir que rien n'est jamais acquis. » Dans son long mail, elle questionne les « compétences apparemment exceptionnelles » de Teddy Truchot en matière de création de start-up : « Il semble que tu n'aies pas été à la hauteur de ton CV dans la mesure où OKLM ne dispose d'aucun asset [actif] réel et que son développement business stagne[241]. »

Les motifs de tension se multiplient. Pendant que les actionnaires se déchirent, les collaborateurs sont livrés à eux-mêmes, et nul ne sait plus comment se sortir de ce naufrage. En février 2020, Booba tient salon dans un hôtel de Boulogne-Billancourt où il a ses habitudes. En quête d'un avocat pour résoudre ce contentieux, il se voit recommander le ténor du barreau Jean Veil. « Anne sait tout, moi j'ai rien géré et je sais pas où sont mes thunes, j'ai pas un code, pas un mot de passe, pas un relevé de compte[242] », confie Booba à son nouveau conseil. Sceptique, l'avocat charge tout de même l'un de ses collaborateurs d'étudier le dossier OKLM. Parmi les véhicules financiers, il exhume de nombreuses entraves potentielles au droit du travail et un étonnant mélange des genres. Après quelques acrobaties comptables et juridiques, une série d'accords financiers et d'arrangements à l'amiable sont passés avec les jeunes gens qui ont fait tourner le projet depuis les locaux de banlieue parisienne. Teddy Truchot a fini par céder gracieusement toutes ses parts à Booba et Liban Soleman a un temps songé à porter plainte aux États-Unis, avant de se raviser. Le 17 mars 2020, OKLM s'éteint dans un silence abyssal, laissant le public sans la moindre explication. Le rêve de l'artiste s'est fracassé sur la réalité.

241. Correspondance datée du 19 décembre 2019, consultée par les auteurs.

242. Propos rapportés par plusieurs acteurs de ce dossier. Entretiens avec les auteurs, le 15 janvier, le 27 février et le 18 avril 2025.

* * *

Sans parvenir à reproduire le modèle de Booba avec OKLM, d'autres rappeurs ont aussi tenté de prendre la main sur leur propre récit. De Maes à Gims, tous ont voulu construire eux-mêmes leur légende, réaliser leur propre documentaire. Malgré ses divers échecs, Booba ne peut s'empêcher de démarrer de nouveaux projets, de lancer des marques dont il est l'inévitable égérie. Des idées, il n'en manque pas. En 2023, il se pique de créer une agence de promotion et de développement de talents urbains pluridisciplinaires. Il ne veut pas se limiter au rap mais s'ouvrir aux humoristes, aux sportifs, aux DJ, aux street artistes. Le concept lui a été soumis par Claire Dabrowski, une ancienne publicitaire passée par les régies de plusieurs grands médias avant d'intégrer Webedia, filiale du groupe Fimalac du milliardaire Marc Ladreit de Lacharrière. Elle y était chargée de piloter le développement auprès des jeunes créateurs de contenus dont une ribambelle d'influenceurs, ceux-là mêmes que Booba fustige sur les réseaux sociaux après en avoir, pourtant, fréquenté certains. Ce combat soudain, mené avec passion et une bonne dose d'agressivité, après une altercation avec l'un d'eux, lui a valu des plaintes et a déclenché des débats au Parlement. En avril 2023, il refuse d'être auditionné au Sénat mais salue la promulgation, deux mois plus tard, d'une loi qui encadre le secteur des influenceurs. Sur les réseaux, il continue de s'en prendre violemment à ses ennemis, quitte à parfois dévoiler des éléments de leur vie privée, et attaque des journalistes, au point de se voir reprocher en justice des faits de « cyberharcèlement » et d'injure publique à caractère discriminatoire [243]. C'est justement à la suite du clash violent

243. Booba a été déféré le 9 septembre 2025 devant un magistrat du tribunal de Paris et a été placé sous contrôle judiciaire. Il sera jugé en décembre 2025.

entre l'artiste et Magali Berdah [244], qu'il considère comme la reine des « influvoleurs », que Claire Dabrowski lui a soumis l'idée d'une agence aux prétentions éthiques.

Comme souvent, c'est par l'intermédiaire d'Anne Cibron que le projet est transmis au rappeur et une rencontre organisée. Booba se trouve alors en Tunisie, en plein tournage de sa série *Ourika* [245] co-écrite par un ancien policier de l'office antistups pour la plateforme de vidéo à la demande d'Amazon. Au cours d'un déjeuner, Claire Dabrowski le convainc sans mal et le rappeur s'enthousiasme à l'idée de transformer ses provocations sur les réseaux sociaux en un nouveau business, concret et vertueux. Elle investira 50 000 euros en mise de départ, tout comme lui, et la société sera gérée en trio avec Anne Cibron. L'agence s'appellera SBK pour Starting Blok. Elle ne fera pas de placements de produits, aucune transaction en cryptomonnaies et évitera les écueils des influenceurs dépourvus de toute déontologie. Le lancement est convenu pour la fin d'année et doit faire du bruit.

À peine sorti de l'avion en provenance de Dubaï, dans la fraîcheur de ce mois de novembre 2023, Booba débarque à Paris où il passe brièvement à la fin de la soirée de lancement. Quelques centaines de personnes l'y attendent, dont de nombreux journalistes. La presse se fait largement écho de ce projet dévoilé au grand public en même temps que

244. Booba a été mis en examen le 2 octobre 2023 pour harcèlement moral aggravé à l'encontre de l'influenceuse Magali Berdah qu'il avait attaquée en diffamation en 2022, avant de tardivement se désister. Des procédures jugées abusives par le tribunal correctionnel de Paris, qui l'a condamné en mai 2025 à 10 000 euros de dommages et intérêts.

245. *Ourika*, créée par Clément Godard, Élie Yaffa et Clément Gournay, Prime Video, 2024.

les premiers talents de cette nouvelle écurie : un comédien, un champion de breakdance, un plasticien graffeur et la tatoueuse personnelle de Booba. Pour celle-ci, SBK ne parviendra pas à trouver mieux qu'une modeste campagne avec l'équipe féminine du Paris Saint-Germain, rémunérée seulement 700 euros le dessin.

Booba a également intégré son chef cuisinier privé, Jérémy Moscovici, qui officiait un temps pour Xavier Niel. Là encore, l'agence n'a pas brillé et des discussions engagées avec M6 pour un projet d'émission culinaire n'ont finalement pas abouti. Starting Blok voit grand mais se contente de quelques petites collaborations et ses tarifs sont jugés excessifs.

Derrière la façade glamour, la société tourne avec seulement sept collaborateurs dont un commercial venu de 92i. Aucun n'est salarié et tout le monde est rétribué à la commission, sur chaque contrat signé avec un talent SBK. Les marques n'adhèrent pas au projet porté par un Booba dont les sorties sur les réseaux sociaux ont encore accentué la réputation d'artiste décidément trop « clivant ». L'agence tablait sur un chiffre d'affaires de 700 000 euros en 2024, elle engrange à peine 200 000 euros. Deux mois après la fin de sa première année d'exercice, elle est placée en liquidation judiciaire avec un passif de près de 210 000 euros[246]. Cette fois encore, Booba, qui a lancé entre-temps une nouvelle griffe de streetwear, sa propre marque de CBD et un label de house music, doit faire face à un échec. Il a néanmoins repris le contrôle de la marque OKLM début 2025 et laisse depuis planer le doute sur un éventuel nouveau projet médiatique. Le chemin vers la notabilisation et l'entrepreneuriat dans des domaines extramusicaux peuvent demeurer fermés, réservés à une élite française pour qui les rappeurs ne sont pas toujours les bienvenus mais face à laquelle ils s'imposent parfois, comme ils ont su le faire avec les géants du luxe qui les ont si longtemps méprisés.

246. Greffe du tribunal des activités économiques de Paris. Jugement d'ouverture de liquidation judiciaire daté du 3 mars 2025.

17

L'APPARAT

« L'artiste ne correspond pas à l'image de la maison » : combien de rappeurs ont essuyé un tel refus de prêt de vêtements de la part d'une maison de haute couture ? Valentino, Dior, Fendi, Louis Vuitton, Chanel ont usé peu ou prou d'une formule équivalente pour décliner les demandes de SCH, Gims, Ninho, Gazo. Jusqu'au milieu de la décennie 2010, les rappeurs de la nouvelle vague reste étiquetés « compliqués » voire « ingérables », en tout cas à « haut risque réputationnel » par des stratèges de la communication des marques. Leurs tendances au bling, à l'ostentatoire, conviennent peu aux gardiens du temple des maisons prestigieuses, qui préfèrent solliciter les stars plus consensuelles de la variété, de l'électro, les poids lourds du hip-hop américain puis les gracieuses *idols* de la K-pop de Séoul et les charismatiques Nigérians de l'afropop.

Peu rancuniers et conscients que l'étalage public de leurs virées shopping sert aussi leur propre légende, les rappeurs français célèbrent dans leurs morceaux ces marques autrefois réservées à la bonne société, se mettent en scène dans les clips et sur les réseaux sociaux, rue du Faubourg-Saint-Honoré ou dans les allées aseptisées de Dubaï Mall. Dans les maisons hexagonales « comme il faut », les manières de ces ambassadeurs non autorisés détonnent et peuvent déplaire.

* * *

Cette réalité typiquement parisienne se situe aux antipodes du traitement réservé aux stars du hip-hop américain. La capitale française est devenue l'un de leurs centres de gravité. Au début des années 2010 à Paris, le rappeur Kanye West évolue avec aisance dans les défilés, rencontre Karl Lagerfeld et d'autres créateurs, pose en couverture de *Vogue* puis collabore avec Louis Vuitton et présente ses propres collections. Pharrell Williams sort son album *G I R L*, s'improvise commissaire d'exposition à la très chic galerie Perrotin, lance une ligne avec Chanel. Jay-Z et Beyoncé obtiennent le droit de tourner un clip dans le musée du Louvre et sont, tout comme A$AP Rocky, invités à tous les défilés LVMH. Au sein du groupe de luxe, cette stratégie est pensée dès le milieu des années 2010 par le troisième fils de Bernard Arnault, Alexandre. Le trentenaire, auditeur assidu de rap américain, a été le premier à soutenir ce tournant stratégique. À chaque Fashion Week parisienne, les stars d'outre-Atlantique se voient attribuer les places des très prisés *first row*, les premiers rangs, quand les rappeurs français y demeurent *personæ non gratæ*.

Cet état de fait dure jusqu'à l'irruption sur la scène de la mode d'un créatif américano-ghanéen. Il est architecte, skateur, DJ, peintre, designer, scénographe, styliste : l'artiste Virgil Abloh, décédé en 2021 à l'âge de 41 ans. À la tête de sa propre griffe de streetwear haut de gamme établie à Milan, Off-White, il est devenu, en mars 2018, le premier noir nommé directeur artistique de Louis Vuitton Homme. Hissé au rang de nouvel empereur de la hype mondiale, le trentenaire visionnaire revisite alors les initiales « LV » à la lumière du streetwear des années 1990, en puisant dans la poésie urbaine et l'art classique comme dans la culture hip-hop, dont le graffiti, qui orne l'un de ses défilés. Virgil Abloh flâne aussi bien dans les galeries d'art les plus prisées que dans les milieux pointus de la scène underground, toujours à l'affût des tendances émergentes. Il écoute du jazz et ses amis du hip-hop américain mais aussi du rap français. Le phénomène PNL ne lui échappe pas. Il se passionne vite pour ces deux frères énigmatiques, dont l'apparence – cheveux longs, corps musclés, streetwear de luxe – comme la musique l'intriguent.

« À Saint-Tropez où je l'ai croisé durant l'été 2018, Virgil n'arrêtait pas de me parler d'un groupe dont je ne comprenais pas tout de suite le nom à cause de son accent, se souvient le flamboyant manager d'artistes Nordine Dahmani, alias Mani, dans son bureau surchargé d'œuvres de Richard Orlinski [247]. En fait, Virgil me parlait de PNL ! Je lui explique que tout le monde en France les connaît. Il était comme un fou, envoûté par leur musique. Dans la foulée, de retour à Paris, on a facilité la rencontre. » Le coup de foudre entre Virgil Abloh et la fratrie est immédiat. Pour eux, il crée l'année suivante une veste et un survêtement Off-White x PNL, des pièces uniques, jamais commercialisées. Les deux frères les porteront dans leur clip « Au DD » tourné au sommet de la tour Eiffel, mais aussi lors d'un showcase confidentiel ou au premier rang du défilé Off-White. En 2019, ils y assistent en tirant sur leurs joints, et « volent la vedette [248] » au podium, écrit une journaliste de l'édition américaine de *Vogue* intriguée par le duo et la stature qu'il vient d'acquérir. Aussitôt, le monde de la mode s'entiche de ce tandem transgressif et créatif.

---

247. Entretien avec les auteurs, le 5 février 2025.

248. Liana Satenstein, « This french rap group stole the show at Off-White », *Vogue*, 20 juin 2019.

PNL ne demande jamais rien aux grandes enseignes mais peut obtenir ce qu'il veut. Et ce qu'il veut, c'est le luxe d'avoir le choix, de se permettre de décliner les propositions des marques les plus en vue. Dans l'univers de la mode, la rareté de leurs apparitions devient vite un carburant du désir. Eux n'ont rien à perdre et n'entendent pas s'incliner face à la maison Yves Saint Laurent, dont un spot publicitaire diffusé fin 2019 comporte des ressemblances troublantes avec leur clip « Au DD ». Ils envisagent même d'adresser une mise en demeure à la prestigieuse marque de haute couture, agacés des « fortes similitudes [249] » qu'ils estiment « s'assimiler à un plagiat », d'autant que la réalisatrice du spot avait un temps travaillé à l'élaboration du clip en question. En creux, le duo pointe déjà l'opportunisme de maisons de luxe si promptes à s'approprier les codes du rap.

Après Virgil Abloh, de jeunes créateurs perçoivent dans le rap français une énergie commune. La figure de proue de ce mouvement est sans conteste Simon Porte Jacquemus, un autodidacte issu d'une modeste famille d'agriculteurs provençaux. « J'ai toujours écouté du rap depuis tout jeune. Je suis un enfant des années 1990, du sud de la France, bercé par la pop culture et la télévision. Dans mon processus créatif, le rap m'a toujours inspiré lors de la création de mes collections. Je pense par exemple au groupe PNL ou à Jul, qui m'ont beaucoup influencé [250] », confie Jacquemus, qui accepte pour la première fois de s'exprimer sur son rapport avec les rappeurs. Il se reconnaît des points communs avec PNL, une capacité à innover, chacun dans sa discipline, une obsession pour le contrôle du récit et un sens aiguisé de la communication. Cette modernité sans compromis emprunte peu aux traditions de l'élite installée

249. Document daté du 2 octobre 2019 consulté par les auteurs.
250. Entretien avec les auteurs, le 28 mai 2025.

du luxe et se construit même, parfois, à contre-courant de tendances que Simon Porte Jacquemus redéfinit à sa guise, rappelant volontiers qu'il est « monté » à Paris pour s'y faire tout seul. Sa marque, lancée en 2009, est aujourd'hui valorisée à hauteur de 600 millions d'euros [251]. Comme les stars du rap, il a longtemps cultivé une indépendance farouche, sourd au chant des sirènes des géants du secteur, prêts à dégainer des offres à neuf chiffres pour investir dans sa marque [252]. Avec PNL, la relation s'est nouée sans efforts. « Nous avons commencé à discuter et échanger naturellement, et ils ont porté mes créations par la suite », se remémore Jacquemus. Il se rapproche aussi de la bouillonnante scène marseillaise, portée par SCH et Jul. Si le premier est féru de mode, le second, fidèle à ses survêtements, ses claquettes et ses bobs siglés de sa propre marque, refuse de s'approcher des podiums, mais partage néanmoins avec le créateur une passion commune pour Marseille, dont ils incarnent à leur manière le renouveau culturel.

Au côté de Jul, il devient même partenaire de son projet 13'Organisé. Sur le maillot du collectif, écoulé à plusieurs dizaines de milliers d'exemplaires, son logo apparaît en bonne place aux côtés de celui de la Fondation CMA-CGM, de marques de jeans et de streetwear, ou encore d'une boucherie d'Aubagne. Un geste rare, quand n'importe quelle maison de luxe prend d'ordinaire mille précautions avant toute collaboration. Jul apprécie. Il ne se montre pas pour autant à un défilé Jacquemus, où se presse la crème du rap français. « J'ai toujours invité ces artistes à mes shows, sans craindre les conventions de l'industrie de la mode et du luxe. SCH, Hamza, Tiakola, Gazo ou encore

251. « Combien vaut Jacquemus », *Glitz*, 22 mai 2025.

252. En février 2025, il a néanmoins consenti à céder 10 % de son capital au géant L'Oréal, avec l'ambition de développer la parfumerie et le maquillage.

Jul ont toujours été de grands soutiens pour la marque, et invités à nos défilés, parmi d'autres artistes de rap que j'écoutais naturellement », assure l'ancien enfant de Salon-de-Provence, devenu l'un des habilleurs attitrés de Beyoncé ou Dua Lipa.

Dans le secteur du prêt-à-porter de luxe « rappo-compatible », Jaquemus a été rejoint par le dandy franco-marocain Charaf Tajer, à la tête de la griffe Casablanca. Ce créatif hâbleur et plein d'aplomb vient des quartiers populaires parisiens, il en a connu les combines de rue et « l'argent sale », comme dit celui qui a vibré au rêve américain version hip-hop à New York, de retour entre Pigalle et Belleville avec les dents ornées de bijoux « grillz ». Avant de s'essayer à la mode, Charaf Tajer a lancé des clubs parisiens hype, un restaurant branché, organisé des block parties où défilaient des stars du rap américain qu'il savait séduire. Puis, en 2018, il fonde Casablanca dont il est le directeur artistique. Sa marque évolue au croisement du sportswear et du luxe, cultive l'imprimé rétro, la soie fluide, les chemises et les shorts bariolés aux motifs baroques, qui rappellent les créations de Gianni Versace. Suivi de près par le groupe LVMH qui lui remet son prix en 2020, Charaf Tajer multiplie rapidement les collaborations prestigieuses : Off-White, Bulgari, Supreme, S.T. Dupont, Audemars Piguet… Et Booba. Le rappeur figure déjà parmi les fidèles clients de Cartier, Gucci ou Balenciaga mais refuse d'adhérer aux conventions de ce monde. Il ne sollicite jamais les marques pour des prêts de créations et critique ouvertement les rappeurs qui, selon lui, font le siège d'une industrie qui les a autrefois humiliés. Dans les bureaux de presse, son nom est considéré comme « sulfureux » et soigneusement tenu à l'écart des listings transmis aux clients. L'univers vintage et moderne de Casablanca, il le découvre à la boutique de streetwear de luxe Coppra, à Miami, dont le patron est une connaissance de Charaf Tajer et facilite la mise en relation. Fin 2023, le créateur convie le rappeur à son défilé parisien. Booba joue le jeu et s'installe au premier rang. Une reconnaissance mutuelle. Quelques mois plus tôt, Casablanca avait déjà intégré Koba LaD à son casting, comme mannequin défilant sur le podium. L'idylle entre Charaf Tajer et Booba se poursuit jusqu'à Tokyo. Le fondateur de Casablanca se rend plusieurs fois par an au Japon où il puise une partie de son inspiration. Cette fois, il apparaît dans le clip « 6G » du rappeur pour lequel il signe aussi la collection de hoodies et de t-shirts *Ad Vitam Æternam*, du nom du dernier album du rappeur. « Ce n'est pas une collab' parmi tant d'autres, sans humain ni sens [253], souligne Anne Cibron, éminence grise du rappeur originaire de Boulogne. C'est le fruit d'une vraie rencontre entre deux artistes. Et puis, Charaf Tajer s'est fait tout seul. Ce n'est pas la famille Arnault. Et ça, Booba et moi, on respecte. »

* * *

Six ans après avoir essuyé une pluie de refus polis, SCH est peu à peu devenu l'un des chouchous des fashion weeks parisiennes. Une petite revanche pour le natif d'Aubagne qui a toujours cultivé une sensibilité aiguë à la mode. Silhouette effilée, tatouages stylisés, lunettes noires, cheveux plaqués, il façonne un style élaboré, quelque part entre Jared Leto et les personnages des films de Michael Mann. De Jacquemus à Nicolas Di Felice, directeur artistique de la maison Courrèges, propriété du groupe Kering, le rappeur est une star courtisée. Bousculée par cette nouvelle génération de créateurs, la tendance remonte jusqu'au sommet des grandes enseignes du luxe, plus réticentes, plus conservatrices. En mai 2024, presque sept ans après le premier défilé de Jacquemus dans la ville, Chanel jette son

253. Entretien avec les auteurs, le 15 janvier 2025.

dévolu sur Marseille et la Cité radieuse de Le Corbusier pour présenter sa collection « croisière ». Une première. La directrice de création de la maison de la rue Cambon, Virginie Viard, ancienne complice de Karl Lagerfeld, cherche alors une personnalité qui incarne l'énergie créatrice de la ville. Instinctivement, elle retient le nom de SCH. Le rappeur clôt le défilé par un showcase sur la terrasse du Mucem [254]. Face à la mer et un parterre d'invités, il apparaît sur scène dans un tailleur noir à double boutonnage, revisité par la maison. En interne pourtant, la présence du rappeur est loin d'avoir fait consensus et certaines fidèles clientes chuchotent leur regret du temps d'avant, de la sobriété tant appréciée. Au coucher du soleil, cigarette et coupe de champagne dans la main gauche tatouée Otto, le nom de son défunt père, et micro dans la droite, SCH chante « Bande organisée » devant des convives de Chanel moyennant un joli cachet. En août 2024, au lendemain de l'attaque de La Grande-Motte, menée par un commando armé et au cours de laquelle un proche de SCH a été tué, le rappeur a reçu le soutien de plusieurs grandes maisons de luxe, pas vraiment échaudées par l'affaire. Certaines ont pris contact directement avec lui, d'autres ont préféré adresser leurs messages à sa styliste.

* * *

Par petites touches, le rap français contemporain influence les créateurs et bouscule les us et coutumes du luxe. Sa puissance se déporte jusqu'à l'une de ses plus célèbres ambassadrices mondiales : l'actrice américaine Natalie Portman. Égérie du parfum Miss Dior, la star de *Black Swan* et de *Star Wars* est une fan de plusieurs rappeurs

254. Le défilé croisière s'est tenu le 2 mai 2024 sur le toit-terrasse de La Cité radieuse.

français. Établie à Paris, elle a pris l'habitude d'échanger avec le jeune chanteur à succès Tiakola et a noué une relation artistique avec Josman, figure influente de la nouvelle scène qu'elle scrute avec attention. Dans la plus grande discrétion, l'actrice s'est même offert pour un peu moins de 50 000 euros un showcase privé du rappeur en juin 2024 pour célébrer la barmitsva de son fils aîné.

Désormais, toutes les grandes maisons transmettent à leurs équipes leurs sélections de rappeurs français à inviter à leurs défilés et se montrent plus disposées à examiner les demandes de prêts de tenues. Les bureaux de presse doivent désormais tisser des liens avec les entourages des stars du rap français, moins sélectionnés sur leurs performances commerciales et les chiffres de leurs ventes que pour leur style. « Il est vrai que notre industrie a mis du temps à comprendre que ce genre musical était devenu si prédominant en France. Les rappeurs remplissent des stades et propagent une vision créative de plus en plus sophistiquée, notamment en matière d'élégance », reconnaît Lucien Pagès, influent communicant et confident de grands noms de la mode. La liste des rappeurs les plus courtisés ne cesse de s'allonger mais certains marqueurs restent rédhibitoires : un passage dans une émission animée par Cyril Hanouna ou à la *Star Academy* vaut quasi-veto. La participation à d'autres programmes peut en revanche faire office de sésame. Longtemps sous les radars des grandes maisons, le rappeur SDM, à la simplicité travaillée, s'est retrouvé assailli d'invitations après son apparition dans la saison 3 de *Nouvelle École*, la série diffusée sur Netflix où SCH tient la vedette. Le directeur artistique de Balmain, Olivier Rousteing, est devenu l'un de ses plus grands fans. Dans cet univers doté de ses propres critères, la cote d'une célébrité fluctue en fonction de variables peu lisibles et pas toujours cohérentes. Les rappeurs ne sont pas les seuls à avoir longtemps été mis au ban. Dans les bureaux de presse parisiens, on se souvient que Céline Dion a longtemps été jugée « ringarde » et on rappelle que certaines maisons refusent encore d'habiller Mylène Farmer.

Chez Hermès, la marque héritière d'une vieille tradition équestre, le directeur des relations extérieures du groupe traite avec égard certaines stars du rap, à l'image de Gims qui célèbre dans ses chansons le fameux sac Kelly, un must de la maison. En matière de bijoux, le chanteur congolais ne se tourne plus vers le joaillier Édouard Nahum dont la discrète boutique du VIIIe arrondissement a fourni la fine fleur du banditisme corse et francilien, les aigrefins de l'escroquerie à la taxe carbone, Heuss l'Enfoiré ou encore Ninho, qui lui a même dédié une chanson et reste un de ses clients les plus fidèles. Dans le même temps, le rappeur de l'Essonne prête son image à l'horloger suisse Omega, tout comme SDM ou Rim'K également liés à la marque biennoise. Amateur de culture hip-hop, le directeur de la communication de cette dernière s'efforce d'associer les rappeurs français à ses campagnes, soucieux de rajeunir son image et de tenter de rivaliser avec Rolex. Des événements auxquels a pu assister le rappeur Werenoi quelques mois avant son décès brutal en mai 2025. Son flamboyant producteur, Babs, a changé de dimension depuis le contrat record de 16,8 millions d'euros signé avec Believe en 2023. Devenu multimillionnaire, il est un client choyé de Louis Vuitton. Dans les boutiques parisiennes du groupe, il peut aisément dépenser des dizaines de milliers d'euros en quelques dizaines de minutes. Une prodigalité qui le classe parmi les clients VIP, accueilli avec déférence par des vendeurs aux petits soins et convié aux défilés de la maison. En juin, il assiste à la présentation de la collection homme printemps-été 2026, sur le parvis du Centre Pompidou. À quelques sièges de Bernard Arnault, de Beyoncé, de Bradley Cooper ou encore du directeur artistique Pharrell Williams et d'autres représentants du rap français. Longtemps resté hermétique à leur univers, LVMH leur ouvre désormais ses portes.

Mais si les contacts ont beau se multiplier, aucun artiste de la nouvelle génération du rap hexagonal n'est parvenu, à ce jour, à décrocher le graal : un contrat d'égérie ou un partenariat d'envergure, pourtant signés à la chaîne avec une kyrielle de stars de la variété, depuis la chanteuse belge Angèle avec Chanel jusqu'à Zaho de Sagazan chez Louis Vuitton en passant par Juliette Armanet chez Dior. Le seul rappeur français égérie à ce jour est Orelsan, ambassadeur des parfums Dior dans le cadre d'un contrat dont le montant avoisine un peu moins d'un million d'euros [255].

Interrogé en 2024 dans l'émission *Clique* sur sa relation avec la maison Celine – à laquelle il avait consacré un clip entier, habillé de la collection streetwear qu'il affectionne –, Gazo, devenu l'un des rappeurs préférés des grandes maisons, avait tenu à en rappeler les limites [256]. S'il avait bien échangé avec Hedi Slimane, directeur artistique de Celine à l'époque, il ne s'était fait aucune illusion. « Avec l'image que j'avais, je savais que jamais j'allais être l'égérie de Celine, avait-il expliqué. On est en France… C'est comme ça. » Lucide sur le pays, le conformisme de ses élites, l'opportunisme cynique d'un monde du luxe qui braconne sur le territoire de l'Empire du rap sans jamais s'y égarer.

---

255. Entretien avec des sources de premier plan ayant requis l'anonymat.

256. Émission *Clique*, sur Canal+, du 15 novembre 2024.

18

LES NOTABLES

Avant de donner son ultime feu vert à l'édification de la tour CMA CGM dans le quartier Euroméditerrannée, le truculent maire de Marseille Jean-Claude Gaudin, un fervent catholique, avait demandé une chose à Jacques Saadé, alors puissant patron de la compagnie : la hauteur du nouveau siège du groupe ne devrait pas dépasser celle de la basilique Notre-Dame de la Garde qui culmine, plantée sur un piton rocheux, à 154 mètres au-dessus du niveau de la mer. C'est donc sous la bienveillance de la « Bonne Mère » que, quinze ans plus tard, ce 26 avril 2023, Rodolphe Saadé reçoit discrètement le rappeur Jul dans son bureau [257], au trentième étage d'un édifice tutoyant les 146 mètres. L'initiative de cette rencontre, en apparence incongrue, revient au magnat des transports maritimes et des médias. Elle était restée secrète jusqu'ici.

Après quelques secondes dans l'un des dix ascenseurs à grande vitesse de la tour, le chanteur et sa garde rapprochée sont conduits dans le bureau tout en baies vitrées qu'occupe le P.-D.G. de 56 ans. En contrebas, d'un côté, le quai de

257. Entretiens des auteurs avec des sources de premier plan ayant requis l'anonymat.

la Joliette et les silhouettes des dockers, à peine visibles à cette distance ; de l'autre, la basilique Notre-Dame de la Garde veille sur « tous les naufragés ensevelis dans le linceul des flots ». Saadé et Jul, face à face, deux enfants de Marseille devenus des symboles de la ville. L'industriel, héritier de son père Jacques et d'une histoire aux parfums d'Orient venus du Liban, qui a grandi dans la mythologie du voyage, désormais à la tête du troisième transporteur maritime mondial, présent dans cent soixante pays, comptant cent soixante mille collaborateurs et une flotte de plus de six cent cinquante navires. Jul, le minot de Saint-Jean-du-Désert au sang corse, qui n'était même pas né quand Jacques Saadé fondait, en 1978, la Compagnie maritime d'affrètement, et se trouve aujourd'hui assis sur le trésor financier de milliards de streams. Costume cintré impeccable, chemise immaculée, Rodolphe Saadé parle le langage des routes commerciales et des deals à plusieurs milliards. Le second, vêtu D'or et de platine, son label et sa marque de vêtements, est entrepreneur autant que chanteur. La ville est leur berceau et leur boussole, la matière première de leurs inspirations et, aussi, leur propre scène. « Alors, de quoi avez-vous besoin ? lance Rodolphe Saadé[258]. Vous avez besoin d'exposition médiatique ? » Proche du pouvoir macroniste, l'homme d'affaires à la réputation d'impitoyable négociateur est en train de finaliser le rachat du journal *La Tribune*, qu'il entend positionner comme le concurrent hebdomadaire du *Journal du dimanche*, désormais aux mains de l'extrême droite version Vincent Bolloré. C'est le deuxième média qu'il s'offre après le quotidien régional *La Provence*, en septembre 2022, qui, ce jour-là, fait sa une sur les guerres de la drogue qui ensanglantent les quartiers populaires de la ville. Rodolphe Saadé ne compte pas s'arrêter en si bon chemin. Il a pris des parts dans M6,

258. Propos rapportés par des sources de premier plan ayant requis l'anonymat.

dans le média vidéo en ligne Brut et s'apprête aussi à racheter Altice Media, un groupe qui détient BFMTV et RMC. Des acquisitions stratégiques dont il a compris l'intérêt pour se hisser dans le club très fermé des grands patrons capables d'influer sur le cours politique. « Nous on n'a besoin de rien, et vous, de quoi avez-vous besoin ? » rétorque l'un des proches du rappeur. Cette entrée en matière fait sourire tout le monde. Autour d'un café, la conversation roule logiquement sur l'OM. Il n'est pas rare que les équipes de Jul et de Rodolphe Saadé se croisent dans les loges du Vélodrome. C'est même là qu'est née l'idée d'une rencontre. Comme Rodolphe Saadé, Jul est évidemment un fan du club. Il a longtemps rêvé devenir joueur professionnel, tout comme le fils du P.-D.G. de CMA CGM, qui occupe le poste de gardien de but dans l'équipe des U17 à l'ASPTT Marseille. Depuis la reprise du commerce mondial après le déconfinement, CMA CGM engrange des profits stratosphériques grâce à son cœur de métier, le fret maritime, et Rodolphe Saadé se sent pousser des ailes. Sa destinée marseillaise passe-t-elle aussi par le rachat du club phare de la ville[259] ? Sans rien dévoiler de ses intentions, il sonde Jul et son entourage, en qui il perçoit une formidable plongée dans toutes les couches populaires de la société marseillaise. Le dimanche précédent, l'OM a battu l'Olympique lyonnais (OL) sur son terrain, grâce à un but dans le temps additionnel. Avec cette victoire, le groupe d'Igor Tudor récupère ainsi la place de dauphin du championnat, ce qui ravit tout le monde. Et Jul le premier : depuis le début de la saison, D'or et de platine, son label, dépense 30 000 euros par match pour être l'un des sponsors officiels du club et le rappeur dispose à ce titre de sa propre loge dans les gradins du stade Vélodrome. En juillet 2023, CMA CGM emboîtera le pas au rappeur en devenant le sponsor principal du club phocéen.

---

259. Il n'en sera rien : le magnat des conteneurs ne se positionnera pas pour une éventuelle reprise de l'OM.

Dans le bureau de Rodolphe Saadé, les deux parties échangent aimablement : que pourraient-elles faire pour le développement de la ville, pour son rayonnement ? L'industriel a une idée, qu'il formule comme une simple proposition : pourquoi ne pas utiliser la tour CMA CGM pour réaliser un clip ? La perspective d'images de la ville prises depuis le sommet de la tour enthousiasme l'équipe du rappeur. « Tête baissée ça t'rentre dedans même si t'es grand comme la tour CMA CGM[260] », chantera Jul quelques mois plus tard, en hommage à ce monument de verre et d'acier posé au nord du Vieux-Port. Après deux heures de discussions à bâtons rompus, il est temps de se quitter. Engagement est pris de poursuivre les échanges. Avant qu'il ne s'éclipse, les enfants de Rodolphe Saadé, des adolescents de 17 et 19 ans tous fans de Jul, sollicitent l'artiste pour quelques photos. Il se prête volontiers au jeu puis disparaît. Pour le P.-D.G., qui s'emploie à éveiller chez ses héritiers le sens du destin familial, l'instant compte. Il s'agit de donner à voir le poids de l'empire Saadé, son influence tentaculaire et son pouvoir d'attraction.

Les discussions au sommet ont vite porté leurs fruits. Et les médias de la galaxie CMA CGM tendent désormais une oreille bienveillante aux actualités de Jul. Dès le 30 mai, *La Provence* lance un jeu-concours à l'adresse de ses lecteurs et propose aux cinq gagnants de découvrir en avant-première le dix-neuvième opus du rappeur à l'occasion d'une croisière en catamaran. Les heureux élus auront même droit à une rencontre avec l'artiste après la balade en mer. L'article promotionnel du quotidien ajoute que le rappeur lance une boutique éphémère de sa marque D'or et de platine sur les terrasses du port, une publicité gratuite.

260. *13'Organisé 2*, Rien 100 Rien, 2024.

Jul ne reviendra dans la tour CMA CGM que le 4 juin 2024 pour tourner le petit clip qui fera office de lancement, quelques jours plus tard, de la nouvelle collection été de sa gamme de vêtements et d'accessoires. Claquettes-chaussettes bleu ciel aux pieds, lunettes polarisées posées sur une casquette portée à l'envers, le rappeur y effectue quelques jongles avec un ballon siglé au nom de son label avant de l'envoyer rebondir, de pied en pied, devant la basilique Notre-Dame de la Garde ou encore le stade Vélodrome, deux autres lieux emblématiques de la ville. Pour l'occasion, l'état-major de CMA CGM a limité l'accès à la tour au strict minimum et le rappeur est entré par une porte dérobée. Jul n'est resté qu'une petite heure mais il a de nouveau pris le temps de quelques selfies avec les rares collaborateurs mis dans la confidence de sa venue. Les enfants Saadé, évidemment, étaient là aussi de la partie. Le 13 juin, le *Girolata*, 177 mètres de long, le plus grand navire à assurer des liaisons entre Marseille et la Corse, propriété de la Méridionale rachetée par le groupe de Rodolphe Saadé [261], accueille sur l'un de ses flancs une affiche de 400 mètres carrés annonçant la sortie de *Mise à jour*, le nouvel album de Jul. C'est le chanteur et son entourage qui ont choisi la Méridionale : selon eux, la compagnie traite mieux les salariés que ses concurrentes et, surtout, elle emploie des Corses. Avec Jul, Rodolphe Saadé partage aussi l'amour de l'île de Beauté : son épouse, Véronique Albertini, est originaire de la région sauvage du Niolu, sertie au milieu des montagnes, dans le centre de la Corse. Le « coup » de la Méridionale marque un pas supplémentaire dans la collaboration entre le rappeur et l'armateur – et sans aucune contrepartie financière, assure le groupe CMA CGM. Les difficultés rencontrées pour retirer la colle de l'affiche, très abrasive pour la coque du *Girolata*, n'entacheront par le partenariat naissant.

261. L'acquisition a eu lieu en juin 2023.

Le 4 octobre 2024, l'artiste sort un deuxième album collectif, où une grande partie de la scène rap marseillaise se trouve réunie. Pour l'occasion, il commercialise un maillot dédié sur lequel s'étale, à côté de celui de Jacquemus, le nom de la CMA CGM. L'équipe de Jul a eu beau faire élégamment savoir à l'état-major de l'armateur qu'une telle proximité pouvait se révéler clivante en termes d'image pour le groupe, l'aventure commune s'est tout de même poursuivie. Et dans les rangs de l'industriel, on assume : « Ce qui fait le lien, c'est Marseille. Il y a un effet de site autour de l'identité de la ville », affirme-t-on volontiers au sein du groupe. « La fondation [262] est un opérateur qui soutient beaucoup de projets culturels et patrimoniaux », justifie-t-on encore. Comme un pacte de reconnaissance mutuelle, d'ancrage partagé, de puissance croisée. L'un avec ses cargos, ses milliards, ses journaux ; l'autre avec ses couplets, ses maillots et ses fans par millions. Le capitalisme se montre si souple qu'il permet aux contraires de se rencontrer, fait de l'influence un credo et de la quête du pouvoir un formidable dissolvant de paradoxes. Depuis que le rap a gagné la bataille de l'audience, il refaçonne les imaginaires, inspire les marques et surtout, il parle à la jeunesse. Pour un patron du CAC 40, un financier du luxe ou un magnat des médias, s'efforcer de comprendre cette culture devenue dominante ne relève plus de la coquetterie.

Encore et toujours à part, Jul préfère se tenir à l'écart de cette fascination exercée par le pouvoir financier sur d'autres rappeurs, hypnotisés par les grands patrons du capitalisme français. Pour certains, ces entrepreneurs milliardaires incarnent une forme d'accomplissement ultime. Booba s'intéresse très tôt à ces tycoons honnis autant qu'admirés. Son credo tient en une punchline : « La puissance

---

262. La Fondation CMA CGM est dirigée par Tanya Saadé, la sœur de Rodolphe.

ne respecte que la puissance[263]. » Une maxime qu'il répète depuis quinze ans comme un leitmotiv, une ligne de conduite, et qui s'incarne dans une photo. On y voit Booba et Vincent Bolloré, dans un salon aseptisé à la lumière crue. À droite, le rappeur, torse bombé, muscles tendus, le regard figé derrière les verres fumés de ses lunettes Cartier. À gauche, le magnat en costume bleu nuit, sourire en coin, l'air tranquille du capitaine d'industrie que rien n'arrête. Deux mondes aux antipodes réunis sur un même cliché. Deux puissances en miroir. L'un, rappeur devenu producteur, entrepreneur et amateur de clashs. L'autre, milliardaire à la tête d'un empire tentaculaire mis au service d'un projet politique et civilisationnel.

Cette image a fait l'objet d'innombrables commentaires, mais son histoire n'a jamais été racontée. Pour comprendre quelle somme d'événements l'a rendue possible, il faut remonter au 15 février 2020, alors que la France commence à découvrir les premiers cas de Covid-19. Booba fulmine. Instagram vient de suspendre son compte et le voilà privé de ses 4,7 millions d'abonnés pour avoir publié les extraits d'une sextape dans laquelle apparaissait le rappeur Fianso. Il en est persuadé : cette sanction vient de très haut. De Vivendi, l'empire des Bolloré, propriétaires d'Universal Music, la major où est signé Booba mais aussi Fianso. Sa manageuse, Anne Cibron, le conforte dans cette conviction. Booba s'en ouvre à une connaissance bien introduite dans les cercles très fermés des capitaines d'industrie, qu'il avait croisée quelques années plus tôt via un ami commun exerçant dans la finance.

C'est elle qui arrange discrètement l'audience[264]. Booba veut rencontrer le magnat Vincent Bolloré et comprendre

263. Booba, « Saddam Hauts-de-Seine », album *Lunatic*, Tallac Records et Because Music, 2010.

264. Entretiens des auteurs avec des sources de premier plan ayant requis l'anonymat.

ce qui lui vaut un tel bannissement. L'entretien a lieu à la tour Bolloré à Puteaux, en marge d'un conseil d'administration de Canal+. Une rencontre de quinze minutes volée au protocole. Vincent Bolloré, lui, connaît à peine le rappeur. Par SMS, il écrit même « Bouba » à son ami. Le fonctionnement d'Instagram, ce nouveau Far West de l'influence, lui échappe aussi totalement. Pourtant, il a accepté cette rencontre, sans doute parce que la demande vient d'un de ses amis proches qui, deux semaines plus tard, organisera d'ailleurs un autre étonnant tête-à-tête : une interview croisée entre Booba et Bernard Squarcini, l'ancien patron du renseignement intérieur français. En pleine crise du Covid, les deux hommes se retrouvent pour un live sur Internet pour disserter sur la nécessité de respecter le confinement afin de freiner la propagation de l'épidémie.

Quand Booba pénètre dans la tour Bolloré le 15 février, le rappeur, d'ordinaire si sûr de lui, se montre presque timide. Il salue Jean Veil, l'avocat des puissants, qui traverse le couloir, puis serre la main de l'industriel. « T'arrêtes quand de faire le crétin[265] ? » lance d'emblée Vincent Bolloré, sur un ton badin, presque familier. Le tutoiement s'impose comme une évidence. Bolloré lui donne du « fiston ». Booba ne relève pas vraiment cette marque d'affection paternaliste. Il est là pour une raison précise : comprendre comment son compte Instagram, devenu en quelques années son arme numérique favorite, le pilier de son influence sur la Toile, a été suspendu.

« Mon garçon, je ne sais pas qui tu es, mais tu me rapportes de l'argent parce qu'on te distribue. Pourquoi est-ce que je voudrais te nuire ? » lance Vincent Bolloré, en expert accompli du rapport de force. Puis, sous les yeux du rappeur, le milliardaire dégaine son téléphone et appelle Laurent Solly, ancien préfet, ex-Sarko boy, désormais haut

265. Entretiens des auteurs avec des sources de premier plan ayant requis l'anonymat.

cadre du groupe Meta en Europe. Sur haut-parleur, Solly explique que l'extrait posté par Booba a beau avoir été pioché sur le réseau social, il a déclenché un signalement massif : cinq millions de vues en cinq minutes, une viralité brutale et inhabituelle qui a automatiquement provoqué la suspension du compte. Le restaurer ou cloner son historique est impossible, dit l'ancien conseiller de Nicolas Sarkozy. Malgré l'impuissance de Vincent Bolloré face aux algorithmes de la plateforme, et alors qu'il s'apprête à prendre l'ascenseur, Booba propose de prendre une photo. Les deux hommes plaisantent : « C'est pas terrible pour toi de poser avec Bolloré », s'amuse le Breton. « Pas terrible pour toi non plus », réplique l'artiste, large sourire aux lèvres. L'image, capturée depuis le téléphone de Booba, circule en quelques heures, postée sur son nouveau compte Instagram. Elle déclenche une onde de choc sur la Toile. Vincent Bolloré, lui-même surpris par la résonance de ce cliché, prend conscience de l'influence du rappeur.

Les deux hommes ne partagent ni valeurs ni la même vision du monde, si ce n'est un certain goût pour la provocation et une indifférence aux critiques. Mais tous deux savent ce que coûte et vaut une conquête. Tous deux ont traversé les affres de la garde à vue et de la mise en examen, qu'ils perçoivent comme la riposte d'un « système » à leur pouvoir. Et tous deux préfèrent, selon les mots de Booba, « avoir un ennemi que la moitié d'un poto [266] ».

Comment le rappeur, enfant rebelle des banlieues et pourfendeur de la Françafrique, a-t-il pu poser aux côtés du milliardaire proche de l'extrême droite, suspecté de « corruption d'agents publics étrangers » en Guinée comme au Togo [267],

---

266. Booba, « Boss du rap game », album *Lunatic*, Tallac Records et Because Music, 2010.

267. Simon Piel et Joan Tilouine, « Afrique, amis, affaires : révélations sur le système Bolloré », *Le Monde*, 25 avril 2018.

propagateur d'idées réactionnaires dans l'Hexagone ? « On me la reproche souvent, cette photo », a déclaré Booba lors d'un entretien accordé à Miami à l'émission *Complément d'enquête*[268]. Interrogé sur Cyril Hanouna, animateur qu'il a un temps fréquenté, le rappeur est contraint de reconnaître un point commun avec lui : ils ont le même patron. Booba, signé chez Universal – où le groupe Bolloré détient une participation après en avoir été longtemps le seul propriétaire –, consent à dire : « Oui, ça lui appartient, oui. » Puis le rappeur lance un message à Vincent Bolloré, lui demandant de se séparer de Jean-Marc Morandini, Pascal Praud, Cyril Hanouna, et de « rétablir le vrai journalisme ».

Mais, pour Booba, Vincent Bolloré incarne l'archétype du pouvoir inflexible. Un homme qui a mis la main sur l'un des leviers les plus puissants du monde moderne : l'information. À travers Vivendi, Canal+, CNews, Havas, il a construit un réseau dense, façonnant l'opinion publique à coups de rachats et de restructurations. Vincent Bolloré n'est pas seulement un financier, c'est un idéologue discret, un bâtisseur d'hégémonie culturelle. Comme le magnat, Booba s'attache à un certain conservatisme compatible avec un ultralibéralisme débridé. Il se sent aussi plus proche d'un Vladimir Poutine, symbole d'autorité forte face à une Europe perçue comme fragile et déclinante.

L'ombre de Vincent Bolloré plane depuis longtemps sur l'industrie musicale française. Pour Vivendi, Universal Music reste avant tout un actif financier, dont l'intérêt dépasse rarement la simple ligne comptable. Dans la lignée de sa prise de contrôle de Canal+ quelques mois plus tôt, en 2015, il avait néanmoins pris soin d'imprimer sa marque sur la filiale française d'Universal Music et, comme il en a secret, de faire tomber des têtes. Principal dirigeant dans son collimateur : Pascal Nègre, patron emblématique et

268. France 2, *Complément d'enquête*, 30 novembre 2023.

flamboyant depuis dix-sept ans, licencié le 18 février 2016. Leur premier contact, deux ans plus tôt, au siège de Los Angeles, avait déterminé la relation entre les deux hommes, froide et d'emblée conflictuelle.

Pour succéder à Pascal Nègre, Vincent Bolloré et le P.-D.G. d'Universal Music Lucian Grainge ont choisi Olivier Nusse, ancien rugbyman et pur produit maison, un profil plus consensuel aux yeux des Bolloré. Comme eux, il est issu d'une grande famille de la bourgeoisie capitaliste française. Il est l'héritier du groupe fondé par son grand-père, Charles Nusse, créateur d'Exacompta, la marque des cahiers Clairefontaine.

Quelques mois après son arrivée à la tête d'Universal Music France, en 2016, Vincent Bolloré avait réuni le comité de direction dans un restaurant parisien du Ve arrondissement. Ils étaient une quinzaine autour de la table, parmi lesquels un des « messieurs rap » de la maison. Sur sa banquette, Vincent Bolloré, calme et sûr de lui, était flanqué de son directeur financier, un homme imposant et grave, aux faux airs du général de Gaulle. Dans cette atmosphère décontractée, entre une tombée d'épinards et un ris de veau, un cadre s'était appliqué à présenter un exposé sérieux sur la « reconfiguration du streaming », ce nouveau terrain de bataille de l'industrie musicale, sans vraiment capter l'attention d'un Vincent Bolloré manifestement guère convaincu par le sujet : « Il avait beaucoup plus apprécié les anecdotes sur la consommation d'alcool du chanteur Renaud [269] », se souvient un participant à ce déjeuner.

Grand amateur de musique classique, Vincent Bolloré ne s'est jamais vraiment intéressé aux artistes contemporains produits et distribués par le groupe. « Il ne connaissait pas le moindre rappeur américain du catalogue, alors qu'on

269. Entretiens des auteurs avec des sources de premier plan ayant requis l'anonymat.

avait Puff Daddy ou Jay-Z[270]. Il ne connaissait aucun des artistes qui portaient le groupe. C'est moi qui lui ait un jour expliqué qui était Jay-Z », glisse, gentiment moqueur, un proche du milliardaire. Universal Music France est pourtant l'un des joyaux du portefeuille de Vivendi, qui a longtemps porté l'action du groupe. « Tant que les dividendes tombaient, Vincent Bolloré ne s'est pas vraiment soucié d'Universal. Après Pascal Nègre, il ne s'est plus intéressé à Universal que pour sa valeur[271] », se souvient un ancien cadre de Vivendi. Pour la gestion quotidienne, il s'en remet à Lucian Grainge, le patron britannique à l'intuition doublement infaillible : détecteur de talents, il anticipe aussi le moindre mouvement des marchés financiers. Lucian Grainge parle deux langues : celle des tubes et celle de la valorisation boursière. Une qualité que Vincent Bolloré apprécie. Depuis sa villa de Palm Springs, Lucian Grainge gagne parfois le sud de la France où il dispose d'une maison. Le fief estival de la famille Bolloré, Saint-Tropez, n'est pas trop loin : il y rencontre le tycoon pour évoquer Universal Music.

Les deux hommes partagent une obsession : le taux de marge. Quand les avances aux rappeurs français explosent, Lucian Grainge donne les consignes à Olivier Nusse. Inutile de suivre, à ses yeux, la stratégie de Believe et Sony Music qui ne s'appuie sur aucune logique de rentabilité. Chez Universal Music France, la directive est claire et le taux de marge fixé à 13 %[272]. Il se murmure qu'il dépasse à peine 4 % chez Believe. Universal Music dispose, par ailleurs, de l'un des plus beaux catalogues au monde. Trésor de la maison, il constitue une rente précieuse qui compense une perte d'influence sur le marché du rap français. À titre

270. Entretien avec les auteurs, sous couvert d'anonymat.
271. Entretien avec les auteurs, sous couvert d'anonymat.
272. Entretien avec les auteurs, sous couvert d'anonymat.

d'exemple, en 2021, les plus belles marges de la filiale française n'ont pas été générées par Booba ou Niska, mais… par Nirvana. Le groupe de rock de Seattle, à l'époque signé en contrat d'artiste, dissous depuis trois décennies, a offert à Universal Music Group un petit miracle comptable, uniquement porté par les ventes et les opérations spéciales organisées pour les trente ans de l'album *Nevermind*.

Périodiquement, depuis Santa Monica, Lucian Grainge prend soin d'envoyer un mail à tous les cadres du groupe : une salve d'auto-congratulations sur l'insolente santé boursière d'Universal Music. Peu de mots, quelques chiffres. Un ton qui suffit à rappeler, sans emphase, où se situe la priorité. Quand les Bolloré étaient encore les seuls maîtres à bord, à Paris, c'était Yannick, le fils, qui s'occupait plus directement d'Universal Music. Plus attentif, plus curieux aussi, il convoquait souvent Olivier Nusse chez Vivendi.

« Cette position était parfois inconfortable pour Olivier Nusse, qui avait accès à certaines informations avant Lucian Grainge[273] », se souvient un ancien du groupe. À peine sorti du bureau de Yannick Bolloré, Olivier Nusse avait souvent droit à un appel du Britannique depuis Los Angeles, pour un débrief de la réunion à laquelle il n'avait pu participer. Avec le rap français, Yannick Bolloré garde surtout en mémoire quelques épisodes marquants. Il se souvient que certains cadres de la major avaient dû être placés sous protection policière après avoir reçu des menaces. Il se rappelle aussi qu'un des artistes maison, MHD, signé chez Universal Music France, avait été accusé de meurtre[274]. L'ombre de cette grande famille de droite n'a pourtant jamais semblé poser problème aux rappeurs du

273. Entretien des auteurs avec une source ayant requis l'anonymat.

274. Le rappeur MHD a été condamné en appel le 28 février 2025 à douze ans de prison pour le meurtre d'un jeune homme en 2018.

catalogue dont Booba, Maes, Gradur ou Niska. Ni aux figures de la pop française comme Angèle, Clara Luciani, Juliette Armanet ou Pomme. La première s'affiche encore en grand sur le site du groupe Bolloré, vitrine de sa participation dans Universal Music.

L'empreinte du clan Bolloré se traduit néanmoins par une vigilance constante des cadres du groupe. Deux polémiques, toutes deux liées au rap, avaient ainsi remonté la chaîne hiérarchique jusqu'au bureau de Yannick Bolloré. La première visait Freeze Corleone, rappeur maison et provocateur notoire, accusé d'antisémitisme sans jamais avoir été condamné [275]. L'affaire avait suscité un profond malaise chez Vivendi comme chez Universal Music, qui avait finalement mis fin au contrat.

La seconde a éclaté le 6 mars 2020, avec un titre du rappeur parisien Sneazzy, sur lequel apparaissait Nekfeu [276]. Dans le morceau, Sneazzy lançait : « Les journalistes salissent l'islam, sont amateurs comme Pascal Praud. Ça mérite une balle dans le cervelet, le canon au fond de la bouche. » Le rappeur n'était pas signé chez Universal Music, mais chez Believe. La polémique avait enflé dans la galaxie Bolloré, notamment dans la sphère liée à CNews. La direction de Vivendi avait aussitôt demandé des explications. Un mail était parti dès le lendemain chez Universal Music France : pourquoi Nekfeu, artiste du label Polydor, l'une des entités de la major, figurait-il dans ce morceau ? Trois jours plus tard, Sneazzy publiait un communiqué sur les réseaux sociaux pour disculper Nekfeu : « Je suis le seul

275. En septembre 2020, le parquet de Paris a ouvert une enquête pour « provocation à la haine raciale » et « injure à caractère raciste » visant plusieurs clips et chansons de Freeze Corleone. Elle a été classée sans suite. En février 2024, le parquet de Nice a ouvert contre le rappeur une enquête préliminaire pour « apologie du terrorisme ».

276. Sneazzy, « Zéro détail », album *Nouvo Mode*, All Points/Believe, 2020.

auteur des paroles », écrivait-il. Pascal Praud, animateur préféré de Vincent Bolloré, avait envisagé de porter plainte tandis que le parquet de Paris avait ouvert une enquête pour « provocation non suivie d'effet à la commission d'un crime ou d'un délit par moyen de communication au public par voie électronique ». L'affaire avait été confiée à la brigade de répression de la délinquance contre la personne (BRDP) de la police judiciaire parisienne, avant d'être classée sans suite. Si la famille Bolloré a ouvert le capital d'Universal Music en 2021 et n'en est plus officiellement la seule propriétaire, elle en reste de loin l'actionnaire majoritaire avec 18 % des parts auxquels s'ajoutent les 10 % détenus dans Vivendi, soit près d'un tiers du capital. Cyrille Bolloré à ce titre siégeait au board d'Universal Music en tant qu'administrateur jusqu'au mois de juillet 2025[277]. Un actif prolifique : l'entrée en Bourse du groupe a largement profité au milliardaire breton. Cette cession n'a pas manqué d'occasionner certains changements. Elle a d'abord réduit l'influence des fils Bolloré au sein du groupe puisque Olivier Nusse, patron d'Universal Music France, rapporte prioritairement à Lucian Grainge. Autre changement, plus anecdotique : la fête annuelle d'Universal Music France ne se déroule plus à l'Olympia, détenue en totalité par le groupe Bolloré. Quant à Havas, autre pilier de l'empire familial, il n'est plus systématiquement privilégié pour les campagnes promotionnelles des artistes maison. Mais l'ombre de Bolloré reste omniprésente et, surtout, redoutée. Mi-2021, un label d'Universal Music France envisage de signer Sneazzy, arrivé au terme de son contrat chez Believe. Les premiers contacts sont noués. L'auto-censure se déclenche avant même que le projet n'atterrisse sur le bureau d'Olivier Nusse. Un haut cadre du groupe bloque

277. Cyrille Bolloré a annoncé le 28 juillet 2025 démissionner du conseil d'administration d'Universal Music.

net : les propos tenus autrefois par le rappeur à l'encontre de Pascal Praud, prévient-il, n'avaient pas plu à l'actionnaire. Affaire classée.

Le spectre de Vincent Bolloré n'est pas le seul à planer sur le rap français. D'autres figures du capitalisme y ont trouvé leur place. La famille Bouygues, via TF1, détient le label PlayTwo, maison de Gims, et tourneur de Werenoi ou Koba LaD. De son côté, Marc Ladreit de Lacharrière, milliardaire, P.-D.G. de Fimalac, et ancien soutien de François Fillon [278], est aujourd'hui le tourneur de Gazo, Lacrim ou encore Tiakola.

S'il n'a pas investi dans l'industrie musicale, le fondateur de Free Xavier Niel multiplie, lui, les emprunts aux rappeurs. Le 1er octobre 2024 sur France Inter, interviewé sur le piratage du téléphone de François Mitterrand au milieu des années 1980 qu'il raconte dans son livre [279], il répond que « la piraterie n'est jamais finie », la formule de ralliement de Booba depuis une dizaine d'années. Puis il éclate de rire, satisfait de sa sortie. Le bon mot n'échappe pas à Booba qui lui remet sur X la « piraterie d'honneur ». Le fondateur de Free avait d'ailleurs été le premier à distribuer la chaîne OKLM TV, quelques mois à peine après son lancement. Depuis, il s'amuse à multiplier les clins d'œil au rap, de Nekfeu à Kaaris, l'ennemi juré de Booba. En avril 2025, dans un communiqué diffusé à l'occasion de sa candidature pour le rachat du club de football de Créteil, le milliardaire glisse une formule soigneusement choisie : « Kaaris a mis la lumière sur Sevran ; moi, je veux mettre

---

278. Marc Ladreit de Lacharrière a été condamné le 11 décembre 2018 à huit mois de prison avec sursis et 375 000 euros d'amende pour abus de biens sociaux, après avoir reconnu avoir rémunéré Pénélope Fillon de manière excessive puis fictive en 2012 et 2014.

279. Xavier Niel, *Une sacrée envie de foutre le bordel : entretiens avec Jean-Louis Missika*, Flammarion, 2024.

la lumière sur Créteil. » Une référence à une citation devenue virale du rappeur du 93 qui permet au fondateur de Free et actionnaire de référence du *Monde* de soigner l'image d'un milliardaire à contre-courant, qui cultive sur les réseaux sociaux son goût pour la transgression et l'antisystème. En réalité, Xavier Niel, qui a grandi à Créteil, dans le Val-de-Marne, berceau de plusieurs générations de rappeurs, n'écoute pas vraiment ce genre musical. Mais il reconnaît son influence et reprend la grammaire de ce pouvoir alternatif.

Sa belle-famille, les Arnault, géants du luxe et première fortune d'Europe, alimente les fantasmes du rap français depuis plus d'une décennie. En 2015 déjà, Booba la chantait dans « LVMH » : « Nard-Bé Arnault, mucho dinero, yo te amo[280]. » Longtemps rétif aux artistes issus du rap français, le groupe constitue une citadelle imprenable que Gims s'est juré de conquérir. Pour ce faire, le rappeur congolais n'a pas besoin de provoquer : il séduit. Dans l'univers feutré où se croisent luxe, pouvoir et influence, Gims a tracé une trajectoire singulière et gravite aujourd'hui dans des sphères auxquelles très peu d'artistes francophones accèdent. Le rappeur est devenu bien plus qu'un musicien : un passeur entre mondes. Le patron du groupe LVMH, Bernard Arnault, n'a jamais affiché publiquement le moindre intérêt pour le rap ou ceux qui le façonnent. Mais son épouse franco-canadienne, elle, s'est laissé gagner par l'aura magnétique de Gims. Hélène Mercier-Arnault, pianiste réputée, s'est rapprochée de l'artiste, qui la fascine. Entre la grande bourgeoise de Montréal et le modeste Congolais devenu une pop star internationale, l'entente a été immédiate. Gims s'invite parfois sans façons dans le salon des Arnault, se sert dans le réfrigérateur et

280. Booba, « LVMH », album *D.U.C*, Tallac Record et Capitol, 2015.

discute de longues heures avec la concertiste. Lorsqu'elle passe à Abu Dhabi, elle ne manque pas de le voir et s'aventure même dans sa ville natale, Kinshasa. Le 25 octobre 2023, sur le tarmac de l'aéroport international de Ndjili, Hélène Mercier-Arnault débarque ainsi d'un imposant jet privé en compagnie de Gims, d'une partie de sa famille et de son ami, le tourneur Charles Tabu. Baskets Nike aux pieds et veste en jean à pois Louis Vuitton sur les épaules, elle détonne aux côtés du rappeur et ambassadeur culturel congolais, conscient de mener à bien l'une de ces opérations de *soft power* dont raffole le chef de l'État. La mégalopole déglinguée n'a pas l'habitude d'accueillir l'épouse de l'un des hommes les plus riches de la planète. Ce qui amuse Hélène Mercier-Arnault, curieuse de découvrir cette ville fascinante. Elle a fait le déplacement sans but précis. Aucun lien direct, assure-t-on, avec LVMH. Officiellement, la visite se veut artistique, ou du moins privée. Elle accompagne son ami Gims, voilà tout. Mais personne n'ignore le subtil rôle joué dans l'écosystème LVMH par Hélène Mercier-Arnault, une figure-clé de la diplomatie culturelle officieuse du groupe.

Avec Gims, elle visite l'Académie des beaux-arts, le quartier populaire de Yolo où le rappeur est né, sort aussi dans des clubs et croise quelques membres de l'élite kinoise toujours à l'affût de mondanités. Un soir, ils se retrouvent à dîner et à siroter des cocktails en présence de l'homme d'affaires indien Harish Jagtani, devenu riche à millions à Kinshasa dans la construction, la santé et le fret aérien. Il loge d'ailleurs la délégation de Gims dans son tout nouvel hôtel, un Hilton. L'un de ses compatriotes, le distributeur Kenny's, qui vend des sacs Chopard et rêve d'obtenir l'exclusivité Louis Vuitton dans la capitale congolaise, tente de plaider sa cause, sans succès. Il y a aussi le flamboyant pasteur et diamantaire Éric Mandala, autoproclamé tycoon des médias, de l'immobilier et de la finance. Ce dernier mène grand train entre Dubaï, où il possède un appartement dans le plus haut gratte-ciel du monde, le Burj Khalifa, et Kinshasa, où il collectionne les propriétés et les voitures de luxe acquises avec une fortune dont l'origine reste un mystère. Ce soir-là, en fond sonore, quelques tubes de Gims, qui danse sur son siège avec ses riches amis, sous le regard circonspect de la distinguée Hélène Mercier-Arnault. Le lendemain, tous se retrouvent pour poursuivre le séjour kinois en mode VIP dans la capitale du quatrième pays le plus pauvre du monde. Gims, en guide mondain, connecte les ambitions africaines avec le prestige et la renommée du géant du luxe français. La visite se conclut par une audience accordée par le président Félix Tshisekedi, ravi de recevoir de si prestigieux visiteurs. Quelques mois après, leurs compagnons de route à Kinshasa finiront par défrayer la chronique. Harish Jagtani sera incarcéré par les services de renseignement congolais puis placé en résidence surveillée, suspecté de liens troubles avec l'ancien pouvoir [281]. Éric Mandala, lui, sera arrêté à Madrid début 2025 en compagnie d'une ressortissante colombienne, dans un parking où se trouvait une fourgonnette chargée de près de 200 kilos de cocaïne acheminée d'Équateur [282]. Dernier acte d'une longue enquête internationale conjointement menée par les agences antidrogue des États-Unis et d'Espagne. Pas très LVMH.

Au sein du groupe de luxe, ce genre de mésaventures étonne. Et les liens entre Gims et Hélène Mercier-Arnault, qualifiée d'« amie » par l'artiste, excitent les curiosités. Depuis le premier défilé de Pharrell Williams pour Louis Vuitton, sur le Pont-Neuf, en juin 2023, Gims n'est étrangement plus convié aux grands rendez-vous de la maison.

281. Il a été interpellé le 17 mars 2025 à Kinshasa.

282. Éric Mandala et Harish Jagtani, n'ayant pas été jugés, sont présumés innocents.

L'omission serait volontaire. Car si l'influence et l'entregent du rappeur intéressent l'état-major de LVMH, il dérange aussi par l'image qu'il renvoie. En clair, il n'a pas le profil des amis habituels de la maison. Son nom continue pourtant à circuler dans certains projets. À l'écart du groupe, le 20 décembre 2024, Hélène Mercier-Arnault l'accompagne au piano le temps d'un morceau, devant quarante mille personnes, sur la scène de La Défense Arena à Nanterre. En coulisses, l'épouse du patron de LVMH joue même les entremetteuses pour faciliter une collaboration entre l'artiste et Aya Nakamura. Début mai 2025, elle avait d'ailleurs prévu de se rendre au studio de Gims à Meudon en compagnie de son amie Brigitte Macron pour assister à l'enregistrement des deux stars [283]. La première dame a finalement annulé sa venue, contrainte d'accompagner Emmanuel Macron en déplacement officiel à Madagascar. Le morceau, lui, ne sortira pas comme prévu. Pour cette collaboration, validée par les deux femmes les plus puissantes de France, Gims avait obtenu une faveur rare : tourner, le 8 mai, au sommet de l'Arc de Triomphe. Mais deux jours plus tôt, Aya décline et met en suspens la collaboration. « J'aime pas le son », écrit-elle sèchement à Gims. Depuis, le projet est à l'arrêt, au grand désespoir de son initiatrice, Hélène Mercier-Arnault. Gims s'en moque et continue de cultiver son amitié avec « Hélène », lui qui parle déjà à des souverains et chefs d'État d'Afrique, du Golfe et, depuis son tube « Ninao [284] », qui reprend « Gandagana », une chanson populaire géorgienne, au président du pays Mikheïl Kavelashvili qui lui a même proposé des actifs immobiliers en guise de remerciements.

---

283. Entretiens des auteurs avec des sources de premier plan ayant requis l'anonymat.

284. Gims, « Ninao », album *Le Nord se souvient*, TF1 Musique et Play Two, 2024.

* * *

Hélène Arnault-Mercier n'est pas la seule membre de la plus puissante famille de France à composer avec les figures du rap. Depuis le rachat du Paris FC par les Arnault, en novembre 2024, les nouveaux propriétaires cherchent un visage, une incarnation capable de porter le petit club de football parisien, qui évolue dans l'ombre de l'ogre PSG. Pour cela, il faut une célébrité populaire et légitime, un homme capable d'accompagner l'ascension du club vers la Ligue 1. Le choix se porte sur Ninho, l'un des artistes les plus streamés de l'Hexagone. Antoine Arnault, fils aîné du premier mariage de Bernard Arnault, aux relations distendues avec Hélène, la seconde épouse de son père, l'invite pour le dernier match de la saison. Le 2 mai 2025, au stade Charléty, l'enfant des quartiers de l'Essonne échange sourires et poignées de main avec ce fils de la grande bourgeoisie française, héritier d'un empire familial. Adoubé, il devient l'égérie du club version Arnault et signe, en partenariat avec Adidas, un nouveau maillot frappé de son surnom « Jefe ». Le jersey tranche sur la relative sobriété des tenues habituelles : orange vif, motifs camouflage jaune et rouge, clin d'œil au street art et à l'énergie urbaine de la capitale. Un visuel inspiré, selon le communiqué du Paris FC et d'Adidas, « du Congo et du Grand Paris », deux territoires fondateurs du rap français. Ninho le porte sur scène pour l'une de ses deux dates au Stade de France, qui se jouent à guichets fermés : une belle publicité devant cent soixante mille personnes au total, là où le Paris FC, chaque week-end, peine à remplir les dix-neuf mille sièges du stade Jean-Bouin. C'est cette influence que sont justement venus chercher les Arnault. En attendant les premiers résultats sportifs, le pari marketing est gagné : dans les jours qui suivent, les maillots sont en rupture de stock sur le site d'Adidas.

De Paris à Marseille, des Arnault aux Saadé, les puissants ne peuvent plus faire l'économie de cette « nouvelle France », ces rappeurs qui cherchent la reconnaissance tout en protégeant jalousement leur autonomie. Mais ils ne le font pas le cœur résigné : une forme de fascination se mêle à la stratégie industrielle de groupes dont la pérennité demeure l'intérêt supérieur. Une force symbolique que les politiques tentent eux aussi de capter, au premier rang desquels Emmanuel Macron, un président qui n'aimait pas le rap.

19

LA COUR

Samedi 26 avril 2025, 20 h 30, Stade de France. Pas moins de quatre-vingt-dix-huit mille spectateurs trépignent d'impatience, les yeux braqués sur la scène. Dans sa loge, Jul achève ses derniers préparatifs en compagnie de quelques fidèles. Casquette à l'envers, lunettes de soleil, survêtement noir et kaki, claquettes-chaussettes. Sur les écrans géants, une montre Casio affiche le compte à rebours. La clameur monte de la foule compacte qui reprend en chœur. Quatre… Trois… Deux… Un… Zéro. Un bref silence. Que vient percer une voix douce et vibrante qui entonne un chant corse. C'est celle de Francè Zito, le jeune chanteur d'Ocana, près d'Ajaccio, avec qui Jul a enregistré un morceau. Tous les regards se lèvent vers le toit du stade, d'où descend en rappel la star marseillaise. À mesure que sa silhouette se rapproche, le stade vrombit. Lorsque l'artiste touche le sol, il bascule. Deux hommes cagoulés, en vert fluo, viennent à sa rencontre. L'un brandit le drapeau à tête de Maure, l'autre celui de son label D'or et de platine. Jul remonte d'un pas lent vers la scène et entonne son titre « Capata » – « coup de tête » en langue corse.

Dans les gradins sud, secteur Z9, réservé aux invités de marque, une femme au carré strict, pantalon et pull noirs, a tenu à assister à ce concert spectaculaire. La ministre de la Culture Rachida Dati se dandine sur un morceau dont elle ne connaît pas les paroles. À la fin des deux heures trente de show, elle se glisse dans les loges et tente avec insistance d'approcher Jul, resté fidèle à son credo : aux politiques, être inaccessible. « C'était phénoménal, écrit Rachida Dati sur Instagram. Show incroyable. Merci à la team Jul. » Avec ce goût de la provocation dont elle a le secret, la ministre surjoue cette communion de la « culture populaire » : France des quartiers et des pavillons, jeunes et vieux réunis autour d'un artiste adulé. Elle aime cette ambiance aux antipodes de l'élitisme des biennales d'art contemporain et des scènes de théâtre, hermétique au militantisme convenu du monde culturel parisien. L'Empire du rap, lui, ne demande ni subventions ni soutien politique, et génère de l'argent par dizaines de millions d'euros. Et ça, Rachida Dati apprécie. Les rappeurs et leur entourage ne portent pas davantage de jugement sur les ennuis judiciaires d'une ministre mise en examen depuis juillet 2021 pour « corruption passive » et « trafic d'influence passif par personne investie d'un mandat électif public » dans l'enquête ouverte après la chute du P.-D.G. de l'alliance Renault-Nissan, Carlos Ghosn. Un dossier embarrassant [285] auquel s'ajoute celui de GDF Suez, devenu Engie, qui lui aurait versé près de 300 000 euros lorsqu'elle était députée européenne, selon les révélations du *Nouvel Obs* [286]. Pour le monde du rap, c'est tout juste si ces déboires ne lui confèrent pas un supplément d'âme.

* * *

Avec un soupçon d'opportunisme, la ministre de la Culture a aussi compris ce que cet écosystème pouvait lui

285. Rachida Dati reste présumée innocente.

286. Clément Lacombe, « La nouvelle affaire Rachida Dati : révélations sur l'argent caché de l'ex-députée européenne », *Le Nouvel Obs*, édition du 5 au 11 juin 2025.

apporter, et ce dès le jour de sa nomination. Rachida Dati aime à mettre en avant ses origines maghrébines, qui lui ont valu tant d'attaques de l'extrême droite comme de son propre camp, et son extraction modeste pour marteler qu'elle s'identifie à ces rappeurs venus des quartiers populaires, comme elle. Le président Emmanuel Macron lui a d'ailleurs donné le mandat de servir la culture pour celles et ceux qui « veulent aussi y avoir droit ». Dès sa prise de fonction en janvier 2024, Rachida Dati a voulu marquer une rupture, bien décidée à se démarquer de sa prédécesseure, Rima Abdul Malak, insensible au rap.

L'un de ses premiers appels, elle l'a réservé à Fred Musa, l'orchestrateur de *Planète Rap* sur Skyrock. Une vieille connaissance. Elle s'était déjà rendue dans le studio de la radio en 2008, en tant que garde des Sceaux. Cette fois, au téléphone avec l'animateur, la promesse est claire : elle veut relancer son idée de musée du hip-hop. Elle sait qu'il porte depuis plusieurs années ce projet d'un espace dédié à l'épopée du rap français, inspiré de celui consacré au groupe suédois ABBA à Stockholm. Quelques années plus tôt, Rachida Dati avait déjà facilité une rencontre entre Fred Musa et un autre amateur de rap, Mathias Vicherat, alors directeur général adjoint de la SNCF, pour évoquer la possibilité d'accueillir le projet dans un ancien hangar ou atelier de cheminots. En vain : l'affaire en était restée là.

Moins d'un mois après sa nomination, la ministre de la Culture va se servir du rap pour se faire remarquer. En milieu de soirée, ce lundi 12 février 2024, à Aulnay-sous-Bois, sa berline aux vitres teintées se gare devant un petit local coincé entre deux enseignes de bricolage. C'est là, dans une zone commerciale sans charme, que se tourne le *DVM Show*, l'émission du jeune streamer Medja diffusée sur la plateforme Twitch, devenue un passage obligé pour la scène rap. Ce soir, Dadju, le frère de Gims, et son acolyte

Tayc, chanteur franco-camerounais à succès, sont les invités. Officiellement, Rachida Dati accompagne deux chanteuses et vient seulement féliciter Medja, prévenu deux heures plus tôt. Elle est donc censée rester en coulisses. Dans le studio, l'ambiance est détendue. Derrière la table, deux micros et une grappe de jeunes venus ambiancer le show. Bonnets vissés sur la tête, Dadju et Tayc, complices, entament leur titre « Ma préférée ». Le décor est simple, l'éclairage tamisé. Hors champ, Rachida Dati tente une première fois de se glisser dans le cadre des caméras, sans succès. Puis un regard complice lancé à Dadju, une main tendue, quelques pas de danse, et la scène dévie du script transmis par le ministère au *DVM Show*. Rachida Dati n'a pas pu s'en empêcher. « Son nom, c'est Rachida eh eh, madame Rachida », chantent en boucle Dadju et Tayc tout en faisant danser la ministre pendant que Medja et ses amis les accompagnent en tapant des mains. « Je suis une ghetto girl », lâche au micro Rachida Dati. L'instant est filmé et retransmis en direct sur Twitch. La séquence faussement improvisée devient virale. La nouvelle ministre de la Culture a réussi son coup. Pour Medja et sa petite bande, le retour de flamme est plus rude. Dans la soirée, les réseaux s'emballent. Il est sommé de s'expliquer sur cette tribune offerte à une figure du sarkozysme, associée à l'époque du « Kärcher » et d'une politique pénale répressive. Il poste une vidéo, les traits tirés, la voix lasse : « Elle devait rester cinq minutes pour nous féliciter, voir les locaux et l'équipe. » À la hâte, l'extrait de l'émission où apparaît la ministre est supprimé.

Ce que Medja ignore, comme le reste de l'équipe du *DVM Show*, c'est qu'en secret, chaque détail avait été planifié par Rachida Dati. Pour orchestrer ce coup de communication, elle n'a pas sollicité son cabinet mais son réseau familial. Le secret de sa présence ? Il se tient à gauche de Tayc et Dadju, derrière les platines. Il est grand, porte une veste en jean et arbore un sourire tranquille : DJ First Mike. Le quadragénaire est une vieille connaissance de la ministre. Et pour cause, il est le compagnon d'une des nièces de Rachida Dati, le père de ses petits-neveux. Quant à Tayc et Dadju, ils avaient été prévenus en amont. Les deux chanteurs qui, de Paris à Kinshasa, cultivent leurs réseaux au sein des pouvoirs connaissent tous deux la ministre depuis plusieurs années. De cette soirée, Rachida Dati a laissé sur les réseaux sociaux un message qui a valeur de manifeste, pour un « ministère qui soutient partout le talent, le travail, la volonté. C'est aussi comme cela que je conçois mon action. C'est aussi le sens de ma présence auprès de cette jeunesse généreuse et populaire ».

Une semaine plus tard, la création d'une « Maison du hip-hop » figure parmi les premières annonces publiques de Rachida Dati. Elle s'appellera en fait la « Maison des cultures urbaines » et sera installée à La Villette. Aucune des stars du rap français contemporain ne se joindra à l'inauguration. Rien n'est jamais dénué d'arrière-pensées avec cette ambitieuse ministre qui rêve de conquérir la mairie de Paris. Cette initiative est aussi une pique à sa meilleure ennemie, l'édile Anne Hidalgo, qui a lancé en 2016 La Place, un lieu dédié aux cultures urbaines établi au cœur de Châtelet-Les Halles. Un espace qui peine à exister et symbolise les difficultés des pouvoirs publics à apprivoiser un mouvement né en marge et resté, quatre décennies plus tard, étranger à une grande partie des institutions.

* * *

Rachida Dati ne s'arrête pas là. Dix-sept mois après sa nomination, elle réserve à *Planète Rap* et Fred Musa une grande interview, le 16 juin 2025. Cette fois, c'est pour donner le coup d'envoi de la première édition de la French

Music Week, pensée pour promouvoir « la richesse de la création musicale française ». Pour l'occasion, sur son compte TikTok, elle prétend écouter Gazo et assure que le rap français fait partie de sa « playlist personnelle » lors de ses séances de sport. Rue de Valois, au ministère de la Culture, Rachida Dati a reçu pour l'occasion les grands patrons de l'industrie musicale. Dans le salon d'honneur du Palais-Royal, les dirigeants des filiales françaises de Sony, Warner, Universal, Believe et quelques indépendants triés sur le volet prenaient place, satisfaits d'être ainsi considérés. D'un ton solennel, la ministre leur a annoncé un plan de soutien de 500 millions d'euros consacré à la filière musicale. Toute la semaine, sous les ors de l'opéra Garnier s'est engagé un dialogue inédit entre l'État et l'industrie. On y discute intelligence artificielle générative, rémunération des artistes à l'ère du streaming, transparence des algorithmes. Après le discours d'ouverture de la ministre, les tables rondes s'enchaînent. Jambes croisées dans un fauteuil de velours beige, Denis Ladegaillerie, le patron de Believe, parle de transformation, de data, d'agilité. Les P.-D.G. des branches françaises des majors prennent aussi la parole pour partager leur vision, sans oublier de vanter leurs réalisations. Le point d'orgue de la semaine se joue le vendredi soir dans les jardins de l'Élysée. Ciel dégagé, brise légère. Le président Emmanuel Macron clôture l'événement en prononçant un discours sans notes et en anglais sur « les grands défis de l'industrie musicale ». Costume bleu marine, sourire de circonstance, il rejoint dans la foulée son auditoire, serre des mains et multiplie les apartés. Le chef de l'État échange quelques mots avec Pharrell Williams. À deux pas, la patronne de la branche française de Sony, Marie-Anne Robert, les observe, tout sourire, enchantée d'en être.

Emmanuel Macron comme Rachida Dati ne savent rien, ce soir-là, des pratiques de leurs hôtes. Des millions évaporés, des contrats troubles, des schémas d'optimisation fiscale et encore moins bien sûr des liens financiers de ces maisons de disques avec des figures du narcobanditisme. Sous les lustres à pampilles, les dirigeants des majors taisent leur extrême légèreté dans le versement d'avances faramineuses, sans cadre sérieux de conformité. Le président français ignore que Sony ou encore Play Two figurent dans l'enquête judiciaire ouverte après l'évasion spectaculaire, en mai 2024, de Mohamed Amra, qui a coûté la vie à deux surveillants pénitentiaires. Il ne sait pas non plus que la Black Manjak Family, cette organisation criminelle que les services de police ont découverte avec stupéfaction quelques mois plus tôt, collabore depuis plusieurs années avec des cadres de ces majors. Le chef de l'État ne peut imaginer un instant que Believe, dont il avait soutenu l'entrée en Bourse en 2021 et qui a bénéficié de 25 millions d'euros de la Banque publique d'investissement [287], collabore depuis près de dix ans avec des structures contrôlées par un homme condamné pour trafic de drogue, soupçonné d'avoir commandité un assassinat et visé par plusieurs mandats d'arrêt. Malsain ? Le chef de l'État n'en a jamais entendu parler. Ses ministres de l'Intérieur successifs bataillent pour obtenir son extradition du Maroc. Dans les jardins de l'Élysée ce soir-là, les P.-D.G. français des majors sont insoupçonnables. Le rap n'est de toute façon pas à l'ordre du jour.

* * *

Le plus jeune président de la Ve République n'est pas familier de ce genre musical. À vrai dire, il n'en connaît ni les mélodies, ni les codes, ni les visages. Le nom de Werenoi ne lui dit rien quand, en visite officielle en Albanie le 17 mai 2025, une alerte de l'Agence France-Presse annonçant la mort de l'artiste s'est affichée sur l'écran de son

287. Rapport annuel 2021 de la Banque publique d'investissement (BPI). Believe a par ailleurs obtenu près de 10 millions d'euros de prêts de la BPI.

conseiller presse. Silence radio. Ni hommage, ni communiqué. Depuis deux ans, Werenoi remplissait les plus grandes salles, trônait en tête des plateformes de streaming et parlait à toute une génération. Au gouvernement, seule Rachida Dati, fidèle à sa nouvelle ligne, s'est fendue d'un bref message. Dans la classe politique, personne n'en perçoit l'utilité, à l'exception d'une poignée de députés de La France insoumise et d'Olivier Faure. Pur opportunisme : le secrétaire général du Parti socialiste écorche même le nom du rappeur « Wirenoi » dans son discours.

Emmanuel Macron aime Michel Sardou, Francis Cabrel, Johnny Hallyday. Lui, le fils de la petite bourgeoisie d'Amiens, ne se reconnaît pas dans le rap français contemporain. Durant la campagne présidentielle de 2017, l'humoriste Yassine Belattar, dont il était proche, avait bien tenté de l'initier. Quelques références glissées entre deux notes, des punchlines prêtes à l'emploi. À Marseille, le candidat s'y était risqué : « Ce n'est pas ici que je vais vous l'apprendre, on est tous nés sous la même étoile », lança-t-il en citant maladroitement le groupe IAM, à rebours du message initial d'un morceau de 1997 qui dénonce précisément les inégalités de naissance et d'origine sociale. Les mots du candidat sont tombés à plat, sans convaincre un public circonspect. Une fois élu, un an plus tard, Emmanuel Macron s'est essayé derechef à distiller des phrases extraites de morceaux de rap dans un discours. À Paris, cette fois, lors d'une prise de parole sur les banlieues, il cite le rappeur parisien Oxmo Puccino, proche de Yassine Belattar : « On donnera aussi la parole aux mamans, certains diraient de Ouagadougou au fin fond du Pérou », récite-t-il, reprenant le refrain de « Mama Lova[288] ». L'exercice reste mécanique, mal maîtrisé et sonne faux.

288. Kheops et Oxmo Puccino, « Mama Lova », album *Sad Hill*, Delabel, 1997.

Du rap, Emmanuel Macron a cependant fini par comprendre l'influence et la puissance. Celles qui rayonnent auprès des jeunesses de France et d'Afrique francophone, apanages d'artistes capables de tisser du lien là où les diplomates ne passent plus. Gims, Dadju, ces « premiers de cordée », incarnent à ses yeux un *soft power* utile à sa stratégie de repositionnement sur le continent africain. Dès décembre 2019, le rappeur d'origine ivoirienne Vegedream, auteur du tube « Ramenez la coupe à la maison », a été du voyage présidentiel à Abidjan. En mars 2023, c'est Gims qui doit l'accompagner en République démocratique du Congo. Mais le chanteur se trouve à Al-Ula, en Arabie saoudite, et sollicite l'envoi d'un jet privé pour rejoindre la délégation sur place. L'Élysée refuse. « Il n'était pas question de lui affréter un avion avec l'argent du contribuable », tranche un conseiller du président Macron. À Kinshasa, le président aura tout de même droit à une séquence soigneusement cadrée avec Fally Ipupa, chef de file de la rumba congolaise contemporaine apprécié de nombreux rappeurs français avec qui il multiplie les collaborations. Après un concert offert à l'Institut français de Kinshasa, le chanteur a tenu à montrer au président français son quartier populaire de Bandal surnommé « Petit Paris ». Les deux hommes se sont montrés à la table d'un bar, bouteille de bière locale à la main, Emmanuel Macron en bras de chemise. « Les artistes de musique urbaine incarnent à la fois la puissance et la diversité des diasporas africaines, dit Élisabeth Moreno, ministre d'Emmanuel Macron entre 2020 et 2022, elle-même native du Cap-Vert et artisane de cette approche renouvelée. Ils ont conquis les cœurs autant que les opinions, de Limoges à Bruxelles, de Paris à Kinshasa ou Abidjan. Ce sont eux, les premiers représentants mondiaux de la francophonie [289]. »

289. Entretien avec les auteurs, le 30 mai 2025.

* * *

La stratégie de l'Élysée peine toutefois à capter l'élite du rap français. Gims est, à ce jour, le seul artiste d'envergure à accepter de s'afficher aux côtés d'Emmanuel Macron, sans sourciller et en assumant ce semblant de proximité. Cette relation a d'abord été nouée en 2018 par l'entremise de Brigitte Macron. Depuis l'arrivée de son mari à l'Élysée, elle s'est fixé une mission : tisser des liens avec ces figures populaires qui, veut-elle croire, sont les intercesseurs privilégiés auprès d'une société qu'elle devine plus réceptive aux refrains et aux couplets qu'aux discours politiques. Elle a d'abord reçu l'homme aux lunettes noires en privé pour parler d'un dossier qui traîne depuis cinq ans : sa demande de naturalisation française. Brigitte Macron est séduite par son calme, sa courtoisie, et les histoires qu'il raconte de sa voix grave, insistant sur sa passion pour l'opéra italien et le ténor Luciano Pavarotti. Après la première dame de Côte d'Ivoire et la pianiste épouse du patron de LVMH, Brigitte Macron découvre un artiste à l'aise dans les salons, loin des clichés du rappeur qu'elle s'imaginait. Gims, lui, sait faire : il parle du Congo, d'Afrique, de sa jeunesse en France dans les squats, mais aussi d'éducation, d'art lyrique, de spiritualité. Il donne son numéro. Les SMS s'échangent et les liens se créent. Aussi, quand Brigitte Macron décide de dépoussiérer l'opération « Pièces jaunes », ce legs caritatif de l'ère Chirac, elle se tourne naturellement vers Gims. Fini les loteries et les déjeuners à l'Hôtel de Ville, elle rêve d'un grand concert. Ce sera à l'Accor Arena, en prime time sur France 2. En janvier 2024, l'artiste en devient l'une des têtes d'affiche. Gims l'ambitieux y chante Verdi, en duo avec la soprano Nadine Sierra. *La donna è mobile*, puis *Sempre libera*. Les répétitions ont eu lieu dans un appartement haussmannien du VIIIe arrondissement en présence d'Hélène Mercier-Arnault, fidèle complice de l'artiste comme de l'opération, qui a recommandé le pianiste qui accompagnera Gims sur scène. À la fin du show, il pose fièrement entre Emmanuel Macron et son épouse. À défaut de nationalité française, qu'il ne souhaite même plus solliciter, Gims dispose du passeport diplomatique congolais et fréquente les couples présidentiels des deux pays.

L'ombre de Brigitte Macron plane jusque dans les choix de la cérémonie d'ouverture des Jeux olympiques de Paris 2024 et, là encore, avec son amie Hélène Mercier-Arnault. Ce redoutable binôme, au cœur du pouvoir politique et économique, n'apparaît sur aucun organigramme. Pourtant, leurs noms se chuchotent dans les couloirs du Comité d'organisation des Jeux olympiques et paralympiques. D'autant que le groupe LVMH est partenaire « premium » de la cérémonie et a déboursé pas loin de 150 millions d'euros pour bénéficier de ce statut. La mise en scène a été confiée à Thomas Jolly, mais côté musique, la mission de présélectionner les artistes revient à la filiale française du géant américain du divertissement Live Nation. À sa tête, Angelo Gopee, tourneur de plusieurs rappeurs français. Très vite, Brigitte Macron souffle quelques noms comme Blackpink, le groupe coréen dont Lisa, l'une des chanteuses, est la compagne de Frédéric Arnault, le fils d'Hélène. Elle évoque aussi Gims, devenu un ami fidèle des deux femmes. Au sein du COJOP, comme chez Live Nation, cette immixtion suscite une gêne palpable, d'autant que les propositions ne séduisent pas vraiment. Ni Gims, ni Blackpink ne sont d'ailleurs approchés. Live Nation a d'autres ambitions. Loin des amitiés bien placées, la société souhaite proposer un plateau rap, intergénérationnel et fédérateur. Du côté du COJOP, très « quadra », on rêve d'IAM ou d'autres groupes de cette époque, les années 1990 et 2000. Pour représenter la nouvelle génération, Live Nation arrête deux profils : Meryl, rappeuse martiniquaise, et Gazo, héraut charismatique de la drill à la française[290]. Mais très vite, les ambitions s'étiolent.

L'Élysée a fixé des règles particulièrement strictes. Alors que toutes les forces de l'ordre de France ont été privées de vacances estivales et réquisitionnées pour assurer la sécurité de l'événement, pas question de voir se produire sur scène un rappeur qui a eu maille à partir avec la justice. Les textes sont disséqués, pour que l'on soit certain que les artistes susceptibles d'être retenus n'ont jamais fustigé la police dans leurs morceaux. Le mot d'ordre est clair : pas de vagues. Thierry Reboul, directeur exécutif du COJOP, a déjà dû suffisamment batailler pour que Jul participe à la cérémonie d'allumage de la flamme à Marseille. Le rappeur Rim'K, 46 ans, apparaît comme une option consensuelle pour tous. Un « tonton » du rap français populaire. Le projet initial, porté avec enthousiasme par le COJOP, se voulait ambitieux : reformer le groupe 113, le temps d'un hommage vibrant à leur titre phare, « Les Princes de la ville ». Mais rien ne se passe comme prévu. Un problème de droits autour du sample utilisé dans le morceau de « Make Me Believe in You » de Curtis Mayfield vient tout bloquer. Le titre ne peut pas être joué. Rim'K monte donc seul sur la scène flottante installée sur la Seine pour interpréter « King », un morceau inédit de deux minutes. C'est la seule et courte parenthèse accordée au rap durant plus de trois heures de cérémonie. Une présence presque symbolique et même un peu surannée, très éloignée des promesses initiales que le premier genre musical de France aurait été en droit de revendiquer. L'industrie du rap s'en est contentée et, à dire vrai, n'avait manifesté aucune attente particulière. D'ailleurs, le vent de fraîcheur de cette cérémonie sera porté par une star de la pop urbaine très liée aux rappeurs.

290. Entretiens avec des sources de premier plan ayant requis l'anonymat.

* * *

En cette matinée du 19 février 2024, l'air est encore piquant à Paris. Devant la grille du 5, rue du Faubourg-Saint-Honoré, une silhouette élancée marche d'un pas décidé dans la cour de l'Élysée. Traits tirés, téléphone en main, l'homme compose un numéro, raccroche, recommence. Rien. Son visage se fige. Matthias Leullier est le numéro 2 de Live Nation France. Accompagné de Thierry Reboul, le grand ordonnateur de la cérémonie d'ouverture, il a rendez-vous avec Emmanuel Macron. Les deux hommes doivent lui présenter Aya Nakamura, artiste francophone la plus streamée dans le monde. La rencontre, préparée en douce depuis plusieurs semaines, doit permettre de tendre une main à la jeunesse, à cette pop urbaine que le président français ne sait pas vraiment dissocier du rap. Le rendez-vous était fixé trente minutes plus tôt, à 11 heures, mais toujours aucun signe de la star franco-malienne. Prudent, le duo Leullier-Reboul avait donné rendez-vous à l'artiste à 10 heures tapantes, en espérant contenir ainsi l'imprévisibilité proverbiale de la jeune artiste. La major de la chanteuse, Warner, avait même insisté pour lui réserver une suite au Bristol, à quelques pas de l'Élysée. Mais Aya Nakamura a refusé. Matthias Leullier et Thierry Reboul présentent leurs plus plates excuses à un conseiller de l'Élysée au visage impassible. Dans le vestibule, les huissiers s'étonnent de voir le président de la République française contraint de patienter alors que c'est lui, d'ordinaire, qui se fait attendre. Emmanuel Macron, pourtant, s'en amuse. « C'est une vraie artiste, c'est normal qu'elle soit en retard », dit-il. Dans le salon Napoléon III, le président guatémaltèque Bernardo Arévalo vient d'arriver et attend lui aussi son tour pour s'entretenir avec son homologue français. Il a beau être chef de l'État, il passera après la diva. Aya Nakamura répond enfin : « Je suis dans les bouchons à Concorde », lâche-t-elle d'une voix calme. Elle a presque une heure de retard mais s'en moque. C'est Emmanuel Macron qui a sollicité cet entretien.

À midi passé, un grand manteau noir fend le perron de l'Élysée. La star vêtue d'un tailleur sombre, veste ajustée au tombé impeccable, avance d'un pas sûr. Ses longs cheveux lissés glissent autour d'un visage au maquillage discret. Elle s'excuse pour le retard et pénètre dans le bureau d'Emmanuel Macron, qui la salue chaleureusement. Puis elle prend place aux côtés de Matthias Leullier et Thierry Reboul. Les échanges s'engagent sur un ton léger, parfois badin, sur sa carrière et son amour du répertoire d'Édith Piaf. Emmanuel Macron glisse quelques allusions à la cérémonie. Au bout d'une bonne heure, alors que la rencontre semble toucher à sa fin, Brigitte Macron fait irruption par une porte dérobée. C'est la première fois qu'elle rencontre la chanteuse. Les deux femmes échangent quelques mots. La première dame se verrait bien tisser une relation plus poussée avec cette icône française. Pourtant, ni elle ni son mari de président ne sont en réalité véritablement emballés par son profil pour la cérémonie des Jeux olympiques. L'idée, d'ailleurs, ne vient pas d'eux, mais de Live Nation, qui travaille avec la chanteuse depuis plusieurs années. La proposition a immédiatement séduit Thomas Jolly et son équipe. Auréolée du statut d'artiste francophone la plus écoutée au monde, Aya Nakamura n'a pourtant jamais été considérée par les tenants du monde culturel français, et encore moins par les autorités. En 2020, sa procédure de naturalisation, entamée trois ans plus tôt, n'avait toujours pas abouti et alors qu'elle était invitée à se produire à Coachella, le plus prestigieux festival de musique de la côte ouest américaine, son passeport malien ne lui permettait pas l'entrée sur le territoire états-unien sans visa. La chanteuse, peu familière des rouages administratifs, n'avait alors guère de contacts dans les cercles de pouvoir. Il avait fallu plusieurs semaines pour qu'un cadre de Warner puisse mobiliser un ami introduit auprès d'un sous-préfet en Seine-Saint-Denis. L'artiste avait été discrètement reçue au tribunal de Bobigny sans avoir à passer par la file d'attente. « Aya Nakamura était déjà, à ce moment-là, la star qui faisait rayonner la francophonie et la France dans le monde, souligne aujourd'hui un proche de la chanteuse. Et pourtant, personne ne s'est intéressé à elle dans l'administration. À l'époque, elle ne comptait pour personne. » Le même marque une pause, songeur : « Quand on pense que le fondateur de Telegram, Pavel Durov, a été naturalisé français en moins de six mois, en tant qu'étranger émérite. Comment peut-on ne pas avoir appliqué ce statut à Aya ? »

À peine le rendez-vous du 19 février 2024 s'est-il tenu à l'Élysée qu'il fuite dans la presse[291]. Les politiques d'extrême droite s'en emparent. Éric Zemmour d'abord, fidèle à ses obsessions – il qualifiait déjà le rap de « sous-culture d'analphabètes » en 2009 –, puis Marion Maréchal et, enfin, Marine Le Pen. Les mots sont toujours les mêmes, la rhétorique rodée : déclin, identité, valeurs. Soudain, Aya Nakamura cristallise tous les maux d'une France divisée. Une jeune femme noire, née au Mali, ayant grandi dans le 93, naturalisée française en 2021, fière de ses origines, qui assume son corps et pourrait chanter Édith Piaf ? Au COJOP comme chez Live Nation, on soupçonne une manœuvre au plus haut niveau, pour faire capoter le projet. Une fuite orchestrée depuis « l'aile Madame » de l'Élysée, là où quelques conseillers du chef de l'État et de son épouse s'imaginent capter mieux que quiconque les mouvements profonds de l'opinion. Leur lecture est celle d'une France traversée par une nostalgie sourde, un besoin de repères,

291. Laureline Dupont, « Aya Nakamura chantant Piaf : les exigences secrètes d'Emmanuel Macron pour les JO 2024 », *L'Express*, 29 février 2024.

un désir de conservatisme qu'Aya Nakamura, par sa seule présence, pourrait venir bousculer. Emmanuel Macron, lui, écoute sans vraiment se prononcer. Mais les organisateurs ne cèdent pas. Au contraire, ils poussent leurs feux face à la polémique et imaginent, ni plus ni moins, une mise en scène de la chanteuse aux côtés de la Garde républicaine. Le symbole serait fort. L'Élysée est pourtant réticent. À trois jours de la cérémonie, le président laisse planer le doute auprès du COJOP sur la présence de la prestigieuse fanfare de militaires.

Le 26 juillet, sous une fine pluie d'été, Aya Nakamura entre en scène, majestueuse amazone blonde vêtue d'or et entourée de six danseuses. Quelques notes de son tube « Pookie », d'abord, puis « Djadja », qu'elle entonne d'un pas lent. Et soudain, sans prévenir, « For me formidable », de Charles Aznavour, accompagnée des clairons, des tambours, des cuivres et des percussions de la Garde républicaine. Comme un clin d'œil irrévérencieux devant l'Institut de France, elle entonne la chanson par le milieu, sur un passage sans équivoque après tant de critiques sur son phrasé, son argot mêlé de références au parler manouche, ses emprunts à la langue nigériane de la rue, au créole, au soninké malien : « Je ferais mieux de choisir mon vocabulaire, pour te plaire dans la langue de Molière. » Entourée des musiciens survoltés de la « Garde », l'artiste conclut sa prestation en se figeant, cernée de ses danseuses, dans un impeccable garde-à-vous. C'est un coup de maître, le moment le plus marquant et regardé de la cérémonie d'ouverture des Jeux olympiques de Paris avec 31,4 millions de téléspectateurs en France, soit près de la moitié des habitants, la meilleure performance de l'histoire de la télévision. Emmanuel Macron la récupère à son profit, lui qui avait pourtant douté. Il poste sur X une photo de la chanteuse et ces trois mots : « En même temps », la formule phare de sa campagne victorieuse de 2017. Une manière de faire sienne l'image d'Aya Nakamura, devenue à ses yeux la preuve vivante et syncrétique d'une France plurielle. Brigitte Macron est conquise. À l'issue de la cérémonie, elle veut garder le contact avec Aya Nakamura. Après Gims, le binôme formé par Hélène Mercier-Arnault et l'épouse du chef de l'État s'entiche de la diva franco-malienne à qui sont expédiés, de temps à autre, de petits textos l'invitant à déjeuner. En janvier 2025, Aya Nakamura participera pour la première fois à l'opération « Pièces jaunes ». Elle qui n'a rien demandé peut désormais compter sur ces deux drôles de dames de pouvoir.

20

La sécession

Pour la majorité des stars du rap, la politique française n'a plus vraiment d'attrait. Un folklore ou une perte de temps. Un monde ancien et ennuyeux, qui n'a pas grand-chose à leur offrir et se détache peu à peu de leur Empire. « Brigitte Macron et l'Élysée me sollicitent en direct ou via des intermédiaires, s'amuse Fianso. Je refuse, comme j'ai refusé d'accompagner Emmanuel Macron en Algérie [en 2022]. » Lors d'un after de la Fête de la musique à l'Élysée, l'un des piliers de l'équipe de Gims s'est retrouvé face au chef de l'État relax, lui préparant un toast au saumon fumé en discutant d'art, de politique culturelle : « Moi, j'en avais rien à faire et j'ai parlé de mon contrôle fiscal pour lui dire que c'est abusé ! » Les ors de la République font moins rêver les rappeurs que les bureaux de magnats du secteur privé, riches à milliards, aventuriers, parfois canailles mais assurément capitalistes et toujours à l'affût d'opportunités. Les visages du second âge d'or du rap français n'ont pas eu besoin de soutien politique pour emporter la bataille culturelle, bien au contraire. Ils subissent les manœuvres politiques avec une forme d'indifférence voire de résignations, composent avec une rhétorique toujours plus hostile à l'immigré, au banlieusard et observent une islamophobie grandissante. Nombre de stars du rap se revendiquent musulman, une religion transmise par leurs aînés ou qu'ils ont embrassée, de Gims à Werenoi en passant par PNL, Niska, Maes et Gazo. La plupart n'en font pas état dans leurs titres, s'interdisant tout prosélytisme. Ils prennent simplement congé de leurs activités musicales durant le mois de ramadan et ne peuvent s'empêcher de se mettre en scène lors de pèlerinages à La Mecque où certains se retrouvent. Comme des millions de musulmans français, ils sont heurtés par les attaques politiques à répétition contre l'islam, qui les confortent dans leurs convictions. L'arène politique n'est pas pour eux. Sauf quelques exceptions, ils n'en attendent plus rien, pour leurs carrières comme pour leurs quartiers. Alors, pourquoi faire des efforts avec des gens qui donnent l'impression de vous mépriser ou de vouloir vous utiliser ? « 64 ans la retraite, il respecte pas l'peuple le gouvernement [292] », tranche Jul dans l'une de ses rares prises de position. Si la star marseillaise s'interdit d'échanger avec Rachida Dati, Emmanuel Macron, la première dame ou toute autre personnalité politique, il entretient une relation durable avec des poids lourds économiques comme Rodolphe Saadé et Simon Porte Jacquemus. PNL, Ninho, SCH ou Gazo sont sur la même ligne et tiennent à maintenir leurs distances avec des élus sans véritables pouvoirs à leurs yeux.

Ces artistes ont beau, pour certains, ignorer leurs aînés comme IAM et NTM, ils ont tiré les leçons d'une forme d'instrumentalisation des rappeurs d'autrefois par des politiques. À commencer par SOS Racisme et des caciques opportunistes du Parti socialiste, qui manipulèrent la marche pour l'égalité et contre le racisme, surnommée « marche des beurs » au début des années 1980. S'en est suivi le compagnonnage politique de quelques rappeurs,

292. Jul, « Entraînement », album *C'est quand qu'il s'éteint ?* D'or et de platine, 2023.

tentés par la chose publique au point d'avoir eu la naïveté de penser améliorer la vie des quartiers en « s'engageant ». Pour ce faire, il a fallu composer avec les fantasmes d'une gauche qui projetaient ses propres illusions sur des musiciens venus des cités, porteurs d'un rap « conscient » et donc forcément militant, à la partition pouvant converger avec leurs discours de lutte contre le racisme, les inégalités, la politique migratoire. Pour la campagne présidentielle de 2007, des rappeurs ouvertement politisés se sont mobilisés contre Nicolas Sarkozy lors de l'entre-deux tours aux côtés d'un Parti socialiste soucieux de séduire un prétendu électorat de banlieue. Comme Kery James et Disiz montés sur la scène du stade Charléty lors d'un meeting de Ségolène Royal, d'autres appelant à « l'exercice citoyen ».

* * *

Cinq ans plus tard, François Hollande, bien conseillé par son fils Thomas, amateur de rap, retente l'expérience. À cette époque, en 2012, Jul démarre à peine avec son groupe Ghetto Phénomène, PNL n'existe pas. Les plus grandes stars du rap s'appellent Booba, déjà, Rohff, Oxmo Puccino et IAM qui prépare son retour, tout comme Kery James qui sort son titre « Lettre à la République », un texte critique du passé colonial de la France devenue selon lui « islamophobe », de « l'illusion républicaine », des « vrais voyous en costard ». Il prend tout de même part à la campagne du candidat socialiste, avec d'autres tels que Les Sages Poètes de la rue, groupe pionnier du genre. Le Parti socialiste s'évertue encore à entretenir le mythe de la résistance, du contre-pouvoir culturel, de la proximité avec les immigrés et leurs descendants, les artistes et les ouvriers. Pour, une fois de plus, convoquer le rap français à la table électorale, l'équipe de François Hollande s'est reposée sur Bruno Laforestrie, patron pendant quinze ans de la petite station de radio parisienne Générations, l'un des médias historiques et privilégiés du hip-hop français. Brièvement encarté au Parti socialiste, cet homme de réseaux a plus tôt frayé à Sciences Po Paris, avec les jeunes rocardiens de la « deuxième gauche » au sein du club Opinions dont Manuel Valls, futur ministre et chef de gouvernement. « Ce qu'on a fait avec les rappeurs, ce n'était pas seulement de la communication : les messages passaient vraiment, ils circulaient dans les quartiers, dit Bruno Laforestrie avec certitude. On avait entrepris un vrai travail de terrain. D'ailleurs, ça s'est vu dans les urnes : la banlieue a voté comme un seul homme pour Hollande [293]. »

Cette présence des rappeurs avait néanmoins attisé des crispations au cœur de la campagne de François Hollande. Un épisode, qui a longtemps été tu, en dit long sur ce clivage. Le 7 mai 2012, place de la Bastille, François Hollande vient d'être élu président avec 51,64 % des voix face à Nicolas Sarkozy. L'ambiance est à la fête. Sur scène, se succèdent Cali et le groupe de rock Blankass. En coulisses, les Sages Poètes de la rue s'apprêtent à leur tour à se produire devant le public d'électeurs socialistes. Mais ils sont brusquement déprogrammés, au dernier moment et sans aucune explication. « C'était sur ordre direct du directeur de campagne, Manuel Valls », se souvient un membre de l'équipe, écœuré par cette manœuvre. La volte-face, loin d'être anodine, a été perçue comme le symbole d'une rupture imminente au sein du Parti socialiste. Le coup de grâce viendra quelques semaines plus tard lorsque Manuel Valls, devenu ministre de l'Intérieur, enterre le récépissé lors des contrôles d'identité, en plein mois de juillet 2012. Cette mesure était la seule à avoir fait l'objet de négociations avec les rappeurs et les milieux associatifs représentant la banlieue. Un an plus tard, Manuel Valls enfonce davantage le

293. Entretien avec les auteurs, le 8 avril 2025.

clou en déclarant, dans un style très « sarkozien », vouloir « lutter contre les paroles agressives à l'encontre des autorités ou insultantes pour les forces de l'ordre et les symboles de notre République [294] ». Les tragédies subies par Théo, du nom de ce jeune grièvement blessé par un coup de matraque, le laissant infirme à vie, puis par Adama Traoré, décédé après un plaquage ventral de gendarmes [295], révélant au grand jour les violences des forces de l'ordre, précipitent la rupture entre les rappeurs, qui faisaient de ce thème l'unique vœu à exaucer, et un Parti socialiste déchiré par les luttes intestines.

Du PS à La France insoumise, nombreux sont ceux qui continuent de fantasmer un rap des années 1990 et 2000, perçu comme contestataire et socialement engagé. Une lecture militante paresseuse qui fait encore florès chez certains élus prompts à célébrer Kery James, NTM ou IAM et beaucoup moins Gims, Jul, SCH ou Gazo. Un lieu commun que balaye d'un revers de main Imhotep, cofondateur et « architecte musical » du groupe IAM : « On s'inscrit dans la plus pure tradition du rap américain, où les mêmes artistes peuvent aborder des sujets légers comme profonds. Cette diversité des thèmes reflète celle du monde qui nous entoure, et les humeurs qu'il nous inspire [296]. » À chaque époque, rappelle-t-il, coexistent des rappeurs « capitalistes », « festifs » ou « individualistes », et d'autres étiquetés « conscients » ou « engagés ». « Il y a autant d'écart entre le rap-funk festif de Sugarhill Gang et le hip-hop revendicatif de Public Enemy aux États-Unis qu'entre Gims et la

---

294. Propos de Manuel Valls tenus le 21 février 2013 en réponse à une question de la sénatrice Nathalie Goulet.

295. Au terme de sept ans d'investigation, trois juges d'instruction parisiennes ont écarté le 30 août 2023 toutes charges à l'encontre des trois gendarmes qui avaient interpellé Adama Traoré le 19 juillet 2016 à Beaumont-sur-Oise. Une décision confirmée par la cour d'appel.

296. Entretien avec les auteurs, le 17 novembre 2021.

rappeuse militante Keny Arkana en France, sans aucun jugement de valeur », dit-il avant de rappeler non sans malice que « Je danse le Mia » est devenu l'hymne des campings et des mariages. Depuis 2012, et malgré des tentatives d'approche lors des deux scrutins successifs d'Emmanuel Macron à Jean-Luc Mélenchon, plus aucun rappeur n'a véritablement pris part à une campagne.

* * *

Lors de la dernière élection présidentielle, en 2022, alors que la campagne s'enlise dans les diatribes identitaires, une poignée de fidèles d'Emmanuel Macron rêve d'un sursaut culturel. Le projet s'appelle Pluriel. Une tentative de mobilisation face à la montée de l'extrême droite. L'idée : rassembler des profils « issus de la diversité » autour du président, des voix issues du monde de la culture, et si possible du rap. « On voulait opposer un contre-discours et les rappeurs sont au cœur de la culture française, et il fallait les mobiliser », explique l'un des instigateurs de l'initiative, l'écrivain franco-algérien Karim Amellal [297]. « Les artistes sont de plus en plus réticents à s'engager, constate Olivier Laouchez, proche d'Emmanuel Macron et patron de Trace, le groupe de média tourné vers les cultures urbaines. Depuis l'effondrement de la gauche, le monde de la culture est orphelin de relais politiques, Pluriel voulait retisser ce lien [298]. » Mais derrière l'ambition affichée, certains voient en Pluriel une opération de recyclage qui reprend des recettes bien connues, empruntées à l'ancien Parti socialiste. Le soufflé ne prendra jamais. Une dizaine de rappeurs sont approchés comme Gims, Rohff, Fianso… Aucun n'a donné suite.

---

297. Entretien avec les auteurs, le 20 avril 2022.
298. Entretien avec les auteurs, le 23 juillet 2022.

« Le rap n'a jamais été compris par le politique[299] », tranche Mathias Vicherat, ancien directeur de Sciences Po Paris, sans doute l'un des rares hauts fonctionnaires sensibles à cette culture. « Encore aujourd'hui, les responsables qui l'écoutent sincèrement se comptent sur les doigts d'une main, poursuit-il. Les rares marques d'intérêt restent strictement électoralistes. » L'ancienne ministre d'Emmanuel Macron, Élisabeth Moreno, partage ce constat : « Avec le rap, on mesure à quel point le fossé est profond entre les élites françaises, la culture populaire et, surtout, la jeunesse. Comme si deux France vivaient en parallèle, sans se parler. Deux mondes en sécession. »

Cette longue désaffection pour les politiques a fini par se transformer en indifférence assumée. En juillet 2024, alors que le Rassemblement national s'approche des portes du pouvoir, quelques rappeurs tentent de susciter un sursaut. Mais l'élan peine à prendre. Booba raille l'initiative, y voyant une énième version de la vieille carte « anti-FN », dégainée depuis les années 1990 par la gauche pour mobiliser les quartiers populaires. Un morceau sort *in extremis*, le 1er juillet. Il est intitulé « No Pasarán » et réunit Akhenaton, Fianso, Soso Maness mais aussi quelques jeunes rappeurs connus aux paroles parfois hors sujet. Mais la plupart des stars du rap restent silencieuses. Non que le discours xénophobe de l'extrême droite, qui les a tant stigmatisés, les laisse indifférents et qu'ils ne continuent de combattre à leur façon. Mais le lien est rompu. Définitivement. Les maîtres de l'Empire du rap se détournent de la chose publique pour se recentrer sur ce qu'ils considèrent comme le seul vrai triptyque : l'esthétique, le pouvoir et l'argent. Emmanuel Macron ? Il ne fait pas rêver. Son éphémère premier ministre François Bayrou ? Il leur semble échapper d'un film en noir et blanc sous-titré dans une langue morte.

299. Entretien avec les auteurs, le 7 avril 2025.

Les débats au Parlement ? Des empoignades d'un autre temps. Droite, gauche, conservateurs, progressistes, centristes, extrémistes : ce répertoire les laisse indifférents. Fondamentalement post-politiques, ils se jouent des clivages, flirtent avec les clichés, bousculent les alliances.

* * *

Certains grands noms du rap français se prennent à quasi aduler l'ancien président Nicolas Sarkozy, devenu dans leur imaginaire une sorte de « pop star » sulfureuse de la politique, pris dans la nasse judiciaire mais toujours consulté par des magnats du secteur privé et même par Emmanuel Macron. Une fascination extra-politique et aucunement électoraliste mais qui porte sur un style, une attitude, une façon de faire « cash ». Et qu'importe si, vingt ans plus tôt, il menait la guerre contre le rap français, tentait d'interdire ses concerts, attaquait en justice La Rumeur « pour diffamation publique envers la police nationale » dans un procès qui, comme une rancœur personnelle, s'éternisera près d'une décennie, et que le ministère de l'Intérieur perdra[300]. « Il est petit, talonnettes, c'est le mec le plus frais qui existe », une « caillera », dit de lui l'artiste Kaaris[301], « un genre de Scarface » à la virilité conquérante. Booba, qui a aussi longtemps entretenu cette ambiguïté, tutoie Bernard Squarcini, ancien patron du renseignement intérieur et fidèle de l'ancien président français. Du côté de Fianso, qui cultive ses réseaux anciens au Parti socialiste à commencer par son « pote » et maire de Saint-Ouen, Karim Bouamrane, la fascination se porte sur une autre figure tutélaire

300. Stéphanie Binet, « La Cour de cassation donne raison à La Rumeur contre Nicolas Sarkozy », *Libération*, 25 juin 2010.

301. Interview dans l'émission *Clique* sur Canal+ du 7 novembre 2014.

de la Sarkozie : Alexandre Djouhri. Après avoir lu une enquête[302] sur l'homme d'affaires mis en cause dans l'affaire libyenne[303], il est pris d'une sincère admiration pour ce garçon de Sarcelles, fils d'une famille nombreuse venue d'Algérie, monté à Paris pour se hisser jusqu'aux antichambres des palais de la République. Le rappeur lui dédie un morceau, « Monsieur Alexandre[304] », et rêve depuis de le camper au cinéma.

Il y a donc chez Sarkozy quelque chose qui plaît au sein de l'Empire du rap français. Seul chef de l'État non énarque de la Ve République, comme il aime à le rappeler. Fils d'un immigré hongrois à la politique migratoire intransigeante. Inarrêtable dans une carrière teintée de revanche sociale jusqu'au sommet du pouvoir. Moqueur des salons littéraires et d'un certain élitisme culturel. Amateur de Rolex Daytona plutôt que de vers de Mallarmé. Riche, flambeur décomplexé et multicondamné par la justice. En lui, les rappeurs voient surtout un chef de clan. Nombre d'entre eux s'échangent en privé les extraits vidéo qui pullulent sur les réseaux sociaux de ses interventions, ses conseils aux entrepreneurs, ses vues sur la France et ses analyses de la situation internationale.

Là encore, Gims va plus loin et cherche à se rapprocher de celui qu'il admire pour sa fermeté, son pragmatisme et

---

302. Simon Piel et Joan Tilouine, *L'Affairiste – L'incroyable histoire d'Alexandre Djouhri, de Sarcelles à l'Élysée*, Éditions Stock, 2019.

303. Alexandre Djouhri a comparu aux côtés de Nicolas Sarkozy et onze autres mis en cause entre le 6 janvier et le 10 avril 2025 devant le tribunal correctionnel de Paris pour, entre autres, corruption, trafic d'influence, complicité de détournement de fonds et blanchiment de corruption et de fraude fiscale en bande organisée. Le 25 septembre 2025, il a été condamné à six ans de prison, 3 millions d'euros d'amende et une interdiction de gérer de quinze ans avec exécution provisoire. Il a fait appel de cette décision et reste présumé innocent.

304. Fianso, « Monsieur Alexandre », album *La Direction*, Affranchis Music et Universal, 2021.

son côté « bad boy ». Presque vingt ans après le ralliement de Doc Gynéco à l'ancien ministre de l'Intérieur, Gims tente lui aussi de cultiver à sa façon ce côté subversif de « rappeur de droite ». Le lien se noue d'abord avec Carla Bruni, que l'artiste congolais invite à chanter en duo sur le titre « Demain », en 2022. L'enregistrement est réalisé dans un studio du XVIe arrondissement, à quelques rues de l'appartement parisien du couple Sarkozy-Bruni. L'ambiance est détendue et, en fin de séance, Nicolas Sarkozy passe le saluer. Il échange quelques mots avec Gims, impressionné par son aisance et son autorité naturelles. Quelques mois plus tard, une scène inattendue se joue à bord d'un vol Air France reliant Paris à Tokyo. Fin septembre 2022, l'ancien président se rend au Japon pour représenter Emmanuel Macron aux funérailles de l'ex-Premier ministre Shinzō Abe, assassiné quelques semaines plus tôt. Gims, de son côté, est en route pour un concert à Tahiti, avec une escale dans la capitale nippone. Le hasard les place dans le même avion. Nicolas Sarkozy, chemise blanche sans cravate, voyage en première, Gims en classe affaires.

Dès l'embarquement, le chanteur l'aperçoit et vient lui parler. À onze mille mètres d'altitude au-dessus des massifs montagneux kazakhs, la discussion dure plus d'une heure. L'ex-président évoque l'Ukraine, l'Afrique, l'Asie, ses racines hongroises. Gims écoute, attentif, fasciné par cet homme qui peut se permettre d'évoquer Vladimir Poutine, le maître du Kremlin, par son seul prénom. Si aucun numéro de téléphone n'est échangé, Gims maintient le lien avec Carla Bruni, plus accessible. Deux ans plus tard, en mars 2024, il la retrouve à Abidjan lors du gala de la fondation de la première dame ivoirienne, Dominique Ouattara, amie intime de Nicolas Sarkozy. Sur la scène baignée de lumières tamisées et de volutes de fumée, le duo ouvre le bal avec, en arrière-plan, un décor d'imprimés en wax. D'un côté, Gims, costume gris perle parfaitement ajusté, entonne le premier couplet de « Demain » face à la silhouette longiligne de Carla Bruni, en pantalon noir taille haute et chemise scintillante. À la table d'honneur, nappée de blanc, sous des sphères lumineuses suspendues comme des pissenlits, Nicolas Sarkozy est là, installé aux côtés du président ivoirien Alassane Ouattara. Dans cette décoration un peu désuète, la soirée apparaît presque hors du temps, dans le dernier véritable bastion de la France en Afrique francophone. Nicolas Sarkozy échange les salutations d'usage avec Gims mais veille à ne pas s'attarder et, surtout, à ne pas être photographié à ses côtés. Car depuis le déclenchement deux ans plus tôt de la guerre dans l'est de la République démocratique du Congo, le chanteur congolais a durci le ton. Dans ses interviews comme dans ses morceaux, Gims fustige le président rwandais Paul Kagame avec virulence. Or, c'est un autre ami intime de Nicolas Sarkozy, qui avait fêté ses 66 ans au pays des mille collines en sa compagnie en 2021, et s'entretient avec le maître de Kigali à chacun de ses passages en France. Une relation à laquelle tient Nicolas Sarkozy qui ne voudrait pas la voir égratigner par un rappeur congolais devenu le relais de la rhétorique de Kinshasa face au Rwanda.

* * *

À sa manière, l'ancien chef de l'État rappelle aux tenants de l'Empire du rap français ces dirigeants « bling » mais fermes qu'ils admirent et courtisent, côtoient pour certains. Dans leur monde, la vieille France est une province, un village d'où ils ont entamé leur ascension et qui demeure malgré tout l'épicentre de leur rente. Les barons du rap résident de moins en moins dans l'Hexagone, n'y votent plus pour beaucoup, et redessinent sans cesse les frontières de leurs territoires. Entre Montreuil et Dubaï, Marseille et Marrakech, Sevran et Bamako, Saint-Denis et Kinshasa, c'est vers le Sud global et les pays émergents que regarde l'Empire. Sa géographie évolue au gré des soubresauts dans un monde en pleine mutation, qu'il appréhende comme un vaste marché aux opportunités artistiques, financières et humaines. Sans cesse il leur faut créer, s'enrichir, étendre leurs réseaux.

La nouvelle génération de rappeurs a envie d'autre chose et se reconnaît peut-être davantage dans l'autoritarisme plus ou moins éclairé de quelques hommes forts aux règles claires, capables de conjuguer besoin de sécurité et cadre financier attrayant, souvent sans s'embarrasser d'excès de morale. Avec Dubaï comme capitale, l'Afrique comme référence et la Palestine en guise de boussole d'un monde déréglé. Lorsque PNL sort de son silence, c'est pour Gaza dans un morceau sorti en 2023 [305] puis, deux ans plus tard, pour interpeller le président Macron que le duo accuse d'inaction. Le drapeau palestinien flotte dans les clips et sur les réseaux des artistes, avec celui de la République démocratique du Congo, dont la guerre menée à l'est mobilise la diaspora. Le conflit ukrainien, aux portes de la vieille Europe, les laisse de marbre mais ils évoquent volontiers les drames du Soudan ou du Yémen. La société du rap se raccroche à ces tragédies qui ne reçoivent pas, selon elle, l'écho qu'elles méritent. Si Gims se mobilise sincèrement, c'est pour les victimes de la guerre dans l'est de son pays natal avec un concert caritatif, « Solidarité Congo [306] », à l'Accor Arena où il s'est produit avec une myriade d'autres stars, de Gazo à Dadju, de Fally Ipupa à Soolking. Un évènement organisé avec la bienveillance du pouvoir congolais et sous l'œil inquiet de l'Élysée et de la diplomatie française, sous

305. PNL, « Un jour de paix – Gaza », 2023.

306. Le concert Solidarité Congo s'est finalement tenu le 22 avril 2025 et ce après une demande d'interdiction par la Mairie de Paris de l'événement.

pression du Rwanda qui a tout fait pour l'empêcher. Un an plus tôt, d'autres avaient rempli un Zénith en moins de deux heures, pour un concert au profit des ONG mobilisées à Gaza. Des événements systématiquement scrutés par les pouvoirs publics français, de la préfecture de police de Paris au Quai d'Orsay, soucieux des réactions suscitées à Tel Aviv ou Kigali. Un indice subtil, mais révélateur, de ce nouveau pouvoir d'influence et d'une capacité à peser sur l'opinion. Chacun à sa manière, ils ont construit leur propre politique étrangère, affranchie de celle d'une France qu'ils regardent comme un acteur peu à peu relayé au second plan. L'ancien champ de bataille d'une conquête passée. Les rappeurs privilégient d'autres détenteurs de pouvoir : des monarques, de puissants présidents africains, de grands narcotrafiquants multimillionnaires, des directeurs artistiques de grandes maisons de luxe, des capitaines d'industrie milliardaires. Les seuls encore à même de comprendre leurs codes, de les faire vibrer et d'inspirer leur Empire. Les seuls capables, aussi, d'en précipiter la chute, par l'argent et la violence.

Conclusion

Des morts, des rescapés, des retraités précoces. Des exilés, des prisonniers, des bienheureux comblés de succès. C'est l'histoire d'un monde d'artistes créatifs et besogneux devenus cette dernière décennie des stars adulées, des entrepreneurs, des actifs financiers de majors et de criminels, des courtisans ou courtisés de politiques et d'industriels. Ceux qui demeurent au sommet ont su déjouer d'innombrables pièges, parfois même pour rester en vie. Car le rap peut dévorer ses enfants, consumer ses stars que la jeunesse de France idôlatre sans toujours imaginer la brutalité de ses coulisses. La fiction des textes se confond avec des réalités de minots armés de kalachnikov et de « parrains » tirant les ficelles depuis l'étranger. Face à la montée en puissance de la lutte contre le narcotrafic, le « milieu » s'adapte et voit dans l'extorsion une manière de diversifier ses revenus à moindre risques.

À l'heure où nous terminons ce livre, plusieurs interlocuteurs assurent que la situation a encore empiré depuis nos premiers échanges, il y a deux ans. À Marseille, les menaces de racket sur les artistes ne cessent de croître. Face au danger, certains labels ne veulent pour l'instant plus y signer de nouveaux talents. Il se dit même que, dans ce contexte, certaines stars pourraient prendre du recul. Une atmosphère anxiogène, une tension diffuse, qui, peu à peu, de Paris à Marseille contaminent le processus créatif. Au point de menacer cet art, de la même façon qu'aux États-Unis où le gangstérisme asphyxie la production rap, qui y est né il y a près de cinquante ans.

Comme outre-Atlantique, le rap recule en France. Une glissade discrète, presque imperceptible, mais qui fait frissonner. Le 11 mars 2025, lors de la conférence annuelle du syndicat des majors, le Snep, les grands patrons du secteur étaient réunis dans une salle du XVIe arrondissement. Sur l'écran géant, une slide a retenu l'attention : celle de la part du rap dans le Top 200 annuel 2024. Elle s'élève à 53 %. Une domination nette, écrasante même, mais en recul de quatre points par rapport à l'année précédente. Une baisse que l'industrie pressentait depuis des mois. Une bascule timide, que les maisons de disques observent avec l'attention d'un sismologue. Le modèle né autour de 2015, celui d'un rap conquérant, prolifique, stratège, semble donner quelques signes d'essoufflement. La pop, elle, progresse, ce que symbolise le come back de la *Star Academy*.

Les rappeurs tentent de conquérir d'autres territoires. Ils s'éloignent de la France. Ils trouvent refuge ailleurs, en Europe du Sud, en Afrique ou dans le Golfe, pour s'épanouir, renouer avec des racines, simplement rêver et regarder un pays à l'influence déclinante dans un monde multipolaire en ébullition. Les secrets bien gardés de cette musique, la plus écoutée du pays, laissent entrevoir quelques éclats d'un miroir, certes fêlé et déformant, de la société française. À leur manière, les stars du second âge d'or du rap chroniquent cette dernière décennie qui les a vu s'imposer comme les nouveaux maîtres de la culture populaire.

Dans l'Hexagone, le rap est à son apogée. Mais sa domination sans partage touche peut-être à sa fin. Loin d'un effondrement, maintes fois annoncé, assiste-t-on à une mutation ? Celle d'un Empire devenu moins hégémonique et contraint de composer, de partager le pouvoir face à l'inéluctable épreuve du temps. Aucun empire n'est éternel.

REMERCIEMENTS

Nous tenons tout d'abord à remercier toutes celles et ceux qui ont accepté de nous consacrer du temps, de partager leurs éclairages, parfois de prendre le risque de se confier à nous, et sans qui cette enquête n'aurait pu aboutir.

Ce livre n'aurait pu exister sans le soutien et l'accompagnement bienveillant de Sophie de Closets et des équipes de la maison Flammarion. Nous remercions aussi tout particulièrement notre confrère et ami Antoine Albertini pour ses précieux conseils, Philippe Broussard et Serge Michel qui nous ont tant transmis, Philippe Vasset pour ses critiques éclairantes.

À nos amours, à nos familles, à nos amis.

Table

L'Empire

Partie III
L'EXPANSION

Partie IV
LES EMBLÈMES

Cet ouvrage a été mis en pages par

<pixellence>

CET OUVRAGE
A ÉTÉ ACHEVÉ D'IMPRIMER
SUR ROTO-PAGE
PAR L'IMPRIMERIE FLOCH
À MAYENNE EN OCTOBRE 2025

Les Éditions Flammarion sont investies dans une démarche active
pour l'empreinte environnementale de leurs parutions.
Ainsi, le livre que vous tenez entre vos mains a été imprimé
sur des papiers issus de forêts gérées durablement,
par un imprimeur engagé dans la protection de l'environnement.

N° d'édition : 624266-0. N° d'impression : 107816
Dépôt légal : octobre 2025
Imprimé en France